DAS NOIR REFORMATORIUM

DIE ANKUNFT

DEUTSCHE ÜBERSETZUNG:
SANDRA MARTIN FÜR
DANIELA MANSFIELD TRANSLATIONS

USA TODAY BESTSELLERAUTORINNEN
LEXI C. FOSS & J.R. THORN
ALIAS
JENNIFER THORN

eBook:

ISBN: 978-1-68530-101-9

Taschenbuch:

ISBN: 978-1-68530-102-6

Besuchen Sie Lexi im Netz!

www.lexicfoss.com

www.facebook.com/LexiCFoss

twitter.com/LexiCFoss

www.instagram.com/LexiCFoss

E-Mail: lexicfoss@gmail.com

Besuchen Sie J.R. im Netz!

authorjrthorn.com

www.facebook.com/BloodStoneSeries

twitter.com/JRThorn3

E-Mail: authorjrthorn@authorjrthorn.com

 All die aufgestaute Wut und Aggression, die sich in der Arena angesammelt hatte, fuhr mir direkt in die Eier und beherrschte unsere Bewegungen. Wir nährten uns an dem Bewusstsein, dass sie gezwungen war, uns zuzusehen und zuzuhören, und Zeugin einer jeden Berührung wurde.

Ich konnte ihren Atem *hören*, spürte ihre wachsende Erregung und wusste, dass wir ein Gefühl von Begierde in ihrem Inneren erweckten. Doch keiner von uns beiden würde dieses Verlangen stillen, solange sie nicht darum bettelte.

Sie hatte es nicht verdient.

Sie hatte verdammt noch mal versucht, mich zu töten.

Bei diesem Gedanken kam ich in meiner Hose zum Höhepunkt, wobei Zian noch nicht einmal meine nackte Haut berührt hatte. Sein wissender, fester Griff war völlig ausreichend gewesen.

Ich zog ihn am Haar und war wütend, dass er mich auf diese Weise beschmutzt hatte. Gleichzeitig lief mir jedoch ein erregender Schauer über den Rücken, während mein Verlangen noch nicht gestillt schien, ich mich aber seltsam vervollständigt fühlte.

Ich ließ den Blick wieder zu unserer kleinen Voyeurin hinüberwandern, während ich Zian küsste, der sich von der Welle der Ekstase mitreißen ließ und sich auf meinem Oberkörper ergoss. Mit einem einladenden Blick forderte ich sie auf, sich zu uns zu gesellen und den klebrigen Körpersaft von meiner Haut zu lecken. Sie verharrte jedoch in der Ecke, während sich in ihren schwarzen Iriden ein Ausdruck verwirrter Unschuld widerspiegelte. Sie tat gut daran, sitzen zu bleiben, denn sie war nicht im Entferntesten bereit, mit uns zu spielen.

Wahrscheinlich würden wir es ohnehin nie zulassen.

Intimität erforderte Vertrauen.

Doch sie hatte sich unseres nicht verdient.

Wenn überhaupt, dann hatte sie nur unseren Hass auf sich gezogen. Und das war bedauerlich, denn an einem Ort wie diesem würde sie Verbündete brauchen. Und ich war nicht gerade geneigt, ihr zu helfen. Allerdings wusste ich jetzt schon, dass ich versuchen würde, sie zu beschützen. Das war ich allein der Tatsache schuldig, dass sie ein kostbares Wesen war, welches extrem selten war.

»Ich hoffe, du kannst besser fliegen als gestern«, sagte ich mit sanfter Stimme. »Denn du wirst diese Flügel brauchen, Täubchen.«

Zian seufzte zufrieden und ließ den Kopf auf das Kissen fallen. »Ich gebe ihr höchstens eine Woche.«

»Wirklich?« Ich lächelte amüsiert. »Ich gebe ihr gerade einmal einen Tag.«

»Wollen wir darauf wetten?«

»Sehr gern.«

»Wunderbar. Der Gewinner geht in die Knie«, entschied Zian.

Es verwunderte mich nicht, dass er diese Art von Einsatz wählte, denn ich hätte dasselbe getan. »Abgemacht.«

Für Bethany, dafür, dass du so kurzfristig für unser Buch Zeit gefunden hast, und für deine herausragende Arbeit als Lektorin. Du bist wunderbar und wir lieben dich!

Das Noir Reformatorium
Die Ankunft

Herzlichen Glückwunsch zum Geburtstag, Raven. Willkommen im Noir Reformatorium.

Nicht, was ein Mädchen an seinem achtzehnten Geburtstag hören will, aber ich habe mich schon vor langer Zeit mit meinem Schicksal abgefunden. Ich wurde mit schwarzen Flügeln geboren, was mir vom ersten Tag an eine lebenslängliche Haftstrafe eingebracht hat.

Lebenslang ein Noir.
Das ist in Ordnung.
Ich werde mich in diesem Gefängnis wohlfühlen, genau wie in dem zuvor.
Selbst wenn es von zwei heißen Königen beherrscht wird.

Diese Besserungsanstalt ist nicht nur für Mädchen, sondern gemischt. Was bedeutet, es gibt zehnmal so viele Rohlinge mit mehr Muskeln als Verstand. Kein Problem. Aggressionen machen mir nichts aus und dieser Ort ist voll davon. Ein Albtraum, gehüllt in einen dunklen Mantel.

Nun, dann mal los, Jungs.
Traut euch nur und versucht, mich zu beanspruchen.

1

RAVEN

SEIT ICH DENKEN KONNTE, hatte ich meinen Geburtstag auf die gleiche Weise gefeiert: eingehüllt in eine schäbige Decke unter einem silbrig schimmernden Mond. Ich hatte mir immer einen sicheren Ort gesucht, an dem ich mich lange genug verkriechen konnte, um unbehelligt von der Freiheit zu träumen. Es war ein einfaches Geschenk an mich selbst, doch da ich im Jugendknast aufgewachsen war, war es leichter gesagt als getan.

Aber heute war mein achtzehnter Geburtstag.

Und es war an der Zeit, mit dem Träumen aufzuhören.

Als mich jemand in die Rippen trat, kippte ich mit einem lautlosen Keuchen vornüber. Ich wusste, dass es besser war, nicht zu schreien. Die Wärter genossen es sichtlich, mich heute Abend in eine andere Anstalt zu verlegen.

»Auf dem heutigen Flug befinden sich dreizehn Häftlinge«, sagte ein Mann. Dank meiner Augenbinde konnte ich ihn nicht sehen, aber ich wusste, dass er durchdringend blaue Augen hatte. Hinter ihnen schlummerte eine Grausamkeit, die die Nora gern als Gerechtigkeit bezeichneten.

Wie aufs Stichwort kniete er nieder und flüsterte mit gesenkter Stimme: »Und wir haben auch einen Raben an Bord.« Er fuhr mit den Fingern durch mein Haar und griff in die Wurzeln, bevor er meinen Kopf nach hinten riss. »Mal sehen, ob wir sie zum Krächzen bringen können.«

Der Mistkerl kannte meinen richtigen Namen nicht, aber er war ihm ziemlich nahe gekommen.

Raven.

Der Name passte zu mir. Mit meinem pechschwarzen Haar und meinen mitternächtlichen Flügeln, die sich von meiner blassen Haut abhoben, sah ich selbst für einen Noir-Engel ungewöhnlich aus. Und wenn dieser Idiot nicht aufpasste, würde ich ihm mit dem Dolch, den ich in meinen Federn geschmuggelt hatte, ein Auge ausstechen.

»Wir haben den Befehl, die Ware nicht zu beschädigen«, sagte ein weiterer Wärter mit gelangweilter Stimme. Das unverkennbare Rauschen von Flügeln war über das leise Brummen der Motoren des Luftschiffs zu hören.

Es ärgerte mich, dass die Nora sich für derart überlegen hielten. In Wirklichkeit hätten sie es viel mehr verdient, eingesperrt zu werden. Was hatte ich denn verbrochen? Die Tatsache, dass ich mit schwarzen statt mit weißen Flügeln geboren worden war? Ja, tut mir leid. Mein Fehler.

Meine Flügel juckten. Sie waren mit Lederriemen an meinem Rücken fixiert und drückten unangenehm dagegen, wobei der Griff der Waffe sich in meine Wirbelsäule grub. Es war mehr als beleidigend, in einer Maschine festgehalten zu werden, die durch die Luft flog, während ich selbst in der Lage war, durch die Lüfte zu gleiten.

»Weißt du, wohin die Reise geht? Ins Noir Reformatorium.«

Er sprach die Worte aus wie eine Drohung, aber ich hatte noch nie von diesem Ort gehört.

»Ich bin mir nicht sicher, ob ein kleines Geschöpf wie du dort überleben kann.« Er strich mit einem Finger meinen Hals hinunter bis zu meinen Brüsten. »Wenn du ein braves kleines Vögelchen bist, lege ich bei dem Direktor vielleicht ein gutes Wort für dich ein.«

Ja, das hatte ich schon einmal gehört.

»Verpiss dich«, blaffte ich, doch die Bemerkung wurde sofort bestraft. Der Wärter stieß meinen Kopf nach unten, sodass mein Gesicht auf den Boden prallte. Hinter meinen Augen explodierte ein heftiger Schmerz.

Er riss mich an meinem Arm wieder nach oben. »Und dabei wollte ich doch nur behilflich sein. Jetzt werde ich etwas zerschlagen müssen.«

Ich leckte mir das Blut von meiner aufgeplatzten Lippe und lächelte.

Die Nora hassten es, wenn ich lächelte.

»Du beschädigst die Ware«, sagte der andere Mann, wobei in seiner Stimme mittlerweile ein verärgerter Unterton mitschwang.

»Sie wird sowieso sterben«, sagte der Wärter, während er meinen Arm so fest drückte, dass ein blauer Fleck entstand. »Ich habe seit Jahrhunderten keine Frau mehr gesehen, geschweige denn eine unter mir gespürt. Warum können wir nicht etwas Spaß haben? Ich werde nichts sagen, wenn du es nicht tust.«

Der andere Wärter schwieg, was darauf hindeutete, dass er den Vorschlag in Erwägung zog.

Aber warum hatte er seit Jahrhunderten keine Frau mehr gesehen? Was für ein Ort war dieses Reformatorium?

LEXI C. FOSS & JENNIFER THORN

Der Nora grub seine Finger in meine Hüfte und drehte mich zu sich, bevor er mich gegen die Wand schleuderte. Ich konnte etwas Steifes an meinem Bauch spüren und wurde von einem mulmigen Gefühl durchflutet.

Da ich in einer Jugendstrafanstalt aufgewachsen war, in der ausschließlich Frauen untergebracht waren, wusste ich nur wenig über die männliche Anatomie. Allerdings hatte ich die ein oder andere Begegnung mit sexhungrigen Wärtern gehabt und wusste daher, was gleich geschehen würde. Es war den Wärtern strengstens untersagt, sich mit den weiblichen Gefangenen fortzupflanzen, aber das hatte die Wärter nicht davon abgehalten, ihre Bedürfnisse mit einigen der Ausbilderinnen zu befriedigen. Sie hatten sogar ein paar der älteren Mädchen begrapscht. Und wenn diese beiden Wärter wirklich davon überzeugt waren, dass ich ohnehin nicht überleben würde ...

Er kam näher und atmete meinen Duft ein, während er die Finger an meine Augenbinde legte und sich an dem Knoten zu schaffen machte. »Ich will die Angst in deinen Augen sehen«, flüsterte er.

Verdammt, dieser Typ war krank.

Die Binde fiel zu Boden und ich sah mich dem Nora-Engel gegenüber. Er hatte seine weißen Flügel hinter sich ausgebreitet und sein umwerfend schönes Gesicht wurde von goldenen Haaren umrahmt. Seine Augen waren jedoch glasig und er starrte mich mit einem leeren Blick an. Er sah genauso aus wie alle Nora, denen ich bisher begegnet war.

Er packte meine Taille und ich wölbte mich ihm entgegen, um ihn glauben zu lassen, dass ich mich fügen wollte. Er grinste. »Na, sieh mal einer an. Das Vögelchen hat gelernt zu gehorchen.«

Ich bewegte mich kaum merklich, bis meine Flügel Halt an der Wand hinter mir fanden, während ich mit den

Fingern die Unterseite meines Dolches zu fassen bekam. Der Nora war tatsächlich dumm genug gewesen, mich gegen die Ausstiegsluke zu drücken.

Fast.

Geschafft.

Klick.

Die Tür flog hinter mir davon und eisige Luft strömte in das Abteil. Ich hielt meine Waffe fest genug in der Hand, um im freien Fall einen der Lederriemen zu durchtrennen und einen meiner Flügel zu befreien, wobei der Wärter von mir weggeschleudert wurde.

Der Moment des Hochgefühls wurde von blankem Entsetzen getrübt, als ich ins Taumeln geriet und mit einem freien Flügel spiralförmig in die Tiefe stürzte. Ich bemühte mich, ihn wieder anzulegen, während ich mich darauf konzentrierte, auch den anderen Flügel zu befreien. Durch die kalte Luft waren meine Finger jedoch taub geworden und ich konnte nicht spüren, was ich tat.

Schreie ertönten und ich wusste, dass die Nora hinter mir her waren, aber so nahe war ich der Freiheit noch nie in meinem Leben gekommen. Ich wollte verdammt sein, wenn sie mich jetzt erwischen würden.

Ich befand mich immer noch im freien Fall, doch ich konzentrierte mich mit aller Kraft und schob den Dolch unter den anderen Riemen. Dann drehte ich ihn und durchschnitt das Leder, wobei mir die Waffe aus der Hand fiel, aber ich hatte es geschafft, mich zu befreien.

Ich widerstand dem Drang, meine Flügel auszubreiten. Ich hatte gelernt, dass ich alles nur noch schlimmer machen würde, wenn ich in Panik geriet. Dadurch würde ich meinen freien Fall noch weniger kontrollieren können und mir sicher die Flügel brechen.

Ich hatte keine Ahnung, wie nahe ich dem Boden war,

aber der Temperatur nach zu urteilen, die mich beim Verlassen des Luftschiffs umgeben hatte, sollte ich auf jeden Fall genügend Zeit haben, meinen Flug zu korrigieren.

Wahrscheinlich.

Vielleicht.

Es kostete mich all meine Willenskraft, um mich zu konzentrieren und mich von meinen Instinkten leiten zu lassen. Ich musste mich orientieren und herausfinden, wo oben und unten war. Ich schlug in kurzen Stößen mit den Flügeln und korrigierte meinen Fall, bis ich mich nicht länger um die eigene Achse drehte. Dann breitete ich die Arme aus, um meinen Flug zu verlangsamen und die Verletzungen, die ich erleiden würde, soweit wie möglich einzudämmen. Zögerlich entfaltete ich meine Flügel und stöhnte, als mein Körper durch den plötzlichen Auftrieb nach oben schoss. Als es mir gelang, die Tränen wegzublinzeln, die der beißende Wind und der stechende Schmerz in meinem Rücken mir in die Augen getrieben hatten, atmete ich tief durch und betrachtete meine Umgebung.

Nichts.

Bis auf einen vereinzelten Lichtschein in der Ferne sah ich unter mir nichts als Dunkelheit. Dies schien mir kein Ort zu sein, an dem die Nora ein Frauengefängnis betreiben würden. Das Jugendgefängnis, in dem ich zuvor untergebracht gewesen war, war zumindest von einem grünen Wald umgeben. Hier gab es jedoch keinen Ort, an dem man sich hätte verstecken können.

Und keinen Platz zum Landen.

Mir wurde klar, dass unser Reiseziel auf einer Insel lag, und ich nahm einen warmen Luftstrom wahr, der über die bewegte See wehte. Ich warf einen Blick über die Schulter und stellte fest, dass ich nichts als Dunkelheit um mich herum sehen konnte.

Scheiße.

Jetzt hatte ich endlich einmal eine Chance auf Freiheit und befand mich mitten im verdammten Nirgendwo.

Ich hatte mich so sehr darauf konzentriert, mir ein Bild von meiner Umgebung zu machen, dass ich völlig vergessen hatte, die Wärter im Auge zu behalten. Plötzlich rammte mich jemand und packte mich am Handgelenk.

»Flieg weiter«, sagte eine tiefe Stimme. »Du wirst all deine Kräfte brauchen. Verschwende deine Energie nicht, indem du auf der Stelle schwebst.« Ich begegnete seinem dunklen Blick und er bedachte mich mit einem verschmitzten Grinsen.

Mir stockte der Atem, als mir klar wurde, dass ich gerade von einem Noir statt von einem der Wärter entdeckt worden war.

Ein männlicher Noir.

Dann wurde mir klar, dass er mich immer noch berührte.

Ich riss meinen Arm los und fletschte knurrend die Zähne. »Hast du dir auf dem Weg nach unten den Kopf gestoßen? Wir sind frei und du willst auf das Gefängnis *zufliegen*?«

Er kniff die Augen zu dünnen Schlitzen zusammen, während ihm sein langes, weißes Haar wild um sein Gesicht wehte. Dann flog er hinter mich, um in meinem Rückenwind zu gleiten. »Wie du willst«, sagte er, wobei ich seine Worte in der Brise fast nicht verstanden hätte.

Ich betrachtete erneut die Dunkelheit um mich herum und warf einen Blick zurück zum Horizont. Ich war mindestens ein paar Stunden in dem Luftschiff gewesen. Obwohl ich meine Flügel in dem Jugendgefängnis so gut wie möglich trainiert hatte, konnte ich mich nicht länger als eine Stunde in der Luft halten, vor allem da man mir auf dem Flug nichts zu essen gegeben hatte. Die Strapazen meiner Flucht hatten mich bereits ausgehungert und meine Flügel waren geschwächt, nachdem ich meinen freien Fall gebremst hatte.

Ich wandte mich wieder dem Leuchten in der Ferne zu, dem sich die Noir Gefangenen mit den dunklen Flügeln widerwillig näherten. Über uns schwebte das Luftschiff und überwachte uns.

»Verdammt«, fluchte ich und verabscheute die Tatsache, dass der Noir recht hatte.

Alles Gute zum Geburtstag, Raven.

Willkommen im Noir Reformatorium.

2

RAVEN

»Wenn das nicht einladend aussieht?«, murmelte ich, als das Noir Reformatorium in seiner ganzen Pracht vor mir auftauchte.

Die Mauern und Türme des Gefängnisses waren überall mit schartigen Zacken versehen, die eine Landung unmöglich machten. Aus dem Augenwinkel nahm ich Schatten wahr und blickte in Richtung der Küste, an welcher seltsame Kreaturen umherhuschten. Somit gab es nur einen Platz, an dem man sich niederlassen konnte.

Und dieser schien eine Falle zu sein.

Ich wartete darauf, dass die anderen Häftlinge zuerst landeten. Wir waren insgesamt vierzehn Engel, die sich zu den anderen auf dem einzigen freien Platz gesellten und somit den Schwarm schwarzer Flügel noch verdichteten. Sie alle hatten sich auf einem staubigen Feld vor einer leeren Bühne versammelt und warteten darauf, dass der Gefängnisdirektor die Neuankömmlinge begrüßte. Ich blickte nach oben und erwartete, dass die Nora mich finden und für meinen Ungehorsam bestrafen würden, doch es flogen nur Männer mit schwarzen Flügeln herab.

Nicht gerade ermutigend.

Ich landete so weit wie möglich von der Plattform entfernt, um unbemerkt zu bleiben, obwohl meine Landung mit meinem verletzten Flügel alles andere als anmutig war.

Ich stolperte, als ich auf dem Boden aufkam, und wurde erneut von dem unausstehlichen Noir aufgefangen, dem ich schon in der Luft begegnet war.

»Ich habe dir gesagt, du sollst deine Energie nicht mit Schweben verschwenden«, tadelte er, woraufhin ich ihm einen finsteren Blick zuwarf.

»Und ich habe dir gesagt, du sollst mich nicht anfassen.«

Er ließ mich los und hielt abwehrend beide Handflächen in die Höhe, wobei er mir zum ersten Mal einen Blick auf die marineblauen Tätowierungen gewährte, die sich in einem verschlungenen Muster über seine Arme erstreckten. Sie endeten in einer gezackten Linie auf seinem rechten Bizeps, als seien sie unvollständig. »Eigentlich ist das das erste Mal, dass du mir das sagst.«

Ich starrte ihn wütend an. »Nun, ich habe es gedacht.«

Er grinste. »Wenn ich die Gedanken der Frauen lesen könnte, wäre ich gar nicht erst hier.«

Waren alle Männer derart lästig?

Ich ignorierte den Noir, auch wenn er umwerfend gut aussah, und nahm meine Umgebung in Augenschein. Ich konnte den irritierenden, aber sexy Noir auch später noch eingehender betrachten.

Dem Meer von breiten Schultern und riesigen Flügeln nach zu urteilen, die viel größer waren als meine eigenen, war ich die einzige Frau hier.

Seltsam.

Vielleicht war meine Verlegung ein Fehler gewesen. Sobald der Direktor darauf aufmerksam wurde, würde er mich doch sicher hier herausholen, nicht wahr?

Ich tadelte mich im Geiste selbst. Seit wann handelten die Nora vernunftgesteuert? Nein, ich würde schon selbst herausfinden müssen, was hier vor sich ging.

Meine Nasenflügel bebten, als ich die verschiedenen männlichen Gerüche um mich herum einsog.

Die Nora verströmten alle einen leicht verkohlten Duft, als hätten sie zu lange in der Sonne gelegen. Diese Noir rochen jedoch anders. Ihr Körperduft war dunkler und nicht unbedingt unangenehm. Ich runzelte die Stirn. Irgendetwas daran fühlte sich richtig an, zu richtig. Als wollte mir jemand damit einen mentalen Streich spielen.

Lauf weg, meldeten sich meine Instinkte zu Wort. Aber ich konnte nirgendwo hinlaufen und mich nirgendwo verstecken.

Die anderen Häftlinge waren damit beschäftigt, einander zu mustern, statt sich Gedanken über unsere Umgebung zu machen. Sie schienen auch nicht zu bemerken, dass ich das einzige weibliche Wesen auf dem Hof war. Wahrscheinlich sahen sie in mir keine Bedrohung.

Idioten.

In dem schummrigen Licht der Dämmerung konnte ich erkennen, dass die Bühne in der Mitte noch leer war. Die Insassen wurden zunehmend unruhig und streiften umher, während einige von ihnen immer wieder misstrauische Blicke auf das Luftschiff warfen, das weiterhin über uns schwebte. Sie formierten sich bereits zu kleinen Gruppen und suchten sich Verbündete, die ihr Überleben begünstigen würden, wenn es unweigerlich zu Kämpfen kam.

Wahrscheinlich sollte ich mich ebenfalls mit jemandem zusammentun. Immerhin hatte ich auf diese Weise den Jugendknast überlebt.

»Irgendetwas stimmt hier nicht«, flüsterte ich, ohne zu

bemerken, dass ich die Worte laut aussprach.

»Hm«, murmelte der männliche Noir zustimmend.

Ich starrte ihn an, dann stieg mir sein Duft in die Nase und ich kniff die Augen zu dünnen Schlitzen zusammen. »Warum riechst du anders als die anderen?« Er verströmte nicht denselben Geruch von nassen Federn wie einige der anderen Noir. Er erinnerte mich eher an den Ozean mit seiner salzigen Brise und dem endlosen Horizont, der sich im tiefen Blau seiner Augen widerspiegelte.

Atemberaubend.

Er schmunzelte, da er zweifelllos mein Interesse zur Kenntnis genommen hatte. »Ist das etwa deine Version einer Anmache? Denn daran solltest du noch arbeiten.«

Ich wandte den Blick ab und zwang mich, einen Schritt zurückzutreten. Ich war, ohne es zu bemerken, näher an ihn herangerückt und hatte mich von ihm anziehen lassen wie eine Motte vom Licht.

Das gefiel mir nicht.

»Du träumst wohl«, scherzte ich, als ich aus dem Augenwinkel eine Reflexion am Boden wahrnahm. Ich ging in die Hocke und konzentrierte mich auf das Objekt, das in der Ferne aus dem Sand ragte. *Ist das etwa ein Schwert?*

Ich wurde von Entsetzen gepackt, als ich den Blick auf meine Füße richtete. Winzige Kieselsteine bedeckten eine Schicht klebrigen Drecks. Ich kniete nieder und fuhr mit den Fingernägeln durch den Sand, wobei sich mein Verdacht bestätigte.

Getrocknetes Blut.

Der metallische Geruch war zwar schwach, aber wahrnehmbar. Durch die Düfte der unzähligen männlichen Noir, die mir meine Sinne vernebelten, hätte ich ihn fast nicht bemerkt.

Ich begegnete dem Blick des tätowierten Noir, in dem

sich ein wissender Ausdruck widerspiegelte.

Wir befanden uns nicht auf einem Empfangsplatz.

Sondern in einer Kampfarena.

Ein Schrei hallte durch die Luft und jagte mir einen Schauer über den Rücken. Statt mich der Richtung zuzuwenden, aus der er gekommen war, suchte ich erneut den Boden ab. Dieses Mal wusste ich, wonach ich suchen musste.

»Na also«, flüsterte ich, als ich einen Dolch im Sand entdeckte. Ich zog die Klinge heraus und wandte mich um, als ein Nora mit einem selbstgefälligen Ausdruck im Gesicht gerade die Bühne betrat. Er breitete seine weißen Flügel aus und ließ sie flattern, sodass jede einzelne seiner prächtigen Federn das Licht reflektierte.

»Willkommen im Noir Reformatorium!«, rief er, während er seine Arme zur Begrüßung weit ausbreitete. Er verzog die Lippen zu einem grausamen Lächeln und blickte auf einen Noir herab, der gerade Blut spuckte, während er eine Hand auf eine etwa faustgroße Wunde in seiner Brust presste. »Vor euch liegt eine simple Aufgabe«, fuhr der Nora fort, als das Opfer zu Boden sackte. »Ein Drittel von euch muss sterben.«

Er tätschelte das Maschinengewehr, das auf einem mechanischen Arm aus dem Bühnenboden auffuhr. Ich kannte solche Waffen aus der Jugendstrafanstalt. Damit konnte man jeden abschießen, der zu nahe heranflog. Es war eine Warnung an alle Insassen, es sich gut zu überlegen, bevor sie einen Ausbruch in Erwägung zogen, sei es durch die Luft oder auf anderem Wege.

Der Nora kniff ein Auge zu, während er mit dem Finger auf die Menge zielte und die Waffe seiner Bewegung folgen ließ. »Entweder ich suche mir ein paar Freiwillige aus oder ihr könnt selbst entscheiden.« Er grinste und riss seine dunklen Augen weit auf, die voller grausamer Vorfreude funkelten. »Wie hättet ihr es gern?«

Die Engel blickten einander an. Wenn ihr Schicksal meinem auch nur ansatzweise ähnelte, dann waren sie ihr ganzes Leben lang mit herzlosen, selbstsüchtigen Kreaturen eingesperrt gewesen und die Entscheidung würde ihnen leichtfallen.

Es galt das Überleben des Stärkeren.

Traue niemandem.

Einer der Noir entdeckte einen im Sand vergrabenen Morgenstern, riss ihn heraus, schleuderte ihn auf seinen nächsten Nachbarn und traf ihn am Kopf. Blut spritzte über den Sand und einen Moment lang herrschte Stille.

Der Nora warf den Kopf zurück und stieß ein schallendes Lachen aus. »Lasst die Spiele beginnen!«

Dann brach Chaos aus.

Ich ging in die Hocke und legte meine Flügel eng an meinen Rücken an, als eine Handvoll Noir in die Luft flog. Ich wusste, dass ich meine Kräfte nicht mit dieser Gruppe von Häftlingen messen konnte. Ich täte besser daran, am Boden zu bleiben, wo meine kleineren Flügel nicht so schwerfällig sein würden wie die der Männer.

Der tätowierte Noir trat näher an mich heran. Ich versteifte mich und machte mich bereit, meine Klinge in seine schöne Kehle zu stoßen. »Bleib dicht bei mir«, knurrte er zwischen zusammengebissenen Zähnen.

Meinte der Kerl das ernst?

»Halte dich einfach von mir fern«, blaffte ich und wollte mich an ihm vorbeidrücken, aber er streckte einen Arm aus und warf mich zu Boden. Ein stechender Schmerz durchzuckte meine Wirbelsäule, doch ich biss mir auf die Lippe. Ich würde dem Scheißkerl nicht die Genugtuung geben zu schreien.

Ein Speer flog durch die Luft und landete an der Stelle, an der ich eben noch gestanden hatte. Ich blinzelte.

»Bist du verrückt geworden?«, schnauzte ich, obwohl mir die Erkenntnis, dass ich beinahe aufgespießt worden wäre, einen erschütternden Schauer über den Rücken jagte. »Kümmere dich um dich selbst.«

Der Noir ignorierte meine Proteste, während er den Speer mit dem Fuß in die Luft schleuderte und ihn mit der Hand auffing. Er zielte damit auf eine Gruppe Männer, die gerade auf uns zukam, und schaltete einen der Noir mit einem perfekten Wurf aus.

Verdammt.

Offenbar hatte ich einen Verbündeten gefunden, ob ich es wollte oder nicht.

Er grub einen Langspieß aus dem Sand aus und stieß ihn in Richtung der Männer, um sie in Schach zu halten. Zwei von ihnen flogen auf, als sie bemerkten, dass sie sich uns am Boden nicht nähern konnten.

Daraufhin richtete mein Verbündeter den Spieß nach oben aus, während ich den Dolch anhob, um mich gegen die beiden Männer zu wehren, die sich uns am Boden näherten.

Sie grinsten mich an.

»Oh, sieh mal, das kleine Mädchen hat ein Spielzeug.«

Sein Kumpel bedachte mich mit einem perfekten Lächeln und zwinkerte mir zu. »Mit dem Ding könntest du jemandem ein Auge ausstechen.« Er rückte seine Hose zurecht. »Allerdings macht es mich an, dich mit einer Klinge hantieren zu sehen. Vielleicht verschonen wir dich und lassen dich mit einer echten Waffe spielen, nachdem der Aufseher seinen Spaß mit dir gehabt hat.« Er warf einen Blick auf den Rest seiner Gruppe und hob sein Schwert. »Nur ein Drittel von uns muss sterben.«

Ich wurde von unbändiger Wut gepackt. Eigentlich hätte ich einfach darauf warten sollen, dass er einen seiner Kumpel für mich ausschaltet, aber ich ließ mich von meinen Instinkten übermannen und schleuderte den Dolch in seine Richtung.

Niemand durfte es wagen, mir gegenüber derart respektlos zu sein.

Meine Waffe segelte durch die Luft und durchbohrte ihr Ziel. Der Noir stieß ein schmerzhaftes Brüllen aus, als er die Hände auf sein Auge presste.

»Ach, schau an. Da hast du wohl recht gehabt«, sagte ich mit einem Grinsen, wobei ich auf seine anfängliche spöttische Bemerkung darüber anspielte, dass ich jemandem ein Auge ausstechen könnte.

Der tätowierte Noir knurrte, als er seine Waffe in die Luft stieß und einen der anderen Noir durchbohrte, die über uns hinwegflogen. Sein Körper landete mit einem dumpfen Aufprall neben uns. Er bedachte mich mit einem tödlichen Lächeln und mir stockte der Atem.

Bevor mein Verbündeter seine Meinung darüber ändern konnte, ob er mich beschützen sollte – obwohl ich seinen Schutz nicht nötig hatte –, lief ich zu dem Noir, der sich am Boden wand. Ich riss ihm den Dolch aus dem Auge und durchtrennte mit einem sauberen Schnitt seine Kehle.

Das Töten lag mir zwar im Blut, doch es raubte mir jedes Mal ein kleines Stück meiner Seele. Ein kalter, schmerzender Stich durchfuhr meine Brust, als ich sah, wie das Licht aus den Augen des Noirs wich. Seine Freunde betrachteten mich mit einem höhnischen Grinsen, doch ihre bebenden Nasenflügel verrieten mir, dass sie mich lieber ficken als töten würden. Einer von ihnen versetzte einem anderen einen Fausthieb und löste damit eine Schlägerei aus. Ich wich einige Schritte zurück.

Sollten sich die Idioten doch gegenseitig umbringen.

Ich spürte, wie der tätowierte Engel mich beobachtete. Meine Flügel zuckten unwillkürlich, als ich darüber nachdachte, ob ich mich ihm zuwenden sollte. Er hatte mir zwar das Leben gerettet, aber es wäre töricht von mir anzunehmen, dass er sich von den anderen Insassen unterschied.

Soweit ich sehen konnte, war ich die einzige Frau hier, was bedeutete, dass ich nicht mehr als eine heiß umkämpfte Trophäe sein würde. Wenn er glaubte, mich mit Charme dazu bewegen zu können, mich ihm freiwillig hinzugeben, dann hatte er sich geirrt.

Bevor ich entscheiden konnte, wie ich mit meinem Verbündeten verfahren sollte, erregte ein jäh unterbrochener Schrei meine Aufmerksamkeit. Ich drehte mich gerade noch rechtzeitig um, um zu sehen, wie der abgetrennte Kopf eines Noir von seinen Schultern fiel und mit einem dumpfen Schlag auf dem Boden aufprallte. Aus dem Hals glänzten weiße Knochen und eine Unmenge Blut spritzte auf den Sand. Bei dem Anblick durchströmte mich eine eisige Kälte, die sich bis in meine Fingerspitzen erstreckte.

Ein Schatten huschte von dem Opfer weg und bewegte sich mit tödlicher Präzision auf die nächste Gruppe von Insassen zu. Einige von ihnen versuchten, sich in die Luft zu erheben, aber sie waren zu langsam.

Sie hatten nicht den Hauch einer Chance.

Der Schatten zerrte an ihren Knöcheln und ließ die Körper zu Boden stürzen.

Köpfe wirbelten in die Luft, als die Noir erkannten, dass wir von einem furchterregend mächtigen Wesen angegriffen wurden. Sie schlossen sich zusammen und hoben die

Waffen, die sie aus dem blutigen Sand gezogen hatten, um den Feind abzuwehren.

Der Schatten eilte auf die größte Gruppe zu und wich mit Leichtigkeit ihren Schlägen aus. Seine breiten, schwarzen Flügel blitzten auf und es gelang mir, einen Blick auf den Angreifer zu erhaschen.

Zu meiner Überraschung war es ein Noir. Sein dunkles Haar umrahmte seine blassblauen Augen, hinter denen er seinen nächsten Schritt mit tödlicher Geschwindigkeit berechnete, während er einem anderen armen Engel den Kopf abschlug.

Mir stockte der Atem, als ich sah, dass er kein Messer in der Hand hielt. Er schien überhaupt keine Waffe zu haben, sondern köpfte seine Opfer mit bloßen Händen.

»Scheiße«, fauchte mein tätowierter Begleiter, als er sich aufrichtete und das Geschehen beobachtete. Er blickte hinauf zur Bühne, auf der der Nora verzweifelt in ein Gerät schrie. Mein Verbündeter rieb sich das Gesicht. »Novak wird uns alle umbringen.«

Er kannte diesen Psychopathen?

Ich hielt meinen blutverschmierten Dolch fest umklammert und starrte auf seinen Hinterkopf, während er von Novaks Amoklauf abgelenkt war. Wahrscheinlich hätte ich meinem nächsten Impuls nicht folgen sollen, aber die Gelegenheit war einfach zu günstig, um sie zu ignorieren, also schlug ich zu.

Es galt das Überleben des Stärkeren.

Traue niemandem.

Ich war schnell, aber nicht schnell genug. Der tätowierte Noir drehte sich gerade noch rechtzeitig um, sodass mein Dolch sein Ziel verfehlte, während in seinen Augen ein überraschter Ausdruck aufblitzte. Meine Klinge hätte sich zwischen seine schönen Federn gebohrt und sein Herz getroffen, wenn er nur einen Moment länger stillgehalten hätte. Stattdessen versenkte ich den Dolch in seinem Brustkorb, woraufhin er laut aufstöhnte und die Federn ausbreitete, um mit einem Flügelschlag von mir zurückzuweichen.

Er spuckte Blut und packte den Griff der Waffe, die in seiner Brust steckte. Er fluchte weder, noch wirkte er sonderlich wütend. In seinem Blick spiegelte sich vielmehr ein verletzter Ausdruck wider, in den sich ein Anflug von Bewunderung mischte. Ich fragte mich unwillkürlich, wie lange er schon gefangen gehalten wurde, denn dieser Blick war zu sanft und zu menschlich für unsere Welt.

Der dunkle Schatten stieß ein wütendes Brüllen aus und hielt mitten im Gemetzel inne, um seinen tödlichen Blick auf mich zu richten.

Ich biss mir auf die Unterlippe und erkannte, dass ich die Situation völlig falsch eingeschätzt hatte. Er und mein tätowierter Begleiter waren nicht miteinander verfeindet.

Sie waren Freunde.

»Scheiße«, murmelte ich, als der dunkle Schatten namens Novak auf mich zustürmte.

Der Nora auf der Bühne erteilte irgendjemandem lautstark einen Befehl und verschwand dann hinter einer Tür. Kaum war er verschwunden, bebte der Boden unter unseren Füßen, aus dem einen Moment später grünes Gas aufstieg.

Ich war erledigt.

Und wahrscheinlich hatte ich meine Strafe verdient, weil ich mich gegen meinen einzigen vermeintlichen Verbündeten gewandt hatte. Es war zwar nicht der klügste Schachzug gewesen, aber er war notwendig gewesen. Ich tat, was ich tun musste, um zu überleben. Und zwar immer.

Ich folgte meinen Instinkten und erhob mich in die

Lüfte, als mich das Knurren des Psychopathen namens Novak verfolgte. Er sprang auf, doch ich konnte das Schimmern von Ketten sehen, die seine Flügel fesselten. Er war am Boden fixiert.

Er schlug hart auf dem Sand auf und spuckte, als das Gas ihn überwältigte und ihn endgültig außer Gefecht setzte, wobei seine Augen nach hinten rollten.

Ich schlug verzweifelt mit den Flügeln, um mich so weit wie möglich von dem Wahnsinnigen zu entfernen, der die meisten der überlebenden Insassen in der Arena enthauptet hatte. Ich wusste nicht, ob das Gas ihn getötet oder er nur vorübergehend das Bewusstsein verloren hatte, aber ich hatte nicht vor hierzubleiben, um es herauszufinden. Als ich an Höhe gewann, wurde ich von einem Gefühl der Erleichterung durchströmt. Doch dann blickte ich nach unten und mir lief ein eiskalter Schauer über den Rücken, als ich das Meer von Blut und die stumpfen, toten Augen sah, die mich anstarrten.

Dann erblickte ich die Waffe auf der Bühne.

Sie war direkt auf mich gerichtet.

Ich legte die Flügel an und stürzte in die Tiefe. Ich könnte mir später noch den Kopf darüber zerbrechen, wie ich Novak und das giftige Gas überleben würde. Eine Feuerkugel direkt durch meine Brust würde mich zweifelsfrei umbringen.

Meine Beine schmerzten, als ich unsanft landete und am Boden zusammensackte. Dabei brach ich mir mehr als ein paar meiner Schwungfedern, wobei mir ein stechender Schmerz durch den Rücken fuhr.

Der bläulich-grüne Nebel kroch über mich hinweg wie eine gierige Kreatur, die ihre Beute verschlang.

Ich sog den Atem ein und meine Augen tränten.

Und dann wurde ich von Dunkelheit umhüllt.

3

SORIN

ZITRUSDUFT. Ich rümpfte die Nase. *Warum rieche ich Orangen?*

Nein. Ich musste die Frage anders formulieren. Warum ließ der Duft von Orangen meinen Schwanz hart werden?

Ich stöhnte, drehte mich auf die Seite und umfasste meine Männlichkeit mit der rechten Hand, um mich zu erleichtern. Was würde ich jetzt für einen warmen Mund geben, in dem ich mich bis zu den Eiern versenken könnte.

»Zian«, murmelte ich, ohne die Augen zu öffnen. »Wo zum Teufel bist du?«

»Hier unten«, antwortete er und klang viel wacher als ich.

»Wo?«

»Unter dir.«

Ich runzelte die Stirn. »Du liegst definitiv nicht unter mir.« Sonst wäre ich längst dabei, mich mit ihm zu vergnügen. »Komm ins Bett.«

»Das geht nicht.«

»Warum nicht, verdammt?«, wollte ich wissen.

»Wir haben Besuch.«

»Novak ist das doch völlig egal.« Er wusste, dass Zian und ich gern miteinander spielten. Manchmal beobachtete er uns sogar dabei. Der Mistkerl war ein Voyeur. Zum Glück hatten sowohl ich als auch Zian nichts gegen ein wenig Exhibitionismus einzuwenden. Allerdings schien das momentan nicht auf Letzteren zuzutreffen, und das ausgerechnet jetzt, da ich meinen pochenden Schaft in der Hand hielt. Ich streichelte ihn ausgiebig und verlor mich in dem süßen Aroma, das meine Sinne umhüllte.

Bis die Vernunft meiner Lust einen Dämpfer aufsetzte.

Warum verliere ich wegen dieses Zitrusdufts den Verstand? Und woher kommt er überhaupt?

»Ich meine aber nicht Novak«, sagte Zian mit sanfter Stimme, in der ein Hauch von Verwunderung lag. »Ganz und gar nicht.«

»Wie bitte?« Er redete wirres Zeug. Was zum Teufel ist letzte Nacht passiert? Ich rollte mich auf den Rücken, wobei ich meinen Schwanz immer noch in der Hand hielt. Ich öffnete ein Auge und erwartete, in die Sonne zu blinzeln, die auf mich herabschien.

Doch stattdessen blickte ich auf eine Zimmerdecke.

»Was zum Teufel ist hier los?« Ich wollte mich aufsetzen, doch die Vernunft ließ mich auf halbem Weg innehalten. Die Betonplatte befand sich etwa einen Meter über mir und ich würde mir ohne Zweifel die Stirn stoßen, wenn ich die Bewegung zu Ende führte.

Ich legte mich wieder aufs Bett und blickte nach rechts. Eine weitere weiße Wand. Zu meiner Linken befand sich ein Etagenbett und aus meiner Position konnte ich schließen, dass ich auf meiner Seite des Raumes oben lag. Am Fußende sah ich eine gewöhnliche Zellentür.

Hm.

Das war nicht das Quartier, in dem ich während der letzten hundert Jahren an jedem Morgen erwacht war.

Die hintere Wand war von einem Fenster mit Blick aufs Meer versehen, das dem ansonsten tristen Raum eine vermeintlich angenehme Atmosphäre verlieh. »Wo zum Teufel sind wir?«

»Gute Frage«, antwortete Zian. »Aber noch viel mehr würde mich interessieren, wer zum Teufel sie ist.«

»Wer zum Teufel wer ist?«, fragte ich und rollte mich aus dem Bett, um geschickt neben ihm auf den Füßen zu landen.

Er deutete mit dem Kinn auf die Pritsche gegenüber, während ich meine locker sitzende Hose zurechtrückte.

Der Anblick eines rabenschwarzen Haarschopfs ließ mich erstarren und meine Erinnerung holte mich wieder ein. Ich fasste mir an die Rippen und spürte den heilenden Bluterguss an der Stelle, an der dieses gerissene kleine Miststück mich mit einem Dolch getroffen hatte.

Der Anblick einer Frau hatte mich so sehr mit Ehrfurcht erfüllt, dass ich dummerweise versucht hatte, sie zu beschützen wie ein seltenes Juwel. »Sie hat versucht, mich umzubringen«, blaffte ich und setzte mich in Bewegung, als Zian vom unteren Bett aufsprang.

Die Betten standen gut drei Meter voneinander entfernt, sodass ihm genügend Zeit blieb, um sich mir in den Weg zu stellen. Mit seinem schlanken, muskulösen Körperbau war er unglaublich flink. Er packte meine Schultern, um mich aufzuhalten. »Im Moment brauchen wir sie lebend.«

»Dann werde ich sie nicht töten«, erwiderte ich. »Ich werde mich nur bei ihr revanchieren.«

Ich versuchte, mich zu ducken und mich an ihm vorbeizudrängen, doch er ahmte meine Bewegungen in einem zeitlosen Tanz nach, den unsere Körper im Laufe jahrzehntelanger Zweisamkeit erlernt hatten. Es machte ihn sowohl zu einem ausgezeichneten Liebhaber als auch zu einem erstklassigen Sparringspartner. Im Moment diente er mir jedoch für keine der genannten Zwecke. »Aus dem Weg, Z.«

»Novak ist verschwunden«, warf er ein. »Wir müssen zuerst herausfinden, was sie weiß, bevor du wie ein wild gewordener Noir auf sie losgehst.«

»Ein wild gewordener Noir?«, wiederholte ich und schnaubte. »Ich werde sie nicht vergewaltigen, Z. Ich werde ihr nur eine Lektion erteilen, die sie so schnell nicht wieder vergessen wird.« Ich wollte diesen vollen Lippen eine Entschuldigung entlocken.

Ich sah ihre großen schwarzen Augen im Geiste vor mir, dann kamen mir ihr wunderschönes Gesicht und ihr elfenhaftes Kinn in den Sinn. Sie erinnerte mich an eine kleine Fee, denn mit ihrer zierlichen Gestalt war sie meinem Körperbau weit unterlegen. Allerdings hatte sie unfair gekämpft, wobei ihre Fähigkeiten für ihr Alter durchaus bewundernswert waren. Sie war zweifellos untrainiert und legte nicht annähernd das kriegerische Können an den Tag, über das Zian und ich verfügten. Für ihr Überleben waren ihre Kampfkünste jedoch ausreichend.

»Sie hat einen Dolch nach mir geworfen«, sagte ich sowohl irritiert als auch erregt.

»Ich weiß.« Zian setzte sich wieder in Bewegung, um mir erneut Einhalt zu gebieten. Er legte eine Hand auf meine nackte Brust und schob mich rückwärts durch den Raum, bis meine Flügel gegen die Metallstange stießen, die das obere und untere Bett miteinander verband. Ich kniff die Augen zu dünnen Schlitzen zusammen.

»Hör auf mit dem Scheiß, ich will sie nur wecken.«

»Du darfst sie nicht töten.«

Dabei blieben die unausgesprochenen Worte *noch nicht* zwischen uns in der Luft hängen.

Denn wir wussten beide, dass Zian nicht vor Mord zurückschreckte.

»Ich habe doch gesagt, dass ich sie nicht töten werde, Z«, entgegnete ich. Es ärgerte mich, dass er mir nicht zu glauben schien. »Ich habe mich unter Kontrolle.«

»Ich weiß. Ich bin nur ...« Er verstummte, atmete tief durch und schüttelte den Kopf. »Ich kann Novak spüren. Er hat keine Schmerzen, aber er ist auch nicht *hier*.«

Ich runzelte die Stirn. »Was meinst du damit?«

»Er hat sich irgendwie abgekapselt. Oder irgendetwas hat *ihn* von uns abgeschnitten.« Zian fuhr sich mit der Hand übers Gesicht. Durch seine familiäre Bindung zu Novak konnte er die Situation besser einschätzen als ich. Sie waren Cousins und kannten sich von Geburt an. Ich war erst später zu ihnen gestoßen, als wir uns als Teenager während unserer Ausbildung zu Himmlischen Nora Kriegern kennengelernt hatten.

Zian und ich hatten uns auf Anhieb gut verstanden. Novak und ich hatten etwas länger gebraucht, um miteinander warm zu werden, denn er war für seinen Stoizismus bekannt. Der Mann sprach nur, wenn er etwas Wichtiges zu sagen hatte, was nur selten der Fall war. Er zog es vor, Situationen zu analysieren und zu beobachten, bevor er handelte.

Dadurch wusste ich, dass er all die Noir gestern aus einem bestimmten Grund enthauptet hatte. Allerdings kannte ich diesen Grund nicht, denn er hatte es ohne eine Erklärung getan.

Und jetzt war er offenbar verschwunden.

Großartig.

»Wenn du mir nicht glaubst, dass ich sie nur aufwecken will, dann mach du es eben. Falls sich herausstellt, dass sie nichts weiß, bin ich an der Reihe.« Ich verschränkte die Arme vor der Brust, um Zian zu verdeutlichen, dass ich nichts unternehmen würde, bis Zian mir die Erlaubnis dazu gab.

Zian fuhr sich mit den Fingern durch sein pechschwarzes Haar, dessen Strähnen ihm sogleich wieder in die Stirn fielen. Er schaffte es nur selten, seine Mähne zu bändigen, und zog den zerzausten Look jedem Anschein von Eleganz vor. Es passte perfekt zu seinem Charakter, der sich zumeist jeder Situation widersetzte.

Er war ganz und gar er selbst und verstellte sich nie.

Und er war ganz sicher keiner von den Guten.

Wenn ich die dunkelhaarige Schönheit töten wollte, würde er nicht mit der Wimper zucken. Er wollte nur sicherstellen, dass sie lange genug lebte, damit er die nötigen Informationen über Novak in Erfahrung bringen konnte. Sobald sich herausstellte, dass sie nichts wusste – und ich war mir sicher, dass wir schon bald zu dem Schluss kommen würden –, würde er sie mir mit einer abwinkenden Handbewegung überlassen.

Mit einem steifen Nicken wandte er sich der kostbaren Kreatur auf dem anderen Bett zu. Sie hatte ihren schwarzen Flügel wie eine Decke um sich gelegt. Einige der Federn standen in einem Winkel ab, der mir verriet, dass sie sich in der Arena verletzt hatte.

Mein erster Instinkt befahl mir, die Brüche zu untersuchen und ihr zu helfen, sie zu heilen.

Dann erinnerte ich mich an den Dolch, den sie nach mir geworfen hatte, und fasste mir stattdessen an die Rippen. In mir wallte erneut Wut auf, aber ich verspürte auch einen Anflug von Respekt. Sie hatte mir von Anfang an nicht getraut, und das zeichnete sie als intelligentes Wesen aus. Denn wenn nötig, würde ich mich, ohne zu zögern, gegen sie wenden.

Mein Leben würde immer an erster Stelle stehen. Genauso wie das von Novak und Zian.

Wir waren wie Brüder und waren in unserem alten Gefängnis ein unzertrennliches Dreiergespann gewesen. Auch in dieser Anstalt würden wir irgendwann das Sagen haben. Wo auch immer sie sich befand. »Wie haben die Nora diesen Ort genannt? Das Noir Reformatorium?«

Zian schnaubte. Er betrachtete noch immer die Frau und musterte ihre zierliche Gestalt. »Ja. Einer der Wachmänner auf dem Flug hierher sagte, dieses Gefängnis sei besser als unsere letzte Unterkunft. Ich glaube, er hat gelogen.«

»Das glaube ich auch«, pflichtete ich ihm bei, als ich unsere Zelle noch einmal in Augenschein nahm. »Aber wenigstens haben wir einen Blick aufs Meer.«

»Vorausgesetzt, es ist echt.«

»Das ist wahr.« Die Nora liebten es, in unseren Köpfen herumzupfuschen.

Nun, nicht alle Nora.

Nur die Wärter, die für dieses Gefängnissystem verantwortlich waren.

Denn wir selbst waren Nora gewesen, bevor unsere Flügel sich schwarz verfärbt hatten. Und früher waren wir keine Arschlöcher, die mit dem Verstand anderer spielten. Wir waren friedliebend. Bis wir vor etwa hundert Jahren dazu gezwungen waren, unsere Loyalität zueinander über die der Nora zu stellen.

Und das hatte zu unserer Gefangenschaft geführt. Sie hatten behauptet, dass wir lediglich Buße tun müssten, und genau das haben wir getan. Aber ohne Erfolg, also haben wir uns entschieden zu überleben.

»Warum ist sie nicht wach?«, wollte Zian wissen und trat gegen das Bett.

»Sie ist schwach und jung«, überlegte ich laut und betrachtete noch einmal ihre zierliche Gestalt. »Ich schätze achtzehn, vielleicht neunzehn.« Engel alterten zwar nach ihrem fünfundzwanzigsten Lebensjahr nicht mehr, doch unsere Auren verrieten unser wahres Alter. »Sie ist unerfahren.«

»Sehr«, stimmte Zian zu und hockte sich neben ihr Bett. »Aber sie hat dich mit der Klinge ordentlich erwischt.«

»Ich würde es Glück nennen. Aber sie hat Reese das Auge ausgestochen, bevor sie ihm die Kehle aufgeschlitzt hat.«

»Wer hat sie ausgebildet?«

»Das weiß ich nicht, aber sie muss noch viel lernen.« Ich war von ihrer Wurffähigkeit beeindruckt, doch ihre Flugkünste waren weniger imposant.

Zian zog eine dunkle Augenbraue in die Höhe. »Oh, willst du ihr etwa wieder helfen? Das hat nämlich beim letzten Mal nicht sonderlich gut funktioniert.«

»Wenn sie von mir trainiert werden will, muss sie es sich erst verdienen«, murmelte ich und dachte an all die Möglichkeiten, wie ich sie dafür bezahlen lassen würde, dass sie sich gegen mich gewandt hatte. Sie hätte einfach meine Hilfe annehmen sollen, ich hätte keine Gegenleistung verlangt. Doch jetzt würde ich sie um jeden noch so kleinen Tipp, wie man in diesem Höllenloch überlebte, betteln lassen.

Wahrscheinlich würde ich ihr sogar das Leben zur Hölle machen, nur so zum Spaß.

Sie hätte noch viel Schlimmeres verdient, weil sie versucht hatte, mich umzubringen.

Zian streckte die Hand aus, um mit dem Finger zwischen ihren Flügeln entlang über ihre Wirbelsäule zu streichen. Es war eine intime Berührung, die für gewöhnlich nur Gefährten vorbehalten war. Doch er tat es nicht aus Begierde, vielmehr wollte er feststellen, ob sie tatsächlich schlief. Seine Sinne bemerkten den Rhythmus ihrer Atmung ebenso wie meine.

Sie flog buchstäblich herum und verhedderte sich in ihren gebrochenen Flügeln. Sie erinnerte mich an ein kleines Kind, das seine ersten Flugversuche unternahm.

Ich schnaubte. »Plötzlich ist sie nicht mehr so geschickt, meinst du nicht auch?«

»Stimmt«, murmelte Zian, der einen Schritt zurücktrat, um sich solidarisch neben mich zu stellen. Er ahmte meine Körperhaltung nach, indem er ebenfalls die Arme vor der Brust verschränkte. »Wie heißt du?«

»Fick dich«, erwiderte sie. Ich bemerkte ihr zerzaustes Haar, als sie den Kopf endlich aus ihrem Kokon aus ungepflegten Federn hervorstreckte. Sie fauchte, blies sich die Strähnen aus dem Gesicht und kauerte sich in ihrem Bett zusammen.

Ich zog eine Augenbraue in die Höhe. »Das ist nicht besonders klug, Schätzchen. Du kannst nirgendwo hin und könntest höchstens versuchen, uns anzugreifen, was bedeutet, dass ich dich in zwei Sekunden auf die Matratze drücken könnte. Und in weniger als fünf Sekunden wäre ich in dich eingedrungen.«

Sie stieß ein Knurren aus. Es war der bezauberndste Laut, den ich je gehört hatte. Sogar Zian schien sich darüber zu amüsieren. Vielleicht belustigte ihn auch meine Drohung, denn er wusste, dass ich sie nie in die Tat umsetzen würde. Man konnte einiges über mich sagen, doch das Einverständnis meines Gegenübers war mir schon immer wichtig gewesen. Genauso wie ihm. Es machte eine Eroberung umso erregender.

»Wenn ihr mich anfasst, werde ich euch beißen«, fauchte sie drohend.

»Das wäre das Vorspiel, Baby«, antwortete Zian. »Mach nur weiter so.«

Diesmal fletschte sie die Zähne wie eine in die Ecke getriebene Wildkatze, die darauf wartete, freigelassen zu werden. Ich grinste und schüttelte mein Haar, wobei ich das getrocknete Blut bemerkte, das an den weißen Strähnen klebte. In der Ecke des Zimmers gab es eine Dusche, die das Problem beheben würde. Ich würde sie in Anspruch nehmen, nachdem wir hier fertig waren.

»Was ist mit Novak passiert?«, wollte ich wissen. Mit der Frage kam ich Zian zuvor, da ich dieses Verhör so schnell wie möglich hinter mich bringen wollte.

»Novak?«, wiederholte sie und runzelte die Stirn. »Woher zum Teufel soll ich wissen, was mit eurem psychotischen Freund passiert ist?«

»Weil ich gesehen habe, wie du in die Luft geflogen bist, als das Gas entwichen ist. Du warst eine der Letzten, die noch bei Bewusstsein war«, warf Zian ein.

Das hatte ich nicht gewusst, da ich dank der verdammten Wunde in meinem Brustkorb schnell zu Boden gegangen war. Jetzt verstand ich, warum er sie unbedingt befragen wollte. »Was hast du gesehen?«

Statt einer Antwort ließ sie den Blick durch die Zelle schweifen, wobei sie mit ihren schwarzen Augen jedes Detail in Sekundenschnelle registrierte.

Ja, sie ist zweifellos intelligent.

Aber sie war auch noch sehr jung. »Was hast du

angestellt, um deine schwarzen Flügel zu verdienen?«, fragte ich mich laut. Ich war neugierig zu erfahren, welche Sünde sie in so jungen Jahren begangen haben könnte. Zian, Novak und ich waren zur Zeit unseres Falls alle fast sechzig gewesen. Dieses Mädchen konnte nicht älter als zwanzig sein.

»Das geht dich einen Scheißdreck an«, erwiderte sie und begegnete endlich wieder meinem Blick. »Du hast mir zwar in der Arena geholfen, aber das bedeutet nicht, dass ich dir etwas schulde. Also pack deinen Schwanz wieder ein, denn das kannst du vergessen.«

Ich zog ruckartig die Augenbrauen in die Höhe, als ich Zian anblickte, der ebenso überrascht wirkte. »Sprechen wir die gleiche Sprache, Z? Denn ich könnte schwören, dass ich sie nicht angemacht habe.«

»Du hast aber erwähnt, dass du in sie eindringen würdest. Vielleicht hat sie das eher als Angebot statt als Drohung aufgefasst«, sagte er im Plauderton.

»Wahrscheinlich hast du recht. Eigentlich wollte ich sie damit nur darauf hinweisen, dass sie uns deutlich unterlegen ist.«

»Ich weiß. Sie hat es wohl nicht richtig verstanden. Vielleicht sollten wir etwas deutlicher werden?«

»Oder ihr zwei Trottel könntet aufhören, so zu tun, als wäre ich unsichtbar«, sagte sie mit verbittertem Tonfall. »Ich sitze genau vor euch.«

»Ach, wirklich?« Ich beugte mich vor, um ihr in die Augen zu blicken. »Tut mir leid, ich habe dich in deiner behelfsmäßigen Höhle gar nicht gesehen. Fühlst du dich da drin sicher, Schätzchen? Versteckst du dich deshalb?«

Zian bewegte sich wie immer blitzschnell, packte ihren Fußknöchel und zerrte sie aus dem Bett. Sie schrie auf, als sie auf dem Boden landete und rückwärts zur Tür krabbelte.

Ich schüttelte lachend den Kopf. »Du sitzt immer noch in der Falle, Baby.«

»Hör auf mit dem Scheiß und sag uns, was du gesehen hast. Wo ist Novak?«, forderte Zian.

Sie zitterte sichtlich und verströmte einen Hauch von Angst, als sie den Ernst der Lage erkannte. Sie war mit zwei starken Männern in einem Raum eingesperrt. Wir wären imstande, sie innerhalb weniger Sekunden zu überwältigen und sie immer wieder zu ficken, und irgendetwas verriet mir, dass niemand uns aufhalten würde. Denn wir waren in einem Gefängnis gelandet, in dem jeder nur um sein nacktes Überleben kämpfte.

Und man hatte sie in eine Zelle mit zwei der zähesten Noir der Welt gesteckt.

Das war keine Übertreibung, sondern eine Tatsache. Und sie würde sie am eigenen Leib zu spüren bekommen, wenn sie nicht bald anfing, Zians Fragen zu beantworten.

»Ich werde dich nicht noch einmal fragen«, fauchte Zian und trat einen Schritt auf sie zu.

Und er hatte sich Sorgen gemacht, dass ich überreagieren könnte. Typisch.

Ich packte ihn am Nacken und zog ihn zurück, als er einen weiteren Schritt vortrat. »Gib ihr eine Minute zum Nachdenken.«

»Da gibt es nichts zu überlegen, verdammt. Sie war bei Bewusstsein, als das Gas entwichen ist. Was ist danach passiert?«

»Irgendein Nora hat versucht, mich mit Feuerkugeln abzuschießen«, sagte sie, wobei in ihren Augen blanke Wut funkelte. »Also bin ich zurück auf den Boden gefallen und mit dem Rest von euch an dem Gas erstickt. Ende der Geschichte. Zufrieden?«

Zian musterte sie einen Moment lang, dann sah er mich an. »Glaubst du ihr?«

»Sie hat versucht, mich zu töten«, erinnerte ich ihn. »Ich traue ihr kein bisschen.«

Er zuckte mit einer Schulter. »Also schön. Dann tu dir keinen Zwang an und erteile ihr eine Lektion. Ich könnte etwas Unterhaltung gebrauchen.«

Ich hätte fast gelächelt, denn mir war klar, was er vorhatte. Er wusste, dass die Angst sie dazu bringen würde, weitere Details zu verraten, die für uns von Bedeutung sein könnten. »Gern.« Ich ließ meinen Nacken kreisen und trat einen bedrohlichen Schritt nach vorn.

Sie sprang mit einer geschmeidigen Bewegung auf die Füße und hob abwehrend die Hände in die Höhe. »Das mit dem Dolch tut mir leid, okay? Ich habe nur versucht zu überleben.«

»Und ich habe versucht, dein Überleben zu gewährleisten«, erklärte ich und trat einen weiteren Schritt auf sie zu.

Sie holte zum Schlag aus, doch ich fing ihre Faust mit Leichtigkeit auf, dann schnappte ich mir ihre andere Hand, bevor sie daran denken konnte, sie zu benutzen. Ich packte ihre beiden Handgelenke mit einer Hand und hielt sie über ihren Kopf, wobei ich mit der anderen Hand ihre Kehle umschloss.

»Das war nicht sehr klug, Kleine«, flüsterte ich und trat noch einen Schritt auf sie zu, um einen Schenkel zwischen ihre Beine zu schieben. »Wie heißt du?«

»Warum willst du das wissen?« Ihre Stimme zeugte von Stärke, während ihre Pupillen vor Entsetzen geweitet waren. Es war eine berauschende Mischung, die meinen Schwanz sofort wieder hart werden ließ.

Vielleicht lag es auch daran, dass ich seit über hundert Jahren keine Frau mehr berührt hatte.

Ich würde mich nicht von meinen niederen Instinkten leiten lassen.

Aber ich würde mich später meinen Fantasien hingeben und Zian vielleicht daran teilhaben lassen. Früher hatten wir ständig gemeinsam Frauen verführt. Ich dachte gern daran zurück und sehnte mich danach, die Erinnerungen wiederaufleben zu lassen.

»Vielleicht würde ich einfach gern wissen, mit welchem Namen ich dich ansprechen soll, wenn ich dir später im Bett Befehle erteile«, flüsterte ich ihr ins Ohr und lächelte, als sich eine Gänsehaut auf ihren nackten Armen bildete.

Sie trug eines dieser ärmellosen Oberteile, die hinten im Nacken zusammengebunden waren, und es verhüllte ihre Brust, sodass sie ihre Flügel ungehindert entfalten konnte, während ihre intimen Körperstellen jedoch verborgen blieben. Sie trug darunter keinen BH, was zur Folge hatte, dass sich unter dem dünnen Stoff ihre härter werdenden Brustwarzen abzeichneten. Ich wusste nicht, ob diese Reaktion auf ihre Angst oder Erregung zurückzuführen war, vielleicht war es auch eine Mischung aus beidem.

Ich begegnete ihrem dunklen Blick und konnte an dem Ausdruck in ihren Augen erkennen, dass sie ihre Unterlegenheit anerkannte. »Mm, ja. Du lernst schnell«, lobte ich, dann ließ ich sie los und trat einen Schritt zurück. »Und dabei hatte ich nicht einmal vor, dir irgendetwas beizubringen.«

Ich drehte mich um und setzte mich auf Zians Bett, ohne dem gebrochenen Geschöpf an der Tür weiter Beachtung zu schenken. Sie wusste eindeutig nichts.

»Ich brauche sieben neue Tattoos«, sagte ich zu Zian.

»Wie soll ich das anstellen?«, fragte er und blickte sich um. »Ich habe keines meiner Werkzeuge hier.«

»Ich schätze, wir müssen sie uns durch Tauschhandel besorgen.«

Er zuckte mit einer Schulter. »Oder ich stelle welche her, aber es wird ein bisschen dauern, bis ich alles Nötige zusammengesammelt habe.«

»Dann werde ich warten. Vielleicht musst du mir bis dahin noch ein paar mehr verpassen.«

Er warf einen Blick auf die Frau und sagte nur: »Gut möglich.« Nicht weil ich sie töten würde, sondern weil ich ihretwegen wahrscheinlich andere umbringen würde.

Ich musste sie nicht mögen, um das Bedürfnis zu haben, sie zu beschützen.

Als Krieger lag mir dieser Instinkt im Blut.

Weibliche Engel waren selten und männliche Engel waren ihnen zahlenmäßig meist zehn zu eins überlegen. Aus diesem Grund hatte ich seit fast einem Jahrhundert keine Frau mehr gesehen.

Die Frauen der Noir waren sogar noch außergewöhnlicher, denn man musste erhebliche Sünden begehen, um schwarze Flügel zu bekommen. Ich fragte mich, womit sie sich ihre dunklen Federn wohl verdient hatte. Wenn man in Betracht zog, wie leichtfertig sie sich mit der Klinge gegen mich gewandt hatte, lag die Vermutung nahe, dass sie schon einmal jemanden auf diese Weise angegriffen hatte. Vielleicht hatte sie ihn sogar getötet.

Zian fing meinen Blick auf und legte den Kopf schief, um mir etwas mitzuteilen.

Ich gab vor, mich träge zu recken, und folgte mit meinem Blick der Richtung, in die er mit seinem Kinn deutete. Einen Moment später entdeckte ich die schwenkbare Kamera an der Decke in der Nähe des Fensters. Da ich mir nicht anmerken lassen wollte, dass ich das kleine Spionagegerät gefunden hatte, lehnte ich mich mit den Händen in den Taschen meiner Jeans an die Wand direkt neben dem Fenster. Ich ließ meine Schultern und meinen Nacken langsam kreisen, während ich versuchte zu bestimmen, welchen Teil des Raumes die Kamera überwachte und mit welcher Technik sie ausgestattet war.

»Kein Ton«, sagte ich, nachdem ich den Bereich und den Rest des Raumes ein paarmal abgesucht hatte.

»Bist du sicher?«

Ich nickte, denn mein technisches Fachwissen ließ mich selten im Stich. »Ja, es handelt sich nur um eine visuelle Überwachung. Wahrscheinlich wollen sie sehen, wie lange es dauert, bis wir sie töten.« Warum sonst sollten sie eine geschlechtsreife junge Frau in einen Raum mit zwei ehemaligen männlichen Kriegern stecken, die seit Ewigkeiten kein weibliches Wesen mehr berührt hatten?

Zian schüttelte den Kopf. »Kranke Wichser.«

Ich stimmte mit einem energischen Nicken zu und dachte an die Wärter der Nora, die ich zu hassen gelernt hatte. »Entweder wir bieten ihnen eine Show oder wir sehen, wie lange es dauert, bis sie aufgeben und den Köder an einem anderen Ort einsetzen.«

Zian betrachtete besagten Köder, der zitternd an der Wand stand, und verzog angewidert den Mund. »Ich stimme für Letzteres.«

»Hört sich gut an.« Ich ließ mich auf sein Bett fallen und verschränkte die Hände hinter dem Kopf. »Ich will immer noch, dass du mir einen bläst, Z. Vielleicht lernt unser namenloser Gast ja etwas dabei.«

»Das bezweifle ich.« Mit einem finsteren Blick gesellte er

sich zu mir auf die Matratze. »Sie ist keinem von uns beiden gewachsen, selbst mit dem nötigen Training nicht.«

Zu wahr, dachte ich und blickte sie an, als Zian mich an der Kehle packte. »Sieh nicht hin, Täubchen«, riet ich ihr. »Die Männer werden jetzt ein wenig miteinander spielen, und wir wollen doch nicht deine unschuldigen Gefühle verletzen.«

Die Aura des Mädchens wies sie eindeutig als Jungfrau aus, wobei ihre harte Schale offensichtlich einen weichen Kern schützte. Ich konnte es in ihren Augen sehen, als ich mit den Fingern durch Zians dichtes Haar fuhr und ihn an mich zog, um meinen Mund auf seinen zu pressen.

Er biss mir tadelnd auf die Unterlippe, denn er hasste es, wenn ich versuchte, die Oberhand zu gewinnen. Mm, ich liebte diesen ständigen Kampf um Kontrolle.

Ich wagte einen Stoß und er stieß zurück.

Ich forderte und er konterte mit einem Befehl seinerseits.

Aus diesem Grund genoss Novak es so sehr, uns zu beobachten – er wusste nie, wer von uns beiden die sinnliche Schlacht gewinnen würde.

»Was meinst du, wo er ist?«, fragte ich und festigte den Griff um sein Haar, dann zog ich daran, wie er es mochte und zugleich hasste.

Zian ließ meine Kehle los und griff nach meinem Schwanz, den er grob drückte, um mich dafür zu bestrafen. »Er ist am Leben, und nur das zählt«, antwortete er, denn er wusste, dass meine Frage sich auf Novak bezog. Es gab niemanden sonst, von dem ich hätte sprechen können.

Ich knurrte, als Zian meinen Schwanz durch die Hose streichelte, wobei er nicht gerade sanft war. »Das wollte ich eigentlich nicht.«

»Ich weiß.« Er zog an meinem Schaft und entlockte mir

damit ein schmerzverzerrtes Zischen. »Du wirst mit dem zufrieden sein, was ich dir gebe.«

»Mistkerl.«

»Arschloch«, konterte er.

Ich hörte ein leises Keuchen und wandte mich wieder der Frau in der Ecke zu, deren Wangen gerötet waren. »Ich habe dir doch gesagt, du sollst wegschauen, Täubchen.«

Zian drückte erneut meinen Schwanz, wobei sein Griff diesmal noch fester war. »Konzentrier dich.«

»Oh, glaub mir, ich konzentriere mich.« Sowohl auf ihn als auch auf das schöne Geschöpf, das uns beim Spielen zusah. Es hatte den Anschein, dass sie nicht in der Lage war, den Blick abzuwenden. Sie spitzte ihre wunderschönen Lippen und schnappte überrascht nach Luft. Der Zitrusduft, den sie verströmte, wurde stärker und ich stöhnte auf. »Mehr.« Das Wort war sowohl an Zian als auch an sie gerichtet, denn mir gefiel ihr Duft außerordentlich.

Zian presste seine Lippen auf meinen Mund und küsste mich leidenschaftlich und strafend zugleich. Mir war sofort klar, was er brauchte und warum. Sein Cousin war verschwunden und er sehnte sich nach einer Ablenkung. Er wollte einen klaren Kopf bekommen, um sich wieder auf das Wesentliche konzentrieren zu können.

Also erfüllte ich ihm den Wunsch, indem ich ihn mit meinen Lippen, meiner Zunge und meinen Händen erregte, während ich seinen Schaft auf geübte Weise mit einer Hand umschloss. Ich musste an das Täubchen denken und stellte mir vor, wie es wohl wäre, sie zu zwingen, uns sauber zu lecken, nachdem wir gekommen waren. Bei der Vorstellung spürte ich, wie ich dem Abgrund der Ekstase immer näher kam.

All die aufgestaute Wut und Aggression, die sich in der Arena angesammelt hatte, fuhr mir direkt in die Eier und beherrschte unsere Bewegungen. Wir nährten uns an dem Bewusstsein, dass sie gezwungen war, uns zuzusehen und zuzuhören, und Zeugin einer jeden Berührung wurde.

Ich konnte ihren Atem *hören*, spürte ihre wachsende Erregung und wusste, dass wir ein Gefühl von Begierde in ihrem Inneren erweckten. Doch keiner von uns beiden würde dieses Verlangen stillen, solange sie nicht darum bettelte.

Sie hatte es nicht verdient.

Sie hatte verdammt noch mal versucht, mich zu töten.

Bei diesem Gedanken kam ich in meiner Hose zum Höhepunkt, wobei Zian noch nicht einmal meine nackte Haut berührt hatte. Sein wissender, fester Griff war völlig ausreichend gewesen.

Ich zog ihn am Haar und war wütend, dass er mich auf diese Weise beschmutzt hatte. Gleichzeitig lief mir jedoch ein erregender Schauer über den Rücken, während mein Verlangen noch nicht gestillt schien, ich mich aber seltsam vervollständigt fühlte.

Ich ließ den Blick wieder zu unserer kleinen Voyeurin hinüberwandern, während ich Zian küsste, der sich von der Welle der Ekstase mitreißen ließ und sich auf meinem Oberkörper ergoss. Mit einem einladenden Blick forderte ich sie auf, sich zu uns zu gesellen und den klebrigen Körpersaft von meiner Haut zu lecken. Sie verharrte jedoch in der Ecke, während sich in ihren schwarzen Iriden ein Ausdruck verwirrter Unschuld widerspiegelte. Sie tat gut daran, sitzen zu bleiben, denn sie war nicht im Entferntesten bereit, mit uns zu spielen.

Wahrscheinlich würden wir es ohnehin nie zulassen.

Intimität erforderte Vertrauen.

Doch sie hatte sich unseres nicht verdient.

Wenn überhaupt, dann hatte sie nur unseren Hass auf

sich gezogen. Und das war bedauerlich, denn an einem Ort wie diesem würde sie Verbündete brauchen. Und ich war nicht gerade geneigt, ihr zu helfen. Allerdings wusste ich jetzt schon, dass ich versuchen würde, sie zu beschützen. Das war ich allein der Tatsache schuldig, dass sie ein kostbares Wesen war, welches extrem selten war.

»Ich hoffe, du kannst besser fliegen als gestern«, sagte ich mit sanfter Stimme. »Denn du wirst diese Flügel brauchen, Täubchen.«

Zian seufzte zufrieden und ließ den Kopf auf das Kissen fallen. »Ich gebe ihr höchstens eine Woche.«

»Wirklich?« Ich lächelte amüsiert. »Ich gebe ihr gerade einmal einen Tag.«

»Wollen wir darauf wetten?«

»Sehr gern.«

»Wunderbar. Der Gewinner geht in die Knie«, entschied Zian.

Es verwunderte mich nicht, dass er diese Art von Einsatz wählte, denn ich hätte dasselbe getan. »Abgemacht.«

4

RAVEN

Was zum Teufel war das denn?

Die beiden umwerfenden Engel schliefen ein jeder in seinem eigenen Bett, nachdem sie ihr »Spiel« beendet hatten.

Ich saß in der Ecke und hatte meine Flügel wie schützende Mauern um mich gelegt, während ich durch die Federn meine neuen Zellengenossen beobachtete. Es war mir zuwider, dass dem tätowierten Noir sofort aufgefallen war, wie ich in meine kindliche Gewohnheit verfiel, wenn ich mich in die Ecke gedrängt fühlte. Es war schon lange nicht mehr vorgekommen, aber nun war ich in einer Zelle mit zwei Psychopathen gefangen, die ...

Köstlich riechen.

Ich schloss die Augen und stieß den Atem aus, um mich von ihrem berauschenden Duft zu befreien. Der tätowierte Noir erinnerte mich an eine salzige Brise, in der ein weiteres Aroma mitschwang, seit er und der Mann, den er »Z« nannte, sich gegenseitig befriedigt hatten.

Wie Salz und geschmolzenes Karamell.

Die beiden zusammen hatten eine hypnotische

Wirkung auf mich, der ich mich nicht entziehen konnte. Sie hatten ihre sinnliche Schlacht zu einer Kunstform erhoben, um die man sie nur beneiden konnte. Ich selbst hatte noch nie einen solchen Verbündeten, geschweige denn einen Liebhaber, gehabt.

Ich hatte nie einen gebraucht, aber andererseits war ich auch noch nie im Noir Reformatorium gewesen.

Der Anblick der beiden hatte etwas in mir entfacht, was ich nicht erklären konnte. Selbst jetzt kribbelte meine Haut noch, während ich mir mit der Zunge über die Lippen fuhr und den süßen Duft fast schmecken konnte, der mein Innerstes heiß und kalt durchzuckte.

Mein Verstand versuchte, das unbändige Bedürfnis, das meinen Körper durchströmte, zu unterdrücken und mich daran zu erinnern, dass dies nur eine biologische Reaktion auf kompatible Partner war. Der Geruch war überwältigend, denn zum einen hatte ich ihn noch nie zuvor wahrgenommen und zum anderen hatten sich die beiden Männer nur wenige Meter von mir entfernt miteinander vergnügt, wobei der Duft ihrer Erregung noch immer in der Luft hing.

Offenbar war ich bewusst in diese Zelle gesteckt worden. Eine Frau könnte auf einen kompatiblen Partner sogar derart stark reagieren, dass sie dem Wahnsinn anheimfiel, wenn man sich ihrer nicht annahm.

Und in Anbetracht meiner Umstände war ich auf dem besten Weg, wahnsinnig zu werden.

Als ich die Augen wieder öffnete, lagen die Engel immer noch in ihren Betten und quälten mich weiterhin mit dem Duft ihrer Befriedigung. Er durchtränkte den Raum und schwächte mich mit jedem Atemzug.

Ich wagte nicht, mich zu bewegen oder mich aus meiner

schützenden Hülle zu befreien, daher beobachtete ich sie einfach weiter.

Nachdem er geduscht hatte, schlief der Tätowierte auf dem unteren Bett. Sein langes weißblondes Haar war noch feucht und bedeckte seinen nackten Körper wie seidene Stoffbahnen. Seine Brust hob und senkte sich mit rhythmischen Bewegungen, die mich in ihren Bann zogen. Es war fast so faszinierend, ihm beim Schlafen zuzusehen, wie ihn in Aktion mit Z zu beobachten. Es hatte ihn nicht gestört, dass ich gesehen hatte, wie er in seiner Hose gekommen oder der andere auf seiner Brust explodiert war. Beides war unglaublich erotisch gewesen, doch das würde ich niemals laut zugeben.

Während er geduscht hatte, hatte er sich mir zugewandt und belustigt festgestellt, dass ich mit meinem Blick den Wassertropfen gefolgt war, die sich einen Weg über seine perfekt geformten Muskeln gebahnt hatten. Z war von meiner Faszination ebenso amüsiert gewesen und hatte mich schweigend vom oberen Bett aus beäugt.

Sie entsetzten und faszinierten mich gleichermaßen, und sie waren sich dessen beide bewusst.

Zu ihrer Verteidigung, der Tätowierte hatte mir gesagt, dass ich den Blick abwenden solle, doch dann hatte er mich mit seinen Augen verführt, als Z ihn berührt hatte.

Vielleicht hatte er gewollt, dass ich mich ihnen anschließe, aber ich würde lieber dem Wahnsinn erliegen, als diesen beiden Psychopathen meine Jungfräulichkeit zu schenken. Tatsächlich verstand ich immer noch nicht, warum sie mich nicht einfach überwältigt hatten. Sie hatten mir sehr deutlich zu verstehen gegeben, wie hilflos ich in dieser Situation war. Wenn ich auch nur einen Bruchteil der Wirkung auf sie hatte, die sie auf mich ausübten, war es mir ein Rätsel, dass sie der Versuchung noch nicht erlegen waren.

Da wir kompatible Geschlechtspartner waren, hatte ich das Gefühl, dass ich es genossen hätte, ob ich es wollte oder nicht.

Vielleicht war genau das der Grund, warum sie es nicht getan hatten. Um mich für meinen Verrat zu bestrafen.

Wenn ja, dann funktionierte es. Zwischen meinen Schenkeln pochte ein Schmerz, der sich mit jedem Atemzug, mit dem ich den Geschmack von salzigem Karamell in mich aufnahm, verschlimmerte.

Ich stieß einen leisen Laut aus und presste eine Hand auf den Mund, als mir klar wurde, dass ich gerade gewimmert hatte.

Was zum Teufel war das schon wieder?

Ich warf einen Blick auf den tätowierten Noir, aber er schlief immer noch. Allerdings glaubte ich zu sehen, wie seine Mundwinkel leicht zuckten.

Ich war dankbar, als ich von dem Geräusch eines kleinen Tieres abgelenkt wurde, das sich durch einen Spalt in der Wand schob.

Eine Maus.

Sie schnupperte die Luft, wobei ihre winzigen Schnurrhaare zuckten, als sie sich nach links und rechts wandte, bevor ihr Blick auf mich fiel. Sie erstarrte und beobachtete mich mit ihren Knopfaugen.

Ich liebte Tiere jeder Art und ließ sofort meine Flügel mit einer vorsichtigen Bewegung sinken, um sie nicht zu erschrecken. »Hallo«, flüsterte ich mit einem sanften Unterton in der Stimme, auf den Tiere wohlwollend reagierten. »Wie heißt du, kleiner Kerl?«

Die Maus zuckte noch ein paarmal mit den Schnurrhaaren, bevor sie beschloss, dass ich keine

Bedrohung darstellte. Sie huschte zu meinen Knien und schnupperte an meinen Fingern. Ihr Verstand offenbarte sich dem meinen und ich lächelte. Nicht alle Tiere konnten mit mir kommunizieren, doch diejenigen, die etwas Magisches an sich hatten, waren dazu in der Lage. Magie war wie Staub, der durch die Luft wirbelte – manchmal legte er sich auf Dinge, an denen er nicht haften sollte.

Der Nager gab sich als Mäuserich zu erkennen und bat mich, ihm zuerst meinen Namen zu nennen.

»Nun, ich bin Raven, wenn du es unbedingt wissen willst.«

Er fiepte und sagte mir, es sei ein lustiger Name, weil ich mit meinen seidigen Flügeln tatsächlich wie ein Rabe aussähe.

Ich flatterte voller Stolz mit meinen Schwungfedern. Soweit ich wusste war ich mit meinen dunklen Federn geboren worden und hatte nichts getan, was meine Gefangenschaft rechtfertigte, aber das würde mir niemals jemand glauben. Tiere hingegen urteilten nicht über andere, und genau das liebte ich an ihnen.

»Also, verrätst du mir jetzt deinen Namen? Ich habe dir meinen genannt.«

Er gestand, dass er keinen Namen hatte, sagte aber, ich dürfe ihm gern einen geben.

»Du bist wirklich niedlich«, murmelte ich, während ich mit meinem kleinen Finger seinen kleinen Kopf streichelte. Der Mäuserich schmiegte sich an mich und genoss die sanfte Berührung. »Ich glaube, ich werde dich Mousey Mouse nennen. Gefällt dir das?«

Er quiekte zustimmend, dann erstarrte er plötzlich. Durch unsere zerbrechliche Verbindung konnte ich das Hämmern seines Herzens hören, als seine Instinkte die Oberhand gewannen.

Einen Moment später wusste ich, was ihn so erschreckt hatte, denn der tätowierte Engel hatte sein Gewicht verlagert und starrte mich direkt an. Als sein Blick auf das winzige Tier am Boden fiel, stieß Mousey Mouse ein Quietschen aus und huschte zurück durch den Spalt in der Wand. Und im Nu war der friedliche Moment verflogen.

»Mousey Mouse?«, fragte der Noir. »Das ist nicht besonders originell.«

Nun meldeten sich auch meine Instinkte zu Wort und ich hüllte reflexartig meine Flügel wie in einen Kokon um mich. »Hast du etwa einen besseren Namen?«

Er runzelte die Stirn. »Ich gebe meinen Snacks keine Namen.«

»Snacks!«, rief ich mit schriller Stimme. »Du wirst Mr. Mousey Mouse nicht essen!«

Er lachte leise und setzte sich auf, wobei er seine Flügel entfaltete, bevor er sie wieder am Rücken anlegte. »Andernfalls wirst du was tun, *Raven*?«

Ich starrte ihn mit einem hasserfüllten Ausdruck in den Augen an. Es störte mich weniger, dass er jetzt meinen Namen kannte, vielmehr gefiel es mir nicht, wie er ihn aussprach ... er klang aus seinem Mund so sinnlich und ... verführerisch.

Der Geruch des Meeres wurde stärker und ich kniff mir in den Nasenrücken, obwohl das nicht wirklich half. Sein Duft umhüllte mich und schien förmlich in meine Poren einzudringen. Wenn er so weitermachte, würde ich irgendwann den Verstand verlieren.

Der Noir lachte wieder, da ihn meine Reaktion offenbar belustigte.

»Hört endlich auf damit«, rief eine schläfrige Stimme von oben. »An einem Ort wie diesem bekommen wir ohnehin wenig Schlaf und wir werden all unsere Kräfte brauchen.«

Der tätowierte Noir schlug leicht gegen das Bett, woraufhin Z von oben ausholte und versuchte, nach ihm zu greifen. »Entspann dich.« Er ließ sich auf den Rücken fallen und breitete seine Flügel aus, um sie nicht mit seinem muskulösen Körper zu zerquetschen. Er verschränkte die Hände hinter seinem Kopf und schloss die Augen, während ich jede seiner Bewegungen beobachtete.

»Versuche, ein wenig zu schlafen, Raven«, sagte er, nachdem ich mich nicht bewegt hatte.

»Ich bin nicht müde«, log ich. In Wahrheit hatte ich das Gefühl, dass meine Augenlider so schwer wie Felsbrocken waren.

»Du tätest besser daran«, sagte er, während er eine Hand nach unten gleiten ließ und sie auf die wachsende Wölbung in seiner Hose legte.

Schon wieder?, fragte ich mich verwirrt. *Ich kann mir das nicht noch einmal ansehen ...*

»Du verströmst deinen Duft im Raum, was zur Folge hat, dass ich Lust auf eine zweite Runde bekomme«, antwortete er, als hätte er meine Gedanken gelesen, wobei ich wusste, dass das unmöglich war. »Aber Z hat recht. Wir wissen nicht, was morgen auf uns zukommt, daher sollten wir in bester körperlicher Verfassung sein.« Er streckte sich und rückte schamlos seine Hose zurecht. »Wenn du deine Drüsen nicht kontrollieren kannst, dann wirst du sie im Schlaf vielleicht abschalten. Andernfalls wirst du mich noch einmal vor Erregung in den Wahnsinn treiben.«

Ich spürte, wie mir die Hitze in den Nacken stieg, und war dankbar, dass er die Augen geschlossen hatte.

»Oh«, murmelte ich beschämt, weil er mich riechen konnte.

Ich huschte zurück in mein Bett und baute mir ein Nest aus meinen Flügeln, wobei ich den Kopf auf meine Schwungfedern legte. Da ich eine Frau war, wog ich nicht viel, was in einem Kampf, bei dem es auf Geschwindigkeit ankam, von Vorteil war – ebenso wie bei dem Versuch zu schlafen, ohne die schmutzige Gefängnisbettwäsche zu berühren.

Ich rutschte herum, bis sich ein Guckloch in meinem Kokon bildete, durch das ich meine Zellengenossen beobachten konnte. Ich wollte mich vergewissern, dass er eingeschlafen war, bevor ich es wagte, die Augen zu schließen. Allerdings war ich mir nicht sicher, ob ich den Bewegungen seiner Brust trauen konnte.

Ich versuchte es trotzdem.

Doch der Schlaf wollte einfach nicht kommen. Ich beobachtete den tätowierten Noir eine Weile und hoffte, mich so weit zu entspannen, dass ich einschlafen konnte, doch ich starrte ihn nur mit klopfendem Herzen an, als wäre ich eine Maus, die er fressen wollte.

»Du bist ja immer noch wach«, bemerkte er. Ich zuckte zusammen, denn nun wusste ich mit Sicherheit, dass er tatsächlich noch nicht geschlafen hatte. »Ich bin Sorin, Täubchen.« Er öffnete ein Auge und lächelte mich an.

»Warum verrätst du mir, wie du heißt?«, fragte ich, ohne meinen schützenden Kokon zu öffnen.

Sein Lächeln wurde breiter. »Für den Fall, dass du ihn hinausschreien willst, wenn ich es mit dir treibe. Denn wenn du nicht bald deine Augen schließt und einschläfst, wird genau das passieren.«

»Arschloch«, blaffte ich, was mir ein weiteres Lachen einbrachte, als ich die Augen schloss.

Schließlich schlief ich ein, während ich Sorins sinnlichem Lachen lauschte.

～

WÄHREND DER VERGANGENEN Tage waren immer wieder neue Häftlinge eingetroffen, die zerschlagen und blutüberströmt von der Arena in die Zellen gesteckt wurden, die sich langsam bis zum Rand füllten.

Ich hatte das ungute Gefühl, dass dies erst der Anfang war.

Z versuchte, Informationen von ein paar geschwächten Gefangenen einzuholen. Sorin erinnerte mich daran, dass alle Inhaftierten die Arena überlebt hatten, also täte ich besser daran, mich vorzusehen und keine Dummheiten zu machen.

Vor allem, weil ich immer noch die einzige Frau war.

Z fand nichts über seinen Cousin Novak heraus, doch Gerüchten zufolge war das Noir Reformatorium ein neues Gefängnis, das für die schlimmsten Verbrecher vorgesehen war. Aus diesem Grund war ich mir immer noch nicht sicher, warum ich hier gelandet war. Ob es nun ein Irrtum war oder nicht, ich musste einen Weg finden, wie ich entkommen konnte, und zwar schnell.

Bis dahin musste ich überleben, was bedeutete, dass ich die Rolle einer Frau einnehmen musste, die bereits von zwei Männern beansprucht worden war.

Z, von dem ich schließlich erfuhr, dass sein voller Name »Zian« lautete, hielt Wache, während Sorin mich beim Frühstück durch die Schlange und zu unseren Plätzen in der Ecke manövrierte, wo wir mit dem Rücken zur Wand sitzen konnten. Die beiden hatten es auf sich genommen, mich als ihre kleine Trophäe zu behalten, bis sie entschieden hatten, wie sie weiter mit mir verfahren wollten. Vielleicht könnte ich ihnen von Nutzen sein, um Informationen über ihren Freund Novak zu sammeln. Zian schien mir zu glauben, dass ich nichts gesehen hatte, aber er wurde von Tag zu Tag unruhiger. Falls einer von ihnen beschloss, dass ich ihnen nicht mehr dienlich war oder zumindest zu ihrer Unterhaltung beitrug, dann würde ich mich vom Leben verabschieden können.

Ich dachte mehr als einmal daran, Reißaus zu nehmen, doch den hungrigen Blicken der anderen Häftlinge nach zu urteilen konnte ich mich glücklich schätzen, dass ich nicht jede Nacht zerfleischt wurde. Wobei Sorin und Z es mir nicht gerade leicht machten.

Die tägliche Routine war jedoch nicht schlecht.

Frühstück.

Freizeit im Hof, wobei das Fliegen natürlich untersagt war.

Abendessen.

Danach gingen wir zurück in unsere Zellen.

Leider folgte dann der Teil, bei dem ich mich am liebsten umgebracht hätte, was wohl auch der Sinn der Sache war.

In dem Moment, in dem Zian und Sorin begannen, miteinander zu trainieren, explodierte diese wunderbare Geschmacksmischung aus Salz und Karamell auf meiner Zunge. Auf diese Weise begannen sie ihr allabendliches Ritual, welches meist in einem sinnlichen Schauspiel endete, das ich keuchend vor Verlangen beobachtete.

Der heutige Abend war keine Ausnahme.

Die beiden Engel kämpften genauso anmutig, wie sie fickten. Selbst in der kleinen Zelle schienen sie miteinander zu verschwimmen, während ihre mitternachtsschwarzen Flügel wie Ölfarben auf den weiß getünchten Wänden waren. Sorins Bewegungen glichen einem heftigen Sturm und sein glänzendes Haar flog in einem Bogen um ihn herum auf, wenn er sich drehte.

Zians Kampfstil war einfach, aber effektiv. Er absorbierte jeden Fausthieb, als wäre er immun gegen die Schmerzen, und parierte die Schläge mit kalkulierter Präzision und weitaus mehr Geschwindigkeit, als ich ihm zugetraut hätte. Sorin stöhnte auf, als Zian mit der Faust das Gelenkband traf, das seinen Flügel mit seinem Körper verband. Diese Stelle war bei den Noir äußerst empfindlich.

Sorin geriet ins Taumeln und stolperte auf mich zu. Ich stieß einen schrillen Schrei aus, als es mir nicht gelang, rechtzeitig auszuweichen. »Pass doch auf!«, blaffte ich und versuchte vergeblich, ihn von mir zu stoßen.

Der Engel knurrte und seine Nasenflügel bebten, als er mich in die Mitte der Zelle stieß. »Geh mir aus dem Weg«, warnte er. »Es sei denn, du willst aufhören, dich zu verstecken, und lernen, wie man kämpft.« Ein verschmitztes Grinsen huschte über sein Gesicht, als er einen Schritt auf mich zutrat. Ich wich zurück, musste aber feststellen, dass Zian hinter mir stand. »Was sagst du, Z? Sollen wir dem Täubchen beibringen, wie sie auf sich selbst aufpassen kann? Ich bin es leid, den Beschützer zu spielen, während wir überlegen, was wir mit ihr anstellen sollen.«

Ich hatte das Gefühl, dass den beiden Noir genauso die Decke auf den Kopf fiel wie mir, während uns die Düfte, die wir ausströmten, langsam in den Wahnsinn trieben. Nacht für Nacht maßen sie ihre Kräfte in einem intensiven Sparring und befriedigten sich dann gegenseitig, wobei sie jedes Mal rasender wurden, während sich ihre Erregung in einem zunehmend ausgedehnteren und leidenschaftlicheren Liebesspiel niederschlug.

»Ich weiß nicht«, erwiderte Zian, während er meine Arme hinter meinem Rücken packte und meine Handgelenke aneinanderpresste. »Vielleicht sollten wir ihr stattdessen beibringen, Schläge einzustecken.«

Sorin knurrte, als er sich vor mir aufbaute und mich zwischen ihm und Zian einklemmte. Ich hielt den Atem an, als ich den Ausdruck roher Gewalt sah, die in seinen Augen wütete. »Vielleicht sollte sie lernen, etwas Stärkeres als nur ein paar Schläge einzustecken.«

Ich wandte den Blick ab, als der berauschende Duft der Erregung, den die beiden verströmten, mich schwindeln ließ. Aber ich würde mich nicht einfach ergeben und mich totstellen.

Er packte mein Kinn und drehte mein Gesicht, bis ich gezwungen war, ihn anzusehen. Als Sorin meinem Mund mit einem Finger zu nahe kam, biss ich mit Wucht zu.

Er stieß einen Fluch aus und wich zurück, doch ich ließ nicht los. Mein Kiefer schmerzte, als er mich von Zian wegriss und mich gegen die Gitterstäbe schleuderte, bis ich den Mund öffnete und seinen Finger freigab.

»Miststück«, brachte er hervor und hielt sich seine blutende Hand.

Ich spuckte auf den Boden und war drauf und dran, eine Dummheit zu begehen – wie zum Beispiel, einen erfahrenen Krieger anzugreifen –, als die Zellentür geöffnet wurde.

Ich starrte stumm auf den leeren Gang dahinter, bis eine Stimme durch eine rauschende Sprechanlage ertönte. »Alle Häftlinge in den Hof zum obligatorischen Flugtraining. Eine Weigerung wird die Vergasung aller Zellen zur Folge haben.«

Flugtraining?

»Sie wollen uns fliegen lassen?«, überlegte Zian laut. »Das verheißt nichts Gutes.«

Sorin knurrte zustimmend, bevor er sich an mir vorbeidrängte und mich ins Straucheln brachte. »Komm schon, Täubchen. Bleib dicht bei uns.«

»Was, wenn es wieder ein Kampf in der Arena ist?«, fragte ich, wobei ich das Zittern in meiner Stimme nicht unterdrücken konnte.

Er warf mir einen Blick über die Schulter zu und in seinen Augen funkelte ein Ausdruck unverblümten Verlangens. »Wenn dich heute jemand umbringt, dann bin ich es.«

Das ist tröstlich.

Für gewöhnlich war der Hof mit einem Dach aus Drähten versehen, welches uns am Fliegen hinderte, doch heute war es zurückgerollt und gewährte uns einen Blick auf den dunstigen Himmel, durch den nie das Licht der Sonne zu dringen schien. Ich sehnte mich danach, mich in die Lüfte zu schwingen und über den Wolken zu schweben. Ganz gleich, wie beschissen das Wetter war, die Sonne wartete immer hinter dem Horizont.

Ich streckte meine Flügel und atmete erleichtert auf, nachdem ich sie so lange angelegt hatte. Es würde ein wunderbares Gefühl sein, wieder zu fliegen, selbst wenn dies nur ein weiterer Test war.

Mein Blick fiel auf die Wärter der Nora, die auf ihren Beobachtungsposten standen und die Menge im Auge behielten. Jeder von ihnen hielt ein Gewehr im Anschlag.

»Du zuerst!«, rief einer von ihnen und richtete seine Waffe auf den ersten Noir in der Reihe.

Als er nicht reagierte, schoss der Wärter auf seine Füße. Der Engel sprang in die Luft und schrie auf, als ein unsichtbarer Draht seine Flügel durchtrennte und er in einer Blutlache zu Boden fiel. Die Wärter jagten ihm sofort eine Salve Kugeln in den Körper, wobei seine Federn in die Luft spritzten.

Einer weniger.

Wieder ertönte eine Stimme aus den Lautsprechern. »Es gibt nur einen sicheren Weg. Fliegt mit Bedacht.«

Ich musste schlucken, als mir klar wurde, dass es hier um alles oder nichts ging. Wie zuvor in der Arena hatte der Gefängnisdirektor beschlossen, die Zahl der Insassen zu dezimieren.

Sorin packte mein Handgelenk so fest, dass meine Fingerspitzen taub wurden. »Du fliegst windabwärts«, stieß er hervor.

»Ich werde nichts dergleichen tun«, entgegnete ich und schwang mich in die Luft, bevor er mich davon abhalten konnte. Seit meiner Ankunft sehnten sich meine Flügel danach zu fliegen, und ich wollte mir diese Gelegenheit auf keinen Fall entgehen lassen.

Die Wärter der Nora brüllten die Insassen an, es mir gleichzutun, andernfalls würden sie eine Gewehrsalve auf die Menge abfeuern.

»Dämliches Weib!«, rief Zian, bevor ich zwei schwere Flügelpaare hörte, die sich ebenfalls in die Luft erhoben.

Sorin und Zian folgten mir und ich konnte ihre Blicke auf mir spüren. Auch die anderen Insassen hatten die Warnung der Wärter beherzigt und waren aufgeflogen.

Ich konzentrierte mich und entdeckte den durchsichtigen Draht gerade noch rechtzeitig, um ihm auszuweichen. Da ich eine Frau war, war mein Sehvermögen besser als das der Männer – viel besser. Ich war zwar klein, aber ich hatte einige Vorteile gegenüber den Mitgliedern des männlichen Geschlechts, von denen sie wahrscheinlich nichts wussten.

Trotz meines hervorragenden Sehvermögens übersah ich einen Widerhaken, der sich in der Spitze meines linken Flügels verfing und ein paar meiner empfindsamen Federn abtrennte. Ein stechender Schmerz durchzuckte mich, doch ich korrigierte meinen Kurs und flog weiter.

Der erste Noir hatte versucht, direkt in den Himmel zu fliegen, da er zweifellos gehofft hatte zu entkommen, sobald er an Höhe gewonnen hatte. Mir war jedoch bewusst, dass ich nicht so einfach würde fliehen können.

Auf der gegenüberliegenden Seite des Hofes befand sich eine Plattform, die deutlich kleiner war als die Startplattform. Sicherlich rechnete der Direktor damit, dass nur wenige den Parkour überlebten.

Ich behielt mein Ziel im Auge und flog tief, während ich das schwache Sonnenlicht nutzte, um weitere Stachelfallen auszumachen, bevor ich mich daran schneiden konnte.

Kurz darauf landete ich auf der Plattform und atmete auf. Sicher auf der anderen Seite angekommen, beobachtete ich die Landung meiner Gefährten, von denen Sorin verärgert und Zian beeindruckt wirkte. Auf sich allein gestellt, hätten sie den Flug vielleicht nicht überlebt, doch ich hatte ihnen den richtigen Weg gewiesen. Das hatten auch die anderen Häftlinge erkannt, die uns nun auf die Plattform folgten.

Dann sah ich, wie sich die Drähte bewegten und eine Reihe von Häftlingen zu Boden stürzte.

Die Wachen schossen sofort auf sie.

Als ich sah, wie die übrigen Insassen sich in Sicherheit brachten, wusste ich, dass dies nur der Anfang der Herausforderungen war, die uns im Noir Reformatorium noch bevorstanden.

Hier ging es nicht darum, uns zu reformieren.

Hier ging es ums nackte Überleben, und egal was passierte, ich würde dafür sorgen, dass ich als Letzte aufrecht stand.

5

SORIN

Nach fast einem Jahrzehnt in Gefangenschaft hatte ich aufgehört, auf die Zeit zu achten, denn es war sinnlos gewesen.

Dennoch ritzte ich heute Morgen eine siebente Markierung in die Wand, um die Tage zu zählen, die Zian und ich bereits mit Raven in einer Zelle verbracht hatten.

Und warum?

Weil ihr Duft mich in den Wahnsinn trieb und ich mich der Zeit vergewissern musste, um mich daran zu erinnern, warum ich sie nicht berührt hatte. Weder ich noch Zian waren schwach, aber ihr zitrusartiges Aroma wurde mit jeder Minute stärker. Ihre Weiblichkeit war eine verlockende Präsenz, die jeden Mann in dieser verdammten Besserungsanstalt anlockte.

Einschließlich der Wärter.

Zian und ich taten unser Bestes, um sie zu beschützen, doch das machte uns zur Zielscheibe. Sie konnte von Glück reden, dass wir dieser Herausforderung gewachsen waren. Aber ich vermutete, dass die Wärter sie bald in eine andere Zelle stecken würden, nur um sie zu quälen.

Und das wäre ein sehr schlechter Tag für das Täubchen, denn gegen die Monster in diesem Gefängnis hatte sie keine Chance.

Ich ließ den Nacken kreisen, als die Türen sich öffneten. Als Nächstes stand an diesem Nachmittag der Ausgang im Hof auf dem Programm. Zian ging voraus, dann folgte Raven und ich blieb dicht hinter ihr.

Ihre wunderschönen schwarzen Federn streiften meine Brust und ich fragte mich zum millionsten Mal, wie ein so zartes Geschöpf hier gelandet war. Ich wusste, dass es besser war, sie nicht zu fragen. Raven war nicht sonderlich gesprächig und zog es vor, ihre Zähne zu zeigen, statt ihre Stimme verlauten zu lassen. Es hatte fast den Anschein, als wäre sie in einer solchen Anstalt oder einer ähnlichen Institution aufgewachsen.

Nach außen gab sie sich abgebrüht, doch in ihren großen schwarzen Augen spiegelten sich ihre wahren Gefühle wider.

Mit diesen Augen nahm sie jetzt den Hof in Augenschein und bemerkte wie ich die subtile Veränderung unserer Umgebung.

»Irgendetwas stimmt nicht«, flüsterte sie.

»Was du nicht sagst«, pflichtete ich ihr bei und entdeckte die kaum merklichen Linien, die in den Boden gezeichnet waren.

Nach unserer Flugstunde vor ein paar Tagen waren täglich neue Noir aus der Arena angekommen und unsere Zellen waren fast bis zur Kapazitätsgrenze ausgelastet.

Das bedeutete, dass uns ein weiterer Tanz mit dem Tod bevorstand.

»Was denkst du?«, fragte Zian und stieß mich mit der Schulter an, während wir den Blick über die Umgebung schweifen ließen.

»Offensichtlich ist es kein weiterer Flugtest«, murmelte ich und betrachtete den Stacheldraht über unseren Köpfen.

»Es ist ein Duell.« Ravens sanfte Stimme riss mich aus meinen Gedanken und ich folgte ihrem Blick, der zu Boden gerichtet war.

»Wie bitte?«

»Es ist wie ein Duell aufgebaut«, erklärte sie und deutete auf etwas, das meine männlichen Augen nicht wahrnehmen konnten. Weibliche Engel verfügten über ein verbessertes Sehvermögen, während die männlichen Engel Muskeln und rohe Kraft besaßen.

Aus diesem Grund wäre ein Zweikampf für eine Frau in ihrer Position überaus unfair.

Mit ihrer zierlichen Statur und ihren geschmeidigen Bewegungen war sie durchaus in der Lage zu kämpfen, doch gegen die Männer an diesem Ort hatte sie keine Chance.

»Ich kann es nicht sehen«, murmelte Zian. »Wo sind die Linien?«

»Es handelt sich eher um unsichtbare Stränge, wie neulich am Himmel«, erklärte sie. In diesem Augenblick lief ein Insasse direkt in einen dieser Stränge hinein.

Ein elektrisierendes Zischen erfüllte die Luft und der Noir fiel mit einem Schmerzensschrei auf die Knie.

Ein weiterer trat auf der gegenüberliegenden Seite hinein und machte die gleiche Erfahrung wie sein Rivale.

Ich sog die Luft ein, als die Energie sichtbar wurde und die zylinderförmige Arena offenbarte, die Raven vor uns wahrgenommen hatte. Sie bildeten winzige Käfige, die für höchstens zwei Körper gedacht waren und deutlich machten, was uns heute bevorstand.

Ein Wärter der Nora bestätigte meine Vermutung, als er

die Bühne betrat und uns aufforderte, uns für die heutige Trainingsübung in Paare aufzuteilen.

»Nimm Raven«, sagte Zian. »Ich werde mich mit unserem Kumpel Mandrin vergnügen.«

Ich schnaubte. *Mandrin* war alles andere als unser Kumpel. Der Mistkerl stellte für Raven eine der größten Bedrohungen dar. Sie wusste davon nichts, da sie einige seiner derben Bemerkungen nicht gehört hatte, die er vor einiger Zeit im Hof geäußert hatte. Wir taten unser Bestes, um sie abzuschirmen, hauptsächlich aus Prinzip. Mandrin jedoch besaß weder Manieren noch Prinzipien und würde sie mit Sicherheit wiederholt vergewaltigen, wenn er die Gelegenheit dazu bekäme.

»Mach ihn fertig, Z.«

»Genau das habe ich vor.« Zian ließ den Nacken kreisen und bedachte den großen Scheißkerl mit einem Grinsen. Wir hatten keinen Hehl aus unserer Abneigung ihm gegenüber gemacht, genauso wenig wie er. »Jetzt hast du die Gelegenheit, dich zu beweisen, Großer«, spottete Z. »Falls du mutig genug bist, es mit mir aufzunehmen.«

Das hünenhafte Arschloch bedachte Zian mit einem anzüglichen Grinsen. »Dann zeig mal, was du draufhast, du Hänfling.«

Ich unterdrückte ein Lachen, denn ich wusste, dass die Beleidigung Zian nur noch mehr in Rage bringen würde. Er war zwar etwas schlanker als wir anderen, doch genau deshalb war er so flink. Außerdem bestand er praktisch nur aus Muskeln und hatte kein Gramm Fett am Leib, was ihn ebenfalls stark machte.

Raven setzte sich in Bewegung, da sie ganz offensichtlich einen anderen Gegner finden wollte. Ich packte sie am Nacken und zog sie an mich, wobei sie mit der Brust gegen meinen Oberkörper prallte. »Bleib hier.«

»Fick dich.«

»Später«, schlug ich vor und hielt sie mit Leichtigkeit fest, als sie versuchte, sich aus meinem Griff zu befreien. »Es sei denn, du willst nackt in den Ring steigen, was ich dir mit Vergnügen ermöglichen werde.«

»Ich kämpfe nicht gegen dich.«

»Doch, das wirst du«, korrigierte ich sie und schlang meinen anderen Arm um ihre Taille. »Neben Z bin ich der Einzige hier, der nicht versuchen wird, dich danach zu besteigen«, flüsterte ich ihr ins Ohr. Dann drehte ich sie in meinen Armen um, damit sie all die begierigen Blicke sehen konnte, die die Insassen im Hof ihr zuwarfen. »Jeder einzelne dieser Kerle will ein Stück von dir, Täubchen. Wenn du dich wehrst, machst du es nur schlimmer. Also nimm mein Angebot an – es ist die einzige intelligente Entscheidung.«

Sie wurde wütend, doch dann erschauderte sie, als sich einer der Männer über die Lippen leckte, während er ihr zerschlissenes Oberteil musterte. Ich wusste aus Erfahrung, dass das zerfledderte Ding praktisch durchsichtig war und sich ihre rosigen kleinen Brustwarzen deutlich darunter abzeichneten. Ich träumte jede Nacht davon.

»Wie entscheidest du dich?«, fragte ich und spürte, wie sie sich an mich schmiegte, statt sich mir zu entziehen. Mein Duft schien auf sie fast die gleiche Wirkung zu haben wie der ihre auf mich, denn unsere Körper waren mehr als kompatibel, um sich miteinander zu paaren. Dabei spielte es keine Rolle, dass sie jünger war als ich. Die meisten weiblichen Nora paarten sich im Alter von neunzehn oder zwanzig Jahren, und zwar mit männlichen Nora, die viel älter waren als sie. Manche wählten zwei Partner, manche mehr. Es hing alles vom Bindungszyklus ab.

Als junge Erwachsene, die von zwei ehemaligen

Kriegern umgeben war, war es nicht verwunderlich, dass unsere Seelen einander faszinierten.

Das bedeutete allerdings nicht, dass wir darauf reagieren mussten.

»Also schön«, murmelte sie. »Ich werde es genießen, dich in diese Umzäunung zu stoßen.«

Ich beugte mich vor und biss in ihre Halsschlagader. »Ist das der Grund, warum dein Herz in diesem Moment so rast?«, flüsterte ich. »Hast du Angst, dass ich genau das stattdessen mit dir tun könnte?«

»Es rast voller Vorfreude, nicht aus Angst.«

»Natürlich«, erwiderte ich. »Wenn du dich bei dem Gedanken besser fühlst, dann nur weiter so.«

Sie versuchte wieder, sich mir zu entziehen, doch ich hatte immer noch einen Arm um ihre Taille geschlungen und die andere Hand um ihre Kehle gelegt. Auf diese Weise konnte ich sie mit Leichtigkeit festhalten und sie dazu zwingen zuzusehen, wie Zian und Mandrin durch eine behelfsmäßige Tür in den Ring traten, die die Nora für sie geöffnet hatten. Sobald sie sich im Inneren befanden, schnappte die Tür zu und Elektrizität brachte die Drähte zum Zischen.

»Die Regeln sind einfach. Derjenige, der den Kampf überlebt, hat gewonnen«, verkündete ein Nora, als weitere zaunähnliche Gebilde aus dem Boden schossen und die Paare im Hof einkreisten.

Uns eingeschlossen.

Ich hielt Raven fest, als ein Draht an meinem Unterarm vorbeirauschte und mir fast die Haut versengte. Ein Schritt vorwärts und mein Täubchen wäre bei lebendigem Leib aufgespießt worden.

»Scheiße«, hauchte sie, während ihr Herz nun vor Angst in ihrer Brust hämmerte.

Währenddessen gingen mir die Worte des Nora nicht mehr aus dem Kopf. *Derjenige, der den Kampf überlebt, hat gewonnen.* »Das ist ein Kampf auf Leben und Tod«, keuchte ich.

Gequälte Schreie und das Knurren der Männer hallten durch die Luft, während das bedrohliche Zischen von elektrischer Energie an mein Ohr drang. Ich konnte spüren, wie Raven in meinen Armen zu zittern begann.

Sie hatte keine Chance, und das wussten wir beide.

Doch das bedeutete nicht, dass sie einfach so kampflos aufgeben würde, und sie bewies es, indem sie mir kurzerhand auf den Fuß trat.

Ich fluchte, ließ sie aber nicht los und festigte meinen Griff um ihre Kehle. »Hör auf damit. Wir müssen uns etwas einfallen lassen.«

»Was denn?«, fragte sie und versuchte, sich aus meinem Griff zu befreien. »Du musst nur einen Schritt nach vorn treten und mich bei lebendigem Leib braten!«

Stattdessen ging ich mit ihr einen Schritt zurück, wobei der Zaun hinter mir etwa einen Meter entfernt war und wir in alle anderen Richtungen ungefähr genauso viel Platz hatten.

Der Käfig eignete sich nicht gerade für einen Kampf, denn es war gut möglich, dass beide Gegner durch die elektrischen Ströme den Tod fanden. Ein einfacher Tritt würde genügen, um beide rückwärts taumeln zu lassen, wobei die Flügel zuerst mit den vibrierenden Drähten in Kontakt kommen würden. Danach würde alles zum Teufel gehen.

Ich legte meine Federn so dicht wie möglich an meinen Körper an, wohl wissend, dass ich aufgrund meiner Größe vor ihr die Umgrenzung berühren würde.

Raven versuchte weiterhin, sich aus meinem Griff zu

befreien, woraufhin ich noch fester zudrückte. »Hör auf«, wiederholte ich mit einem Knurren.

»Fick dich!«, schrie sie. Offenbar vertraute sie mir immer noch nicht. Zugegebenermaßen kannten wir uns kaum, doch nachdem ich sie eine Woche lang beschützt hatte, hätte ich zumindest ein gewisses Maß an Vertrauen erwartet.

Als sie erneut austrat und diesmal mein Schienbein traf, biss ich ihr in den Nacken.

Sie schrie und begann, sich ernsthaft zu wehren.

Dadurch blieb mir nur eine Möglichkeit.

Wenn sie nicht mit mir zusammenarbeiten wollte, um dieses Problem zu lösen, dann würde ich es im Alleingang lösen müssen.

Ich festigte meinen Griff um ihre Taille und drückte ihr die Kehle so fest zusammen, dass ich ihr die Luftröhre abschnürte. Sie spuckte und krallte sich in meine Handgelenke, um mich davon abzuhalten, sie zu erwürgen.

»Ich habe versucht, mit dir zusammenzuarbeiten«, flüsterte ich ihr ins Ohr. »Du wolltest nicht auf mich hören. Also werde ich dir stattdessen das Licht ausknipsen.« *Während ich mir überlege, wie wir aus diesem Schlamassel wieder herauskommen*, fügte ich im Geiste hinzu.

Ich konnte ihr Entsetzen riechen und verspürte einen leichten Stich in meiner Brust. Es bereitete mir kein Vergnügen, sie zu verletzen, zumindest nicht auf diese Weise, doch sie wollte sich einfach nicht beruhigen. Und nach der Erfahrung, die ich mit ihr in der Arena gemacht hatte, konnte ich mich nicht gerade darauf verlassen, dass sie mir nicht buchstäblich in den Rücken fallen würde.

Sie schlug um sich.

Ihr lief eine Träne über die Wange.

Und sie gab ein leises Wimmern von sich.

Währenddessen vergrub ich meine Lippe in ihrem Haar und zählte die Sekunden, denn ich kannte mich mit Würgegriffen aus. Wenn sie aufwachte, würde sie verärgert sein und wahrscheinlich für eine Weile Halsschmerzen haben, aber sie würde schließlich einsehen, dass es die richtige Entscheidung war.

Schließlich erschlaffte ihr Körper, doch ich wartete weitere zehn Sekunden, um sicherzugehen, dass sie ihre Bewusstlosigkeit nicht vortäuschte. Dann legte ich sie sanft auf den Boden. Als ich wieder aufstand, erblickte ich einen wütenden Nora, der mich von der anderen Seite des Käfigs anstarrte. »Der Kampf geht bis zum Tod«, knurrte er.

Ich warf ihm einen gelangweilten Blick zu. »Dann gib mir einen Gegner, der meiner Stärke würdig ist.«

»Töte sie.«

»Ich bin nicht in der Stimmung«, murmelte ich und verschränkte die Arme vor der Brust. »Wie wäre es, wenn du stattdessen hereinkommst, damit wir beide richtig miteinander tanzen können?«

Er stieß ein Knurren aus, woraufhin zwei weitere Nora Wärter zu ihm eilten. Ihre weißen Flügel erinnerten mich an eine Vergangenheit, von der ich längst nicht mehr träumte. Meine Sehnsucht, wieder in diese Welt zurückzukehren, war schon vor vielen Jahrzehnten erloschen und einem Rachedurst gewichen, der sich nach Vergeltung verzehrte. Wenn die drei jetzt zu mir in den Käfig treten würden, würde ich sie mit Vergnügen zur Strecke bringen.

Doch stattdessen engten sie unser Gehege irgendwie noch weiter ein.

»Triff deine Wahl«, forderte einer der Nora. »Entweder du tötest sie oder ihr sterbt beide.«

Meine Kiefermuskeln begannen zu zucken, als ich über

meine Möglichkeiten nachdachte, denn ich wusste, dass er seine Drohung sehr wahrscheinlich wahr machen würde. Der Gedanke, einer Frau wegen zu sterben, behagte mir nicht. Doch der Krieger in mir weigerte sich, sie einfach so zu töten.

Stattdessen stellte ich mich schützend über sie, wobei ich meine Füße zu beiden Seiten ihrer schlanken Taille positionierte. Ich verschränkte die Arme vor der Brust und starrte die Wärter an. »Dann zeigt mal, was ihr draufhabt.«

Sie warfen einander finstere Blicke zu, als sich der Käfig um mich herum langsam zu schließen begann.

Ich ließ es darauf ankommen und täuschte Desinteresse vor, doch dann spürte ich, wie Raven sich zwischen meinen Füßen regte. Sie stieß ein heiseres Keuchen aus und legte eine Hand um ihren geprellten Hals.

Das ging schnell, dachte ich und war überrascht, dass sie sich schon nach so kurzer Zeit erholt hatte. Dieser Umstand gab mir Anlass zur Vermutung, dass sie über irgendeine heilende Gabe verfügte, was zwar ungewöhnlich, aber nicht gänzlich unmöglich war.

Die Drähte gaben ein surrendes Geräusch von sich, das mich daran erinnerte, dass sie immer noch auf mich zukamen. Selbst wenn wir es wollten, wären wir jetzt nicht mehr in der Lage zu kämpfen, denn der Käfig engte uns zu sehr ein.

Raven schrie auf, als einer der Drähte ihren Fuß streifte. Sie zog ruckartig die Knie an und hätte mich dabei fast aus dem Gleichgewicht gebracht.

Ich blieb jedoch stehen und wappnete mich gegen die Kollision mit den Drähten.

»Im Tod gibt es keine Ehre«, sagte einer der Nora. »Töte sie und wir werden dich verschonen.«

»Nein.« Ich weigerte mich nicht nur, jemanden zu töten,

der so viel schwächer war als ich selbst, sondern ich traute ihnen auch nicht über den Weg. Wahrscheinlich würden sie mich nur zum Vergnügen braten lassen.

»Was zum Teufel ist hier los?«, brüllte eine tiefe Stimme, als ein Mann ohne Flügel mit einer Zigarette im Mund auf uns zukam. Er spuckte sie auf den Boden und trat sie mit seinem riesigen Stiefel aus. Seine breiten Schultern und spitz zulaufende Taille waren mit einem Hemd, einer Krawatte und einem langen Ledermantel bekleidet, der ihm bis zu den Knien reichte.

Eindeutig kein Nora.

Vielleicht ein Mensch?

Der Zaun verharrte nur wenige Zentimeter vor meinen Flügeln und engte mich so sehr ein, dass ich mich nicht mehr bewegen konnte. Ein einziger Tritt von Raven hätte ausgereicht, um mich in die Drähte zu stoßen und mich bei lebendigem Leib zu braten. Klugerweise blieb sie völlig reglos unter mir liegen. Vermutlich wusste sie, dass die elektrische Spannung mit einer einzigen Berührung auf sie überspringen konnte.

Oder vielleicht hatte sie auch endlich gelernt, zuerst nachzudenken, bevor sie handelte.

Ich bezweifle es, dachte ich, musterte den Neuankömmling und prägte mir seine markanten Züge ein. Sein dunkles Haar war kurz geschnitten und verlieh ihm eine schroffe Ausstrahlung, die zu seiner rauen Miene passte. Und in seinen Augen spiegelten sich tiefe Abgründe der Grausamkeit wider.

»Er weigert sich, die Frau zu töten«, erklärte einer von ihnen. »Wir haben ihm gesagt, dass er ihr entweder den Garaus macht oder sie beide sterben werden. Er hat sich für letztere Möglichkeit entschieden.«

Der flügellose Mann musterte meine Haltung und

beäugte Raven, die zwischen meinen Beinen lag, mit unverhohlenem Interesse. »Ist sie seine Gefährtin?«

»Nein«, sagten die drei Wärter im Chor. »Nur das einzige Weibsstück in diesem Sektor des Gefängnisses.«

Sektor?, dachte ich neugierig. Das bedeutete, dass es weitere Gefängnistrakte gab. Nach Novaks Verschwinden hatte ich so etwas bereits vermutet, doch die Ankunft dieses Mannes, der offensichtlich das Sagen hatte, ließ den Schluss zu, dass mehr als nur ein paar zusätzliche Bereiche existierten.

Er durchbohrte mich mit einem kalten Blick und jagte mir einen eisigen Schauer über den Rücken. Buchstäblich.

Nicht menschlich, entschied ich sofort. *Aber definitiv auch kein Noir oder Nora.*

Was war er dann? Was auch immer er war, er schien keine Seele zu haben, denn ich konnte nichts als den Tod in seinen Augen erkennen.

»Öffne die Zelle«, forderte er und bestätigte damit meine Vermutung darüber, dass er eine höhere Position innehatte.

Der Nora gehorchte sofort und das elektrische Summen verschwand im Boden.

Ich bewegte mich nicht, genauso wenig wie Raven. Der Neuankömmling rammte mir seine eiserne Faust gegen den Kiefer und jagte mir einen weiteren eiskalten Schauer über den Rücken. Was auch immer er war, er war von einer bedrohlichen Aura umgeben und hatte mich als sein neues Ziel auserkoren.

Er rammte mir die andere Faust in den Bauch und ich zuckte zusammen.

Aber ich rührte mich nicht von der Stelle.

Dank des täglichen Trainings mit Zian und Novak war ich in der Lage, ein paar Schläge einzustecken. Und ich war klug genug, um in dieser Situation nicht zurückzuschlagen.

Im Gesicht des flügellosen Mannes zeichnete sich ein Ausdruck von Bewunderung ab, in den sich ein Anflug von Verärgerung mischte. Er legte den Kopf schief und nickte einem der Wärter zu. »Bring ihn zu Brina. Es wird ihr Spaß machen, mit ihm zu spielen.«

Ihr?

Einer der Nora packte mich am Arm und zerrte mich von Raven weg.

»Und das Mädchen?«, hörte ich einen anderen Wärter fragen.

»Werft sie zurück in ihre Zelle.«

Für einen kurzen Augenblick war ich erleichtert, weil sie in Sicherheit sein würde, doch dann bemerkte ich auf dem Weg nach draußen Zians wütenden Gesichtsausdruck. Ich versuchte, ihm mit einem Blick verständlich zu machen, dass es meine Entscheidung war und dass es mir gut gehen würde, doch ich konnte die Mordlust in seinen Augen sehen.

Der tote Noir zu seinen Füßen schien ein Omen für das Schicksal zu sein, das Raven ereilen würde.

»Tu es nicht«, sagte ich, als wir an ihm vorbeigingen.

Ein heftiger Fausthieb in meine Taille ließ mich verstummen, da der Wärter offenbar glaubte, ich hätte die Worte aus Trotz geäußert. Statt ihn zu korrigieren, folgte ich ihm schweigend durch einen Tunnel und durch eine Art Portal.

Wir betraten einen anderen Bereich des Gefängnisses, gingen durch mehrere Türen und nach unten durch ein weiteres Portal.

Auf dem Weg änderte sich die Umgebung, wobei sich die Struktur der Besserungsanstalt in verschiedene Klimazonen zu unterteilen schien. Schließlich erreichten wir einen dunklen Raum, der nur von ein paar flackernden Kerzen erhellt wurde.

Eine Frau mit leuchtend rotem Haar und einer Narbe über dem linken grünen Auge trat vor. Obwohl sie nicht sonderlich groß war, wurde sie von einer tödlichen Aura umgeben. *Noch ein Wesen ohne Flügel,* dachte ich. *Faszinierend.*

Das Skalpell in ihrer Hand war jedoch weniger beeindruckend.

»Der Aufseher hat mich gebeten, Ihnen ein Geschenk zu überbringen«, sagte der Nora und schob mich vor sich her, wobei seine Abneigung gegen die Frau deutlich spürbar war.

Sie verzog die Lippen zu einem Lächeln. »Ah, ein Noir. Bisher hatte ich noch nicht das Vergnügen, einen von ihnen kennenzulernen.« Sie strich sich eine rote Strähne hinter ihre spitzen Ohren, während ihr koboldartiges Gesicht vor Aufregung strahlte. »Ich habe gehört, dass ihr eine Menge Schmerzen ertragen könnt.« Sie legte den Kopf schief. »Bitte richte dem Direktor aus, dass ich mich später bei ihm für das schöne Geschenk bedanken werde.«

»Gern«, antwortete der Nora und ging.

»Nun, wo soll ich nur anfangen?«, summte sie und tanzte mit ihrer Klinge um mich herum. »Ich weiß!«

Sie schnitt mir kurzerhand einen Flügel ab, wobei sie mir die Sehnen aus der Schulter riss. Ich sackte mit einem Stöhnen auf die Knie, als der Schmerz mich bis in meine Seele erschütterte.

Als ich ihr Lachen hörte, gefror mir das Blut in den Adern.

Diese Frau ist wahnsinnig.

Und sie haben mich einfach in ihrer Obhut gelassen.

Scheiße.

6

RAVEN

GERADE ALS ICH GEGLAUBT HATTE, Sorin durchschaut zu haben, überraschte er mich, indem er eine Dummheit beging und sich als Held opferte.

Warum sollte er das tun?

Es lag sicher daran, dass ich als kompatible Geschlechtspartnerin in ihm einen Beschützerinstinkt geweckt hatte, nicht wahr?

Und wer zum Teufel war der Typ in dem Ledermantel? Wo waren seine Flügel? Einer der Wärter hatte ihn *Direktor* genannt und damit angedeutet, dass ihm dieser Ort gehörte. Ich hätte ihn am liebsten gefragt, warum ich hierhergeschickt worden war, aber meine Kehle hatte sich noch immer nicht von Sorins Würgegriff erholt.

Ein Gefühl der Verärgerung durchströmte mich. Natürlich war ich dankbar, am Leben zu sein, aber es gefiel mir nicht, dass Sorin mich gerettet hatte – schon wieder. Genauso wenig wie ich die Art und Weise guthieß, wie er es getan hatte.

Verwirrung bahnte sich ihren Weg in meine Gedanken, als ein Nora meinen Arm so fest packte, dass er blaue Flecke hinterließ, während er mich zurück in meine Zelle schleifte. Der Wärter schien sich genauso über mich zu ärgern wie ich mich über meinen tätowierten Retter. Es war nicht meine Schuld, dass Sorin so dumm war, sich über die Regeln hinwegzusetzen, doch allein durch mein Überleben hatte ich noch nie die Gunst der weiß geflügelten Mistkerle gewonnen. Allein die Tatsache, dass ich imstande war zu atmen, schien sie zu verärgern.

Als Noir galt ich als unheilvoll und falsch.

Die Tatsache, dass ich eine *weibliche* Noir war, machte es nur noch schlimmer. Es war, als hätte ich durch meine bloße Existenz die ultimative Sünde begangen.

»Geh zurück in deine Zelle«, blaffte der Wärter höhnisch, als er mich auf die Gitterstäbe zuschob, die sich mit einem Knarren öffneten.

Ich hätte ihm beinahe gehorcht, bis mein Blick auf Zian fiel, der in der Zelle auf mich wartete. Irgendwie hatte er es geschafft, vor uns hier zu sein, und er sah aus, als wollte er mich abschlachten.

»Du kannst mich nicht mit ihm allein lassen. Bist du verrückt?«, schrie ich mit schriller Stimme und schlug mit den Flügeln, um etwas Abstand zwischen mich und den wutentbrannten Zian zu bringen. Sein dunkles Haar hatte ihm schon immer wild vom Kopf abgestanden, doch heute wirkte es besonders zerzaust, als hätte er es sich gerauft. In seinen dunklen Augen lag ein wahnsinniger Ausdruck, während das grausame Grinsen auf seinen Lippen seine trügerisch niedlichen Grübchen zum Vorschein brachte.

Der Wärter gab mir noch einen Schubs, sodass ich vorwärts in die Zelle stolperte. Er schlug die Tür zu, bevor ich die Gelegenheit hatte zu entkommen. »Du hast gerade einen Kampf auf Leben und Tod überlebt«, sagte er und bedachte meinen verrückten Zellengenossen mit einem Grinsen. »Mal sehen, ob du das noch einmal fertigbringst.«

Er ging davon und ich wirbelte herum. Ich hob schützend die Flügel und drückte mich gegen die kalten Gitterstäbe. »Hey ... Zian.«

Er riss meine Flügel zur Seite und ich schrie auf, als er mir einige Federn brach. Er packte meine Kehle mit eisernem Griff und hob mich hoch.

Ich zuckte zusammen, denn mein Hals schmerzte immer noch von Sorins Würgegriff.

»Sorin hätte dich töten sollen«, sagte er mit rauer, zorniger Stimme. »Zuerst Novak, jetzt Sorin. Weißt du, was ich denke? Ich glaube, es macht dir Spaß, uns zum Narren zu halten, während du das unschuldige Täubchen spielst.« Er knurrte, als er sich zu mir vorbeugte und seinen heißen Atem auf meinem Gesicht verströmte. »Wusstest du, dass ein Rabe ein schlechtes Omen ist?« Er drückte mir die Kehle zu und mir wurde auch diesmal schwarz vor Augen. »Es gibt nur eines, was man mit Omen tun sollte. Man muss sie vernichten, bevor sie noch mehr Unglück bringen.«

Ich krallte mich in seine Handgelenke und versuchte verzweifelt, mich zu befreien. Allerdings hatte ich während der Sparringseinheiten zwischen Sorin und Z gesehen, dass man mit Schmerz nicht zu diesem Mann durchdringen konnte. Er ignorierte einfach die Blutspuren, die ich mit meinen Fingernägeln auf seinen Armen hinterließ, also wandte ich die einzige Taktik an, die mir zur Verfügung stand und die bei ihm zu wirken schien. Ich hatte vorhin keine Zeit gehabt, sie an Sorin zu testen, da wir von Zuschauern umgeben gewesen waren, aber hier in dieser Zelle, die ständig von einem angenehmen Duft durchdrungen war, würde ich damit vielleicht Erfolg haben.

Ich schloss die Augen und konzentrierte mich. Ich

dachte daran, wie er und Sorin kämpften, wie sie miteinander fickten und wie sich mein Verlangen nach ihnen in einer Mischung aus Begierde und Hass in mir aufgestaut hatte.

Es funktionierte.

Zians Nasenflügel bebten und er ließ mich los, wobei er rückwärts gegen das Etagenbett fiel.

»Schalte das ab«, forderte er, während er sich über die Nase wischte. »Ich will dich nicht riechen, du kleine Schlampe.«

Ich grinste, als ein Hauch süßen Karamells die Luft erfüllte.

»Hast du geglaubt, mir jedes Mal eine Lektion zu erteilen, wenn du in meiner Gegenwart mit Sorin gevögelt hast?«, fragte ich wagemutig und richtete mich auf. »Ich habe dabei nur gelernt, meinen Paarungstrieb zu kontrollieren.« Ich war immer leer ausgegangen, während er sich von Sorin hatte befriedigen lassen. Ohne den tätowierten Krieger, der sich um seine Bedürfnisse kümmerte, wäre Zian mir ausgeliefert.

Seine dunklen Augen blitzten bedrohlich auf. »Du spielst mit dem Feuer, Raven. Das ganze Gefängnis will dich bereits ficken. Schalte. Es. Ab.«

»Zwing mich doch.«

Er stürzte sich auf mich und packte mich erneut an der Kehle, wobei seine Lippen gefährlich nahe vor den meinen schwebten. »Vielleicht werde ich dich *dazu zwingen*, süßes Täubchen. Vielleicht werde ich deinen Duft als Einladung verstehen.«

Ich musste schlucken, als die Hitze seines Körpers in meine Poren drang und ich begann, an meiner Verteidigungstaktik zu zweifeln. »Das wirst du nicht tun«, flüsterte ich, wobei ich eher mich selbst damit beruhigte.

»Wie kommst du darauf?«, fragte er und durchbohrte mich mit einem glühenden Blick.

»Du hättest mich bereits hundertmal ficken können, doch du hast es nicht getan.« Ich erstickte förmlich an den Worten, während Zian meine Kehle fast so sehr verletzte wie Sorin. Dennoch konnte ich tief in meiner Seele fühlen, dass die Worte wahr waren.

Zian und Sorin schienen sich an einen unausgesprochenen Kodex zu halten. Sie halfen sich gegenseitig, aufrichtig zu bleiben – zumindest so aufrichtig, wie zwei hartgesottene Kriminelle sein konnten. Aber wenn ich etwas aus meiner Zeit in Gefangenschaft gelernt hatte, dann, dass die übelsten Verbrecher nach einem Ehrenkodex lebten, den sie niemals brachen. Ich ging ein Risiko ein, indem ich annahm, dass Zian und Sorin ebenfalls einen solchen Pakt geschlossen hatten, aber es war die einzige Karte, die ich ausspielen konnte, und ich musste sie nutzen.

Er fletschte die Zähne und ließ mich so plötzlich wieder los, wie er mich gepackt hatte. Diese animalische, ursprüngliche Seite an ihm ließ meine Federn zu Berge stehen. Mir war bewusst, dass ich mein Schicksal herausforderte, doch als er wie ein gefangenes wildes Tier um mich herumlief, wurde mir klar, dass ich auf die richtige Karte gesetzt hatte.

»Es gibt andere Wege, um sich Erleichterung zu verschaffen«, sagte er, als er aufs Neue eine kämpferische Haltung einnahm und seine Flügel ausbreitete, um das Gleichgewicht nicht zu verlieren. »Seit ich dich in der Arena habe kämpfen sehen, wollte ich es mit dir aufnehmen. Mal sehen, was du draufhast.«

Zian machte einen Satz nach vorn, was ihm eigentlich gar nicht ähnlich sah. Für gewöhnlich übte er sich im

Kampf in Geduld und Präzision, doch jetzt stürzte er sich blindlings auf mich.

Sein Fehler.

Ich schlug mit den Flügeln, um ihm auszuweichen, denn durch meine kleine Statur konnte ich seiner bloßen Kraft meine Geschwindigkeit entgegenhalten. Zian hatte wahrscheinlich noch nie gegen eine Frau gekämpft, und selbst wenn er jahrzehntelang mit mir trainiert hätte, hätte er nicht klar denken können.

Ein leichter Stoß reichte aus, um ihn gegen die Gitterstäbe zu schleudern. Er hatte so viel Schwung aufgenommen, dass er mit einem lauten *Ping* gegen das Metall prallte, wobei das Geräusch in der ganzen Zelle widerhallte. Er stöhnte fassungslos auf, bevor er sich umdrehte und sich erneut auf mich stürzte.

Würde er es nie lernen?

Ich wandte dieselbe Taktik an wie zuvor und schleuderte ihn gegen eines der Etagenbetten, wobei er eine große Delle in einer der Stangen hinterließ, als sie unter seinem Gewicht nachgab. Diesmal hatte er jedoch mit meinem Abwehrmanöver gerechnet. Ich schrie auf, als er mich am Knöchel packte und zu Boden riss.

»Du solltest niemals die gleiche Strategie zweimal in Folge anwenden«, tadelte er, kletterte auf mich und drückte mich zu Boden. Er presste seine Schenkel gegen meine und grub seine Hüften in mein Becken. Ich keuchte auf und erstarrte, als er sich mit einem Knurren zu mir hinunterbeugte.

Mein nächster Schachzug war wahrscheinlich eine dumme Idee, aber seit meiner Ankunft war ich mit zwei wahnsinnig sexy Engeln eingesperrt und bewegte mich nur noch in einem Dunst der Begierde.

Ich begann zu schnurren.

Seine Pupillen weiteten sich, als die Vibration seine Brust erfasste. »H-hör auf damit«, stammelte er.

Ich wand mich unter ihm und schnurrte noch lauter. Ich hatte den Laut schon oft bei anderen Frauen gehört, doch ich hatte noch nie selbst versucht, ihn zu erzeugen. Normalerweise war er nur einem Gefährten vorbehalten, wobei ich keine Ahnung hatte, welche Wirkung er auf einen kompatiblen Geschlechtspartner hatte.

Er zitterte am ganzen Körper und spannte den Kiefer an, als er sichtlich um Selbstbeherrschung rang. Dabei war ich mir nicht sicher, ob er mich ficken oder umbringen wollte.

Aus dem Spalt in der Wand drang ein Fiepen und mein Blick fiel auf Mousey Mouse, der die Show offenbar beobachtet hatte. Ich erfasste seine Gedanken und spürte sein Entsetzen darüber, dass ich kurz davor war zu sterben. Dann überbrachte er mir die Nachricht, dass mein tätowierter Peiniger an einen furchtbaren Ort unter der Erde gebracht worden war, um dort von irgendeiner verrückten Ärztin gefoltert zu werden.

»Wie bitte?«, fragte ich verwirrt. »Welche Ärztin?«

»Mit wem sprichst du?«, wollte Zian wissen.

»Schhh«, flüsterte ich und konzentrierte mich wieder auf Mousey Mouse. Er nannte mir einen Namen, den ich nicht kannte. »Brina?«

Zian zog eine Augenbraue in die Höhe und ich begegnete seinem Blick. Mein Schnurren war längst verklungen.

»Mousey Mouse sagt, dass Sorin in einen Kerker gebracht wurde, um von einer verrückten Ärztin namens Brina gefoltert zu werden.«

Er runzelte die Stirn. »Du kannst mit diesem Ding kommunizieren?«

»Ja.«

»Und das sagst du mir erst jetzt?«

»Du warst selbst nicht gerade gesprächig«, blaffte ich und versuchte, mich unter ihm herauszuwinden.

Aber er wich keinen Zentimeter von mir ab. »Frag ihn, wo Novak ist.«

»Lass mich los und ich werde darüber nachdenken.«

»Tu es und ich lasse dich gehen.«

Ich knirschte mit den Zähnen und wog meine Möglichkeiten ab. Als mir klar wurde, dass mir keine andere Wahl blieb, stieß ich einen Seufzer aus. Ich wandte mich wieder an Mousey Mouse und fragte ihn nach Novak. Er antwortete mir, dass er ihn nicht kannte, also bat ich Zian, ihn zu beschreiben.

»Dunkles Haar, eisblaue Augen, ähnliche Statur wie ich, schwarze Flügel. Er wird wahrscheinlich kein Wort von sich geben. Außerdem könnte er versuchen, dein neues Haustier zu fressen.«

Den letzten Teil verschwieg ich Mousey Mouse und riet ihm nur, einen großen Bogen um Novak zu machen und nicht zu versuchen, ihn anzusprechen. Mit einem leisen Quieken verschwand er in der Wand und ich blickte den Mann an, der immer noch auf mir lag. »Zufrieden?«

»Kaum«, murmelte er.

Aber er ließ von mir ab.

Und ignorierte mich für den Rest des Abends.

7

ZIAN

Neun Nächte ohne Novak.

Zwei ohne Sorin.

Und das alles in einer Zelle mit einer kleinen vogelähnlichen Kreatur mit großen Rehaugen und Lippen, die für die Sünde geschaffen waren.

Ich starrte an die Decke und versuchte, nicht daran zu denken, wie diese Lippen meinen harten Schwanz umschlossen. Doch es war vergebens. In Gedanken hörte ich noch immer dieses verdammte Schnurren von neulich Abend. Es war ein so erregender, hypnotischer Laut gewesen, den ich einfach nicht vergessen konnte. Er verfolgte mich in meinen verdammten Träumen und sorgte dafür, dass ich sie noch mehr verabscheute.

Doch es steigerte mein Verlangen, sie zu ficken, nur noch mehr.

Ich kniff mir in den Nasenrücken und umfasste mit der anderen Hand meinen Schwanz, um ihn zu streicheln. Ich war nackt und es war mir egal, ob sie mich sehen konnte. Sie hatte es nicht anders verdient, schließlich hatte sie mich in diese verdammte Lage gebracht.

Und sie wusste es.

Ich konnte ihr Interesse *riechen*, denn sie lag ebenfalls wach und ihr Unterleib verströmte ein liebliches Paarungsaroma, das die gesamte Zelle durchdrang.

Letzte Nacht hatte ich von ihr verlangt, es abzuschalten, doch das hatte es nur noch schlimmer gemacht.

Offenbar genoss das kleine Vögelchen es, herumkommandiert zu werden. Vielleicht liebte sie es auch einfach nur zu rebellieren. Ich wusste es nicht, aber wenn sie nicht bald mit diesem Mist aufhörte, würde sie meinen Zorn in Form eines harten Ficks gegen die Gitterstäbe der Zellentür zu spüren bekommen.

Leider würde das nur das Interesse der männlichen Insassen wecken, die sich allesamt an der geschlechtsreifen Noir vergehen wollten.

Das bedeutete, ich hatte keinen wirklichen Grund, sie zu ficken, außer um meine eigenen Bedürfnisse zu stillen.

Und das war inakzeptabel.

Aber es verhalf mir zu einer blühenden Fantasie.

Ich unterdrückte ein Stöhnen, als ich mir vorstellte, wie sie mit den Schenkeln meine Taille umschlang und ich mit jedem Stoß tiefer in ihren feuchten Unterleib eindrang. Sie würde sowohl vor Lust als auch vor Schmerzen aufstöhnen, während ich sie mit meinen Hüften gegen die Gitterstäbe presste.

Härter und härter.

Ich würde sie bluten lassen, und zwar einfach nur, weil ich es konnte.

Mm, die Vorstellung war perfekt. Ich musste lächeln, als ich ihr Keuchen förmlich hören konnte, das einem Schrei wich, als ich ihr in den Hals biss. Ich wusste, dass es nur meiner Fantasie entsprang, doch es fühlte sich so *real* an. Das Verlangen, sie zu nehmen und sie sowohl geistig als auch körperlich zu vereinnahmen, trieb mich an. Ich rieb meinen Schaft immer schneller, während meine Erregung sich in ungeahnte Höhen steigerte.

Ich wollte sie unter mir auf dem harten Boden spüren. Ich wollte sie in den Zementboden ficken und sie dafür bestrafen, dass sie mir Sorin genommen und Novak in Rage gebracht hatte. Sie war dafür verantwortlich, dass sie beide nicht mehr hier waren.

Der Gedanke war weder rational noch wahr, aber in meinem Kopf spielte das keine Rolle. Ich war der Herr über meine Fantasien, und in dieser war sie an allem schuld, was schiefgelaufen war. Ich nahm sie mit Inbrunst und ließ nicht nach, auch als sie mich anflehte, meine Bewegungen zu verlangsamen. Stattdessen stieß ich immer weiter in sie hinein und genoss es, als sie vor gequälter Lust aufschrie.

Denn genau auf diese Weise würden wir ficken.

In einer wilden Mischung aus Verzückung und Qualen.

Sie würde es ertragen, weil ich sie dazu zwingen würde.

Und danach würde sie sich bei mir bedanken, während sie befriedigt am Boden lag und unsere gemeinsame Erregung ihre Schamlippen und Schenkel beschmierte.

Allein die Vorstellung brachte mich fast zum Höhepunkt. Meine Atmung beschleunigte sich und mein Herz hämmerte wild in meiner Brust.

»Zian«, hörte ich sie unter mir flüstern. Ihr zierlicher Körper war mir so nahe und keuchte vor Verlangen. »Was tust du da?«

»Verpiss dich«, murmelte ich, um diesen Moment nicht mit ihren unschuldigen Fragen zu verderben. Die Wärter hatten uns absichtlich zusammen in eine Zelle gesteckt, weil sie wussten, dass wir kompatibel waren. Es war nur eine Frage der Zeit, bis einer von uns nachgeben würde. Ich vermutete, sie wollten, dass wir uns paarten, damit sie uns danach voneinander trennen und uns auf diese Weise unsagbaren Qualen aussetzen konnten.

Doch ich würde diesem Drang nicht nachgeben.

Ich weigerte mich, mich gänzlich an ein anderes Wesen zu binden.

Novak und Sorin waren meine einzige Familie. Ich brauchte oder begehrte niemanden außer ihnen, obwohl ich sexuell wie ausgehungert war und ein Fick mehr als verführerisch schien.

Oh, Sorin befriedigte mich durchaus.

Aber ein zarter, geschmeidiger Frauenkörper barg Verlockungen, nach denen ich mich sehnte und verzehrte. Die Tatsache, dass eine Frau mir so nahe war, die mich noch dazu fast ebenso begehrte wie ich sie, machte es mir nur noch schwerer, mich von ihr fernzuhalten.

Dabei half es, dass ich sie hasste.

Aber tief in meinem Inneren wusste ich, dass es nicht ihre Schuld war und Sorin sich entschlossen hatte, sie statt sich selbst zu schützen. Ich hätte dasselbe getan, wäre ich an seiner Stelle gewesen.

Daher rührte meine irrationale Abneigung gegen die Frau. Durch ihre Anwesenheit hatte sie einen Schwachpunkt geschaffen, den sich keiner von uns beiden leisten konnte. Sie musste von hier verschwinden. Doch ich konnte sie nirgendwo hinschicken, weil ich den Gedanken nicht ertragen konnte, dass ein anderer Noir sie in die Finger bekam.

In einer anderen Zelle würde sie keinen einzigen Tag überleben.

Die Monster hier hatten keine Moral und lebten nicht nach einem Ehrenkodex.

Sie waren wahre Schreckgestalten, die den schlimmsten Gefängnissen des Systems entstammten. Handverlesen vom

Dunklen Wesen persönlich, wenn man den Gerüchten Glauben schenken durfte.

Ich zitterte und verlangsamte die Bewegungen meiner Hand um meinen Schwanz.

Es ist falsch.

Ich kann das nicht tun.

Ich sollte ...

Raven wimmerte. Unsere Zelle war auf gefährliche Weise durchtränkt mit dem Aroma der Lust. Verdammt, wahrscheinlich trieb der Duft die anderen Insassen in den Wahnsinn. Morgen würden sie es nur noch mehr auf sie abgesehen haben, was bedeutete, dass ich sie umso erbitterter würde beschützen müssen.

Schon wieder.

Ich hätte fast geknurrt, denn meine Frustration steigerte meine Erregung nur noch mehr. Wie zum Teufel war ich zu ihrem Beschützer geworden? Und warum?

Weil es sonst niemand tun wird.

Weil sie ohne dich leiden wird.

Weil sie andernfalls wahrscheinlich nicht lange überleben wird.

Vielleicht wäre das das Beste für sie. Dieser Ort war nichts für süße kleine Vögelchen wie Raven. Ich fletschte die Zähne, denn der Gedanke an ihren möglichen Tod machte mich wütend.

Frauen waren selten.

Man sollte sie wertschätzen.

»Du hast hier nichts zu suchen, verdammt«, blaffte ich laut. »Warum bist du überhaupt hier?« Ich rollte mich von meiner Pritsche, wobei es mir völlig egal war, dass ich nichts außer meinen Federn trug.

Raven kroch zurück in ihr Bett und legte wie immer

schützend die Flügel um ihren Körper. »Zian«, hauchte sie und starrte meinen nackten Körper an.

Ich ignorierte ihre jungfräuliche Reaktion und ging vor ihr in die Hocke. »Erzähl mir, wie du deine Flügel bekommen hast.« Ich hatte keine Lust, zu raten oder um den heißen Brei herumzureden. Ich wollte es wissen. Als ihr Beschützer hatte ich ein verdammtes Recht darauf, es zu erfahren. »Was hast du angestellt, um hier zu landen?«

»Ich wurde geboren«, flüsterte sie.

Ich wartete darauf, dass sie fortfuhr, aber sie sagte nichts weiter. »Und dann?«, fragte ich. Ich war nicht wirklich an ihrer Lebensgeschichte interessiert, doch ich wollte ein bisschen mehr hören als nur die Schilderung ihrer Geburt.

»Das war's.« Sie zitterte sichtlich. »Ich wurde mit schwarzen Flügeln geboren.«

Meine Augenbrauen schossen in die Höhe. »Das ist unmöglich.« Alle Engel wurden mit weißen Flügeln geboren. Ein Nora wurde nur zu einem Noir, wenn er fiel, was durch seine schwarzen Flügel sichtbar wurde. Es sei denn, Novaks kleines Märchen von längst vergangenen Zeiten war tatsächlich wahr. Allerdings zweifelte ich stark an der Existenz derart entarteter Noir.

Außerdem wusste Raven mit Sicherheit, wie Noir geschaffen wurden, was bedeutete, dass sie mich an der Nase herumführen wollte. Ich streckte die Hand nach ihr aus, bekam eine Handvoll Federn zu fassen und zog sie aus ihrem kleinen Loch.

Sie schrie auf, als sie neben mir auf ihrem Hintern landete. Ich erhob mich und baute mich über ihr auf. »Versuchen wir es noch einmal, Vögelchen. Erzähl mir, wie du deine Flügel bekommen hast.«

»Ich wurde mit ihnen geboren«, erwiderte sie beharrlich mit wütendem Tonfall.

Das ließ meinen Schwanz nur noch härter werden.

Der Gedanke, sie so lange zu ficken, bis sie sich mir ergab, erregte mich viel zu sehr.

Ich hätte mich tatsächlich zuerst selbst befriedigen sollen, *bevor* ich sie berührt hatte.

»Das ist ...«

»Unmöglich«, beendete sie den Satz für mich, dann sprang sie auf und nahm eine offensive Haltung ein. »Ja, ich weiß. Aber dadurch wird es nicht weniger wahr.« Sie hob die Hände, als würde sie sich bereit machen, es mit mir aufzunehmen.

Ich studierte ihre Pose und bemerkte die Schwachstellen in ihrer Haltung. Sie war hin- und hergerissen, als wollte ein Teil von ihr gegen mich kämpfen, während der andere Teil bereits aufgegeben hatte.

Was würde sie tun, wenn ich sie an die Wand drückte, meine Hand um ihre Kehle legte und sie küsste? Würde sie mich beißen? Würde ich sie zurückbeißen? *Oh ja, ohne Zweifel.* Ich konnte bereits ihr Blut auf meiner Zunge schmecken. Das Aroma war berauschend, so satt und weiblich.

»Du machst mir Angst«, flüsterte sie.

»Gut.« Sie hatte allen Grund, ängstlich zu sein. Denn ich war der Einzige, der zwischen ihr und etwa einem Dutzend Häftlinge stand, die sie für sich beanspruchen wollten. »Geh ins Bett, Raven.«

»Ich habe versucht zu schlafen, aber du hast mich aus meinem Bett gerissen.«

»Und jetzt gebe ich dir die Gelegenheit, dich wieder in deinem vermeintlich sicheren Hafen zu verkriechen. Ich schlage vor, du nimmst sie wahr, und zwar sofort.«

Sie schluckte und ihre Arme begannen zu zittern, als sie einen Schritt um mich herumtrat. Sie starrte mich mit ihren großen schwarzen, wachsamen Augen an. Ich rührte mich nicht, also ging sie zu ihrem Bett und wollte gerade hineinschlüpfen, als ein fremder Geruch die Luft durchdrang.

Ich warf einen Blick in die Richtung, aus der er kam, als ein stechender Schmerz meine Seite durchzuckte und meine Haut durchbohrte. Schreie und Rufe hallten durch die gesamte Anstalt und ich schnappte nach Luft, während ich das Gefühl hatte, dass mein Oberkörper innerlich zerrissen wurde.

Ich sackte zusammen und war wie betäubt, als ich schockiert feststellte, dass ich *niedergestochen* worden war.

»Was zum Teufel?«, rief Raven, die wild mit ihren Flügeln schlug. Sie bewegte sich mit einer Geschwindigkeit, die ich bewundert hätte, wenn mein Verstand noch richtig funktioniert hätte.

Ein dunkler, engelhafter Ritter, der mir zur Rettung eilte.

Doch so war es nicht.

Sie riss den scharfen Gegenstand aus meinem Brustkorb und ließ mich auf dem Boden zurück, dann drehte sie sich zu der Gestalt in unserer Zelle um. Ich sackte auf den Rücken, während ich flach atmete und meine Sicht verschwamm.

Bis sich ein riesiges, vieräugiges *Ding* in mein Blickfeld drängte. *Was zum Teufel ist das?*, dachte ich, während ich mir nicht sicher war, ob das alles nur meiner Fantasie entsprang. Ich hatte das Gefühl, in ein Delirium zu verfallen, daher hätte es sich durchaus um einen Albtraum handeln können.

Dennoch hätte ich mir nie vorstellen können, dass Raven es allein mit so einem Ding aufnehmen würde.

Sie bewegte sich mit der Grazie einer Raubkatze und

huschte flink über den Boden, als sie auf das breite, sabbernde Ding einstach. »Wage es nicht«, sagte sie zu ihm.

Die Kreatur fletschte die Zähne.

»Es ist mir egal, ob du ihn fressen willst. Ich verbiete es dir.«

Ich riss die Augen auf. *Ja, das muss ein Traum sein.* Denn nie im Leben würde jemand, der bei vollem Verstand war, versuchen, ein Gespräch mit einem so grässlichen Wesen zu führen.

»Zwing mich nicht dazu«, fuhr sie mit bedauerndem Unterton fort. »Verschwinde einfach. Geh dahin zurück, wo du hergekommen bist.«

Ich blinzelte sie an, als wäre sie das Monster und nicht diese zwei Meter große, gruselige Kreatur vor ihr.

Warum liege ich immer noch auf dem Boden? Ich betastete meine Seite. *Oh, richtig. Es ist also doch real.*

Raven stieß einen Laut aus, der mir einen Stich im Herzen versetzte. Sie klang zugleich traurig und wütend. »Nein.«

Nein was?, fragte ich mich und tastete wieder die tiefe Wunde an meiner Seite ab. Sie war zwar nicht tödlich und würde mich nicht lange außer Gefecht setzen, doch der Schnitt war groß und hätte fast meine Lunge durchbohrt. Das erklärte auch meine verschwommene Sicht und flache Atmung.

Glücklicherweise heilte ich schnell.

Die Kreatur stieß einen schrillen Schrei aus und wich zurück, dann stürzte Raven sich mit Gebrüll auf das vieräugige Biest und rammte ihm die Klinge in die Brust. Mein Herz raste, als die beiden miteinander kämpften, wobei der Körper des schleimigen Wesens den ihren um mehrere Zentimeter überragte.

Aber wo auch immer sie die widerliche Kreatur

getroffen hatte, sie hatte ihr offenbar eine tödliche Wunde zugefügt, denn das albtraumhafte Geschöpf begann, sich vor unseren Augen zu winden und zu schrumpfen, bis nur noch eine Pfütze aus schwarzem Schlamm übrig war.

Ich starrte darauf, als Raven neben mir auf die Knie fiel und meinen Oberkörper abtastete.

Ich brauchte einen Moment, um zu begreifen, dass sie mit mir sprach. Ihre Stimme war voller Sorge. *Sie sorgt sich um mich.*

»Es geht mir gut«, brachte ich hervor. Meine Stimme klang viel heiserer als gewöhnlich.

Sie schüttelte den Kopf und zog mit flinken Fingern meine Hände beiseite. Ich versuchte erneut, die Wunde zu bedecken, doch sie stieß ein tadelndes Zischen aus und drückte mich auf den Rücken. Wäre dies wirklich ein Traum, dann würde ich sie packen und unter mich rollen.

Aber sie übernahm auch weiterhin das Kommando, als sie die Handflächen auf meine Wunde legte und meine Haut versengte. *Buchstäblich.*

»Was tust du ...« Ich verstummte, als ich spürte, wie ein Energiestoß meine Seite hinaufwanderte und mich mit einem warmen, beruhigenden Gefühl durchflutete. *Sie heilt mich,* erkannte ich wie betäubt. *Sie ist dabei, mich zu heilen.*

Es war eine seltene Gabe der Nora.

Nur Frauen verfügten über sie und sie entstammte meist dem Bedürfnis, sich selbst zu heilen. Weibliche Geschöpfe waren einzigartig und uns Männern zahlenmäßig unterlegen. Es leuchtete ein, dass sie mit einem natürlichen Verteidigungsmechanismus geboren wurden. Dabei war es jedoch noch ungewöhnlicher, diese Gabe an einem anderen anzuwenden, vor allem wenn er kein Gefährte war.

Ich versuchte erneut, ihre Hand wegzuziehen, da mir die

Intimität ihrer Berührung nicht behagte. Vielleicht gefiel sie mir auch zu sehr.

Sie hatte eindeutig die Oberhand, was mich vermuten ließ, dass ich mich in einem schlechteren Zustand befand als angenommen. *Es könnte immer noch ein Traum sein,* dachte ich und blinzelte, als ich schwarze Punkte vor Augen sah. Schließlich verschwanden sie und gaben den Blick auf die Decke frei. Dann konnte ich das obere Ende eines Bettes erkennen. Ich runzelte die Stirn, denn ich hatte offensichtlich das Zeitgefühl verloren.

Ich spürte etwas Weiches an meiner Seite und sah einen schwarzen Flügel, der über meiner Brust lag.

Was zum Teufel ging hier vor?

Ich wandte den Blick nach unten. Raven lag mit dem Kopf auf meiner Schulter und hatte ihre Handfläche immer noch an meinen Brustkorb gepresst.

Offenbar war sie während ihres Energietransfers ohnmächtig geworden, und ihre klamme Haut ließ darauf schließen, dass sie sich dabei überanstrengt hatte. Jetzt lag sie wehrlos neben mir und hatte sich an meinen nackten Körper geschmiegt, während ihr Flügel meine Brust bedeckte.

Ich strich mit den Fingern über ihre weichen Federn und dachte daran, dass sie beteuert hatte, mit schwarzen Flügeln geboren worden zu sein. Die meisten Noir prahlten mit ihrer Vergangenheit und bereuten es nicht, gefallen zu sein. Bei Raven lag die Sache anders. Meine Frage schien sie verärgert zu haben und es hatte den Anschein, als bekäme sie sie oft zu hören und als erhielte sie stets eine ähnliche Reaktion auf ihre Antwort.

War es möglich, dass sie die Wahrheit gesagt hatte? Ich ließ meine Hand entlang ihrer Federn bis zu ihrer Schulter, ihren

Arm hinunter und auf ihre Hand gleiten, die immer noch an meiner verheilten Wunde lag. Meine Haut darunter fühlte sich glatter an als Seide und ich schien völlig genesen zu sein.

Der Dolch, den sie diesem Ding entrissen hatte, musste magische Eigenschaften besessen haben, ansonsten hätte er mit einem einzigen Stich nicht einen so großen Schaden anrichten können. Offenbar hatte sie es gewusst. War ich in einem schlimmeren Zustand gewesen, als mir bewusst gewesen war? Wenn man davon ausging, dass ich das Zeitgefühl verloren hatte und mein Verstand zeitweilig verwirrt war, war es durchaus möglich.

Was bedeutete, dass sie vielleicht gerade mein Leben gerettet und dabei ihre eigene Sicherheit aufs Spiel gesetzt hatte. Denn jetzt konnte ich mit ihr machen, was ich wollte, während sie wehrlos neben mir lag. Aus irgendeinem Grund steigerte dieser Umstand in mir den Wunsch, sie zu beschützen.

Ich schlang meine Arme um sie und stellte fest, dass wir in *ihrem* Bett lagen.

Nach allem, was ich ihr an den Kopf geworfen und angetan hatte, hatte sie sich trotzdem entschieden, mir zu helfen. Sie hatte mich gerettet und geheilt. Das Mindeste, was ich im Gegenzug tun konnte, war, sie zu beschützen.

Wir mussten uns nicht mögen, um gemeinsam ums Überleben zu kämpfen. Der heutige Abend hatte das bewiesen.

Ich drückte ihr einen Kuss auf den Kopf. Es war eine ganz natürliche Geste, um mich bei ihr zu bedanken und ihr das Versprechen zu geben, ein neues Bündnis mit ihr einzugehen. Es würde bestenfalls zögerlich sein, aber es wäre besser als nichts. »Ich werde dich beschützen, süßes Vögelchen«, flüsterte ich, obwohl ich wusste, dass sie mich nicht hören konnte. »Betrachte es als mein Geschenk an dich, um dir meine Dankbarkeit zu zeigen.«

Wir hatten eine neue Brücke zwischen uns geschlagen.

Es würde sich zeigen, wie lange wir brauchen würden, um sie niederzubrennen.

8

RAVEN

ZIAN RITZTE eine weitere Markierung in die Wand, wobei mir das knirschende Geräusch in den Zähnen wehtat und mir bis in die Knochen drang. Er hatte diese lästige Angewohnheit nach Sorins Verlegung übernommen, obwohl ich keine Ahnung hatte, warum es ihnen so wichtig war, wie lange wir in diesem Höllenloch festsaßen. Ich wollte ihm sagen, dass er damit aufhören sollte, weil es keinen Unterschied machte, ob wir Tage oder Jahre hier waren, denn alles fühlte sich gleich an. Allerdings liebte der Grobian es, wenn ich versuchte, ihn herumzukommandieren.

Wir wussten beide, dass er mich im Handumdrehen überwältigen könnte, um mit mir anzustellen, was er wollte.

Die Tatsache, dass er es nicht getan hatte, war sowohl tröstlich als auch quälend.

Nachdem uns die sexuelle Spannung, die zwischen uns herrschte, nun fast drei Wochen lang aufgerieben hatte, begann mein Körper, von Kopf bis Fuß zu schmerzen. Ich konnte nur ahnen, wie es Z erging. Wenn man bedachte, wie oft er sich selbst rieb – ob ich ihn nun dabei beobachtete oder nicht –, lag die Vermutung nahe, dass er sich kaum noch zusammenreißen konnte.

Oh, und ich beobachtete ihn jedes Mal.

Es wäre einfacher gewesen, ihm zu widerstehen, wenn er sich mir gegenüber weiterhin wie ein Arschloch verhalten hätte. Nachdem ich ihn jedoch vor dem schleimigen Monster, das ich Mister Slobs getauft hatte, bewahrt und ihn von seiner tödlichen Wunde geheilt hatte, hatte sich etwas zwischen uns verändert. Ich war es gewohnt, für mich selbst zu sorgen, Bündnisse zu schließen, über die ich die Kontrolle hatte, und niemandem länger zu vertrauen, als es mir dienlich war. Doch mit Zian verhielt es sich anders.

Er gab mir zwar immer noch die Schuld an Novaks Verschwinden und hasste mich wegen Sorins Verlegung.

Doch trotz alledem spürte ich, dass sich zwischen uns eine Art Kameradschaft entwickelte. Ich umklammerte die Eisenstäbe unserer Zellentür und spürte, dass er mich mit wachsamen Augen betrachtete, um mich zu beschützen.

Ich gab vor, ihn nicht zu bemerken, und blickte in den grauen Steinkorridor, durch den neue Mitgefangene blutüberströmt und benommen aus der Arena kamen. Wir waren in einen endlosen Kreislauf verfallen, in dem wöchentlich Insassen getötet wurden und neue nachkamen.

»Was steht heute auf dem Plan, Rave?«, fragte Zian, als er von seinem Bett sprang, wobei er mit seinen geschmeidigen Bewegungen kaum einen Laut von sich gab.

Als ich den Spitznamen hörte, mit dem er mich neuerdings ansprach, verzog ich die Lippen zu einem Lächeln. Ich hielt den Blick auf den Gang gerichtet, damit er nicht sehen konnte, wie sehr er mir gefiel. »Heute trainieren wir.« Unsere Tage hatten sich dahingehend verändert, dass uns zumindest die Illusion einer Wahl blieb. Nach dem

Frühstück durften die Insassen sich entscheiden, ob sie sich im Hof aufhalten wollten oder in dem armseligen Abklatsch eines Fitnessraums trainieren wollten. Im Grunde handelte es sich dabei eher um eine Erweiterung des Hofes, in dem wir überdimensionale Felsbrocken heben durften.

Insgeheim liebte ich diese Tage, weil Zian es für nötig hielt, mich auszubilden. Nur aus diesem Grund hatte ich die letzten beiden Zweikämpfe überlebt, denn er hatte mir eine Taktik beigebracht, wie ich meinen Gegner in die elektrischen Umrandungen befördern konnte, bevor er mich in die Finger bekam.

Meine Haut kribbelte bei dem Gedanken, wieder mit ihm zu trainieren. Ich hatte gesehen, wie seine Sparringseinheiten mit Sorin geendet hatten, und ich spürte jedes Mal, wenn wir miteinander kämpften, die gleiche sinnliche Hitze zwischen uns. Ich wurde von Mal zu Mal besser und seine Anerkennung war insgeheim wie eine Droge für mich, die mich in diesem albtraumhaften Höllenloch aufrecht hielt. Nicht weil ich sie von ihm brauchte, sondern weil ich wusste, dass er einer der fähigsten Krieger war, die ich je in Aktion gesehen hatte. Im Noir Reformatorium zählte nichts als das nackte Überleben, und wenn ich imstande wäre, richtig zu kämpfen, dann würde ich vielleicht lange genug an meiner Existenz festhalten können, um einen Weg zu finden, diesem Ort zu entkommen.

Er stieß ein Brummen aus. Die leise Vibration weckte in mir erneut den Wunsch zu schnurren, doch ich widerstand dem Drang. Zian hatte sich heute bereits einmal selbst befriedigt und in ein paar Minuten würde es Frühstück geben. Durch die Änderungen im Tagesablauf und aufgrund der nächtlichen Angriffe der Schleimmonster gab es beim Frühstück keine Schlange mehr. Nur die Hälfte der

Insassen bekam etwas zu essen, was die Neuzugänge schnell lernen mussten.

Ich zuckte zusammen, als Zians Flügel den meinen streifte. Meine Federn waren unglaublich empfindlich und ich nahm an, dass er sich dessen bewusst war. Er schenkte mir ein Grinsen, als ich verlegen zu ihm aufblickte. »Dir entgeht nie etwas, nicht wahr, süßes Vögelchen?«

Ich war mir nicht sicher, ob er damit auf die Tatsache anspielte, dass ich unseren Zeitplan kannte oder dass ich seine subtile Berührung gespürt hatte. Ich entschied mich, ihm mit Unwissenheit zu begegnen, und zuckte mit den Schultern. »Wie du meinst.«

Er verschränkte die Arme vor der Brust und lehnte sich gegen die Gitterstäbe. »Ich bin beeindruckt, wie du das Monster letzte Nacht zur Strecke gebracht hast«, sagte er. »Du hast es erledigt, noch bevor ich aufgestanden war.«

Ich plusterte unwillkürlich die Federn auf, bevor ich mich eines Besseren besinnen konnte. Die Reaktion war albern, doch es gefiel mir, wenn Zian mir ein Kompliment machte. »Ich habe Wache gehalten, weil ich an der Reihe war«, erinnerte ich ihn. »Außerdem hat Mousey Mouse mich diesmal vorgewarnt.«

Er verzog die Lippen zu einem Lächeln. »Tatsächlich? Dann kann ich von Glück reden, dass Novak ihn nicht gefressen hat.«

»Nur, weil diese verrückten Dämonen, mit denen er eingesperrt ist, ihn abgelenkt haben.« Die arme Maus war so freundlich gewesen, den *Pereo-Trakt* auszuspionieren. Der Name war eine beschönigende Bezeichnung für *Einzelhaft*, in der Novak festgehalten wurde. Die Maus hatte uns in den letzten drei Wochen jeden zweiten Tag Bericht erstattet und uns versichert, dass beide Freunde von Zian noch am Leben waren.

Sorin schien es weniger gut zu gehen als Novak, dessen Existenz im Moment nur durch einen Bann gefährdet war. Und durch vier psychotische Dämonen, die mit ihm in Einzelhaft saßen. Glücklicherweise waren sie vor allem damit beschäftigt, irgendeiner Frau die Haut vom Leib zu reißen, und störten Novak nur, wenn sie seine Zelle zum Nachdenken brauchten.

Mousey Mouse hatte etwas davon gesagt, dass die Schutzmechanismen in Novaks Bereich weniger wirksam waren. Ich konnte ihm nicht ganz folgen, denn meine Sorge galt eher Sorin, nachdem ich erfahren hatte, dass er von einer verrückten Ärztin festgehalten wurde.

All die Dinge, die sie ihm antut ... Mir lief ein Schauer über den Rücken. Allein bei dem Gedanken drehte sich mir der Magen um.

Ich hatte Zian nicht alles gesagt, was Mousey Mouse mir über Sorins missliche Lage erzählt hatte, vor allem, weil ich es nicht ertragen konnte. Außerdem wollte ich Zian nicht verärgern, denn zwischen uns lief es gut und ein egoistischer Teil von mir wollte den Frieden nicht stören.

Zian grinste und streifte noch einmal meinen Flügel, woraufhin ich sofort ein schlechtes Gewissen bekam. Ich hatte den Drang, mich ihm zuzuwenden, ihm alles zu erzählen und ihm dann zur Strafe meinen Körper anzubieten.

Denn ich wusste, er würde mich auf brutale und zugleich wunderbare Weise bestrafen.

Die Zellentüren wurden geöffnet und ich stürmte in den Korridor hinaus. Ich war dankbar, einen Grund zu haben, um mich von Zian zu entfernen, bevor ich meinen Impulsen nachgeben konnte. Diese Momente waren die einzigen, in denen er mir einen Anflug von Freiheit gestattete. Wir mussten bei Kräften bleiben, was bedeutete, dass wir jeden Tag essen mussten, egal wie schwer sie es uns machten.

Ich war zwar nicht so kräftig wie die Männer, aber ich war schnell. Mein pechschwarzes Haar wallte hinter mir auf, als ich den Korridor hinunterlief und mich an den anderen Häftlingen vorbeidrängte, die demselben Ziel entgegeneilten. Die neuen Rekruten blinzelten uns verwirrt an und waren noch völlig benommen, nachdem sie gerade ihre Ankunft überlebt hatten. Sie würden gut daran tun, der Herde zu folgen.

Einige Männer versuchten, mich zu packen, aber ich änderte meinen Kurs, wie Zian es mir beigebracht hatte, und war viel zu schnell, um von ihnen auf den Boden gezogen zu werden. Sollte es jedoch einem von ihnen gelingen, würde Zian ihre Herzen zum Frühstück verspeisen, statt die ekelhaften Reste zu essen, die sie heute für uns bereithielten.

Die Tore an der hinteren Wand hoben sich und gaben den Blick auf einen Tisch frei, auf dem in Plastik verpackte Pakete lagen, die eine kleine Portion Essen enthielten. Ich eilte zum nächstgelegenen Ende, schnappte mir zwei Päckchen und machte mich auf den Weg zurück in unsere Zelle. Auf dem kleinen Hof standen Tische, aber niemand aß an ihnen, es sei denn, er wollte überfallen werden.

In meiner Eile bemerkte ich nicht, dass eine Gruppe Männer mir gefolgt war. Ich prallte gegen eine stahlharte Brust und schlug in einem Wirbel schwarzer Federn auf dem Boden auf, wobei ich mir den Knöchel verdrehte. Ich stieß ein schmerzerfülltes Zischen aus und hätte mich am liebsten an Ort und Stelle selbst geheilt, doch ich wusste, dass ich meine Fähigkeit auf dem Hof nicht öffentlich zur Schau stellen konnte.

»Wie nett von dir, dass du mir ein Paket bringst«, sagte

einer der Noir. Er hatte eine krumme Nase, die offenbar viel zu oft gebrochen worden war. Er kniete nieder und riss mir eines der Essenspakete aus der Hand, dann warf er einen Blick auf meine Brüste, als müsste er darüber nachdenken, ob er tatsächlich so interessiert am Essen war.

Ein Schrei veranlasste ihn dazu, seine Meinung zu ändern. Er flatterte mit den Flügeln, um von mir zurückzuweichen, wobei er die Mahlzeit mitnahm. »Der Herzfresser kommt!«, ertönte die Warnung.

Zian liebte diesen Spitznamen und er erinnerte mich ständig daran.

Er knurrte und fletschte die Zähne, als er zu mir eilte. Er blickte zwischen dem zurückweichenden Noir und mir hin und her und überlegte, ob er meinen Angreifer verfolgen sollte. Auf die Gefahr hin, allein gelassen zu werden und wahrscheinlich eine weitere Mahlzeit zu verlieren oder Schlimmeres zu erleiden, war ich froh, als er sich entschied zu bleiben. Er streckte mir eine Hand entgegen und ich ergriff sie. Die Berührung durchzuckte meinen Arm mit einem Stoß elektrisierender Energie.

Als ich sah, wie er den Kiefer anspannte, nahm ich an, dass er es auch spürte.

»Ich habe den Scheißkerl nicht rechtzeitig gesehen«, sagte ich, gab ihm das Päckchen und zog den Kopf ein. »Hier, nimm es.« Mir war bewusst, dass mich außer ihm niemand beschützte. Er musste nicht nur bei Kräften bleiben, ich musste ihm auch versichern, dass ich für ihn von Nutzen war, wenn ich überleben wollte. Ich wollte mich nicht der Illusion hingeben, dass unsere neu gewonnene Freundschaft ewig halten würde.

Er drückte mir das Päckchen an die Brust. »Behalte es«, sagte er in einem Tonfall, der keine Widerrede zuließ. Er führte mich zu unserer Zelle zurück, wobei ich mich auf ihn stützte und neben ihm her humpelte. Er funkelte alle finster an, die es wagten, sich uns zu nähern, und fletschte die Zähne, wenn sie nicht schnell genug zurückwichen.

Sie alle hatten Zian während der letzten beiden Duelle beobachtet. Er hatte ihnen eine Show geboten, indem er seine Gegner in Stücke gerissen und ihre Herzen gegessen hatte, nur um ein Zeichen zu setzen.

Und so hatte er sich den Namen *Herzfresser* verdient.

Zurück in der Zelle zwang Zian mich, den Inhalt des Pakets zu verspeisen, und ich gehorchte schweigend. Nachdem ich fertig war, heilte ich meinen Knöchel. Mit vollem Magen fiel es mir viel leichter, doch seine Großzügigkeit verstärkte meine Schuldgefühle, die ich ihm gegenüber empfand.

Ich nahm an, dass unsere Freundschaft ein jähes Ende finden würde, wenn er erst einmal herausfand, wie schlecht es Sorin erging, weil er mich verschont hatte.

Er stieß das leere Essenspaket beiseite und zeigte mit dem Kinn in Richtung Tür. »Zeit für unser Training.«

Ich sah ihn an und zog eine Augenbraue in die Höhe. »Bist du sicher, dass du heute nicht lieber Informationen auf dem Hof sammeln willst?« Wir hatten in Erfahrung gebracht, dass bald eine Ladung neuer Insassen eintreffen würde, die die derzeitige Hierarchie durcheinanderbringen und Zian seinen Rang streitig machen könnte. Wir mussten herausfinden, um wen es sich dabei handelte, um uns einen Vorsprung zu verschaffen.

Er schüttelte den Kopf. »Nein. Der heutige Tag hat nur gezeigt, dass du noch einen weiten Weg vor dir hast. Du hast dir dein Frühstück einfach wegnehmen lassen, als wärst du ein junges Küken, Raven. Das ist peinlich.«

Ich ballte die Hände zu Fäusten und widerstand dem plötzlichen Drang, ihm einen Hieb ins Gesicht zu verpassen

– was ich ohnehin nicht geschafft hätte. »Also gut. Lass uns gehen.«

Wir gingen schweigend zu der behelfsmäßigen Trainingsfläche und hielten inne, als wir beide bemerkten, dass etwas nicht stimmte.

Mir blieb keine Zeit, darüber nachzudenken, denn mein Blick fiel auf einen Noir, der von zwei Wärtern geführt wurde.

»Sorin«, stieß Zian zwischen zusammengebissenen Zähnen hervor, wobei der Name aus seinem Mund wie ein Gebet klang.

Sorin war zurück.

Und er sah aus, als wäre er durch die Hölle gegangen.

In diesem Moment ertönte der Alarm und einer der Wärter befahl uns, in den Hof zu gehen.

Zian und ich wechselten einen Blick, denn uns war bewusst, dass dieser Befehl nicht dem vorgegebenen Zeitplan für heute entsprach.

Irgendetwas stimmt hier nicht, schien er mir mit einem Blick zu sagen.

Ich weiß, pflichtete ich ihm bei.

Sorin war bereits in Richtung Hof unterwegs, wobei er uns keines Blickes würdigte. Entweder hatte er uns nicht gesehen oder er wollte sich dem Befehl nicht widersetzen, um nicht noch mehr Prügel einstecken zu müssen. Seine Flügel würden sicher nicht noch weitere Qualen verkraften, denn überall standen abgerissene Federn und Knochensplitter in merkwürdigen Winkeln ab. Darüber hinaus schien er in Gedanken versunken zu sein. Zian hatte es auch bemerkt und bedachte mich mit einem argwöhnischen Blick.

Wusste er, dass ich ihm Sorins Zustand vorenthalten

hatte? War ihm klar, dass ich davon gewusst hatte? Würde er es mir zur Last legen?

Wieder hallte ein Alarm durch die Besserungsanstalt und kündigte ein Ereignis an.

Das verheißt nichts Gutes.

Und vielleicht hatte ich gerade eben sogar meinen einzigen Verbündeten verloren.

9

SORIN

Ich komme einfach nicht zur Ruhe. Diese Schlampe Brina hatte meinen Flügeln übel mitgespielt und mich auf eine Weise gebrochen, wie ich es schon seit einer Ewigkeit nicht mehr empfunden hatte.

Und das alles im Namen der »Wissenschaft«.

So ein Schwachsinn.

Sie war eine Sadistin mit einem Skalpell und einem trügerischen Lächeln. Ich hatte noch nie im Leben jemanden so sehr töten wollen.

Und Raven war die Zweite auf meiner Liste.

Hätte ich sie in diesem verdammten Duell einfach erwürgt, wäre ich dieser abscheulichen feenhaften Ärztin nie begegnet, die eine Vorliebe dafür hatte, ihre Testobjekte in Stücke zu reißen.

»Ihr Noir seid neu auf meinem Spielplatz«, hatte sie gemurmelt. *»Mal sehen, wie viel Schmerz du ertragen kannst. Oh! Und wie schnell du wieder heilst! Das wird ein Riesenspaß, mein Lieber. Du wirst schon sehen.«*

Mir lief ein Schauer über den Rücken und meine Federn

schmerzten, als wir hinaus auf den Hof traten. Die Drahtnetze waren verschwunden und durch Plattformen im Himmel ersetzt worden, die groß genug für ein oder höchstens zwei Noir waren.

Großartig.

Mit meinen Flügeln war ich nicht in der Lage zu fliegen, geschweige denn, eine weitere tödliche Herausforderung zu überleben.

Diesmal würde ich wirklich einen Kampf auf Leben und Tod bestreiten, der mit *meinem* Tod enden würde.

»Irgendetwas stimmt hier nicht«, sagte Zian leise, als er mich leicht mit der Schulter berührte. Nachdem wir bereits seit einem Jahrhundert miteinander befreundet waren, hielten wir uns nicht mit einer förmlichen Begrüßung auf. Ich war im Moment auch nicht gerade in Gesprächslaune und hätte viel lieber meine Ruhe gehabt und ein Nickerchen gemacht.

Raven gesellte sich zu uns und stellte sich neben ihn. Dabei streifte sie mit ihrem Flügel den seinen und schien ihm damit ihre Solidarität zu bekunden. Ich kniff die Augen zu dünnen Schlitzen zusammen. *Was ist zwischen euch vorgefallen, während ich weg war?*, fragte ich mich und zog eine Augenbraue in die Höhe, als Zian die Geste erwiderte.

»Eigentlich sollte heute noch kein Ausscheidungsspiel stattfinden«, fuhr er fort und ließ den Blick über die Menge schweifen. »Aber eine Flugstunde steht auch nicht auf dem Programm.«

Ich runzelte die Stirn. »Gibt es hier etwa einen festen Tagesablauf?«

»Du hast ja keine Ahnung«, murmelte er und fuhr sich mit den Fingern durchs Haar. »Es handelt sich eher um einen wöchentlichen ...«

Ein riesiger Stachel schoss nur Zentimeter von meinem Gesicht entfernt aus dem Boden und wir flogen instinktiv auf. Ich zuckte zusammen, als meine Schulterblätter vor Schmerzen aufschrien, denn meine gebrochenen Knochen waren nach Brinas letzter Folter noch nicht verheilt.

War das heute Morgen gewesen?

Ich konnte mich nicht erinnern.

Mir blieb auch keine Zeit, darüber nachzudenken, denn weitere Stacheln schossen aus dem Boden und spießten einige der Noir auf, die sich nicht schnell genug in die Lüfte geschwungen hatten.

Zwischen ihnen blieb genügend Platz, um landen zu können, doch ich musste eine …

Ich blinzelte die Stacheln an, die überall aus dem Boden ragten, und presste die Lippen zusammen. *Verdammt.* Sie hatten begonnen, sich schnell im Kreis zu bewegen, und würden jeden, der aus dem Himmel fiel, zermahlen.

Großartig. Lande und du wirst in Fetzen gerissen, erkannte ich. *Diese Mistkerle.*

»Oh scheiße«, hauchte Raven.

»Was hast du gesehen, Rave?«, fragte Zian voller Konzentration.

Rave?, wiederholte ich im Geiste. *Wirklich?*

»Noch mehr von diesen unsichtbaren Drähten von neulich«, antwortete sie und gab mir einen Hinweis darauf, wie lange ich weg gewesen war. Wenn sie den Tag meinte, an dem wir ihr in die Luft gefolgt waren, dann hatte ich nicht annähernd so lange in Brinas Fängen ausgeharrt, wie ich angenommen hatte. »Wir müssen vorsichtig sein, wenn wir in Richtung der Platt...«

Der Schrei eines Noir über uns schnitt ihr das Wort ab. Er taumelte abwärts und steuerte dabei direkt auf mich zu.

Ich wich nach links aus, wobei meine Flügel sofort protestierten und ich unwillkürlich einen Rückwärtssalto machte, statt zu einem sauberen Sturzflug anzusetzen. Ich schlug wild mit den Flügeln und schaffte es gerade noch rechtzeitig, sie auszubreiten, wobei ich etwa eineinhalb Meter über dem Boden schwebte.

Mir spritzte eine warme Flüssigkeit ins Gesicht, als der Noir, der mich fast gerammt hätte, in die Stacheln fiel und sein Schicksal besiegelte.

»Verdammt«, murmelte ich und musste schlucken. Mein ganzer Rücken krampfte sich zusammen, als ich versuchte, mich aufzurichten und aufzufliegen.

»Du siehst beschissen aus«, sagte Zian, als er neben mir schwebte und meinen Ellbogen packte, um mich nach oben zu ziehen.

»Danke. Ich fühle mich auch so.« Ich machte mir sogar ernsthaft Sorgen darüber, wie lange ich mich noch in der Luft würde halten können.

Raven ergriff meinen anderen Ellbogen, wobei mein Arm von einer elektrisierenden Energie durchzuckt wurde. Ich schüttelte sie instinktiv ab und sie taumelte zur Seite. Sie wirbelte in der Luft herum und geriet aus dem Gleichgewicht, wobei sie beinahe mit dem Gesicht voran in den behelfsmäßigen Fleischwolf gefallen wäre.

Ich zuckte zusammen und wollte mich gerade bei ihr entschuldigen, als ein Feuerball durch die Luft flog und meinen Flügel streifte. Ich stieß einen Fluch aus und legte unwillkürlich die Federn an, wobei ich wieder in die Tiefe fiel.

Mit geschlossenen Augen erwartete ich meinen Tod, doch irgendwie hielt ich mich in der Luft.

Weil Zian immer noch meinen Arm festhält.

»Lass mich jetzt bloß nicht im Stich, du Arschloch«,

schnauzte er mir ins Ohr und riss mich mit einem Ruck nach oben. »Ich habe zu viel in diese Beziehung investiert, um dich an einen verdammten Schredder zu verlieren.«

»Vollidiot«, brummte ich, breitete meine Flügel wieder aus und versuchte vergeblich zu fliegen. »Wenn du dich umbringst, weil du versuchst, meinen Arsch zu retten, werde ich dich im Jenseits verfolgen.«

»Würdet ihr mit dem Gezanke aufhören und euch konzentrieren?«, blaffte Raven und packte meinen anderen Arm, wobei sie diesmal fester zugriff. »Wage es nicht, mich noch einmal wegzustoßen«, fügte sie hinzu und bedachte mich mit einem finsteren Blick. »Du hast mir das Leben gerettet. Jetzt werde ich deines retten. Ob du es willst oder nicht.«

An einem anderen Tag hätte ich vielleicht darüber gelacht.

Doch dann zischte ein weiterer Feuerball an uns vorbei und ich besann mich augenblicklich.

»Wohin?«, fragte Zian an Raven gewandt.

»Dorthin«, antwortete sie und deutete mit dem Kinn auf eine Plattform. Zwei Noir standen bereits mit grimmiger Miene darauf. »Es ist die nächstgelegene Landemöglichkeit und ist mit den wenigsten Widerhaken versehen.«

»Aus diesem Grund ist sie so beliebt und bereits besetzt«, bemerkte Zian, als wir uns weiter in die Lüfte schwangen.

»Ja, ich hoffe, du bist in Kampflaune, denn mit Sorin im Schlepptau haben wir keine andere Möglichkeit.« Sie festigte ihren Griff um meinen Arm und musste mit ihren kleineren Flügeln doppelt so heftig schlagen, um mich in die Höhe zu ziehen. »Es ist die einzige Plattform, die breit genug ist, damit wir sie zusammen anfliegen können.«

Mit anderen Worten, wir würden einen Stromschlag

erleiden, wenn wir versuchten, uns einer der anderen Plattformen zu nähern. Mit ihrem zierlichen Körper würde sie den Schlag wahrscheinlich nicht verkraften, vor allem nicht, solange sie mich dabei in die Höhe ziehen musste.

»Ich bin durchaus in der Stimmung zu kämpfen«, sagte ich und meinte es ernst. Nur weil ich mich kaum in der Luft halten konnte, bedeutete das nicht, dass meine Fäuste versagen würden.

Zian schnaubte, sagte aber nichts, als er seine viel stärkeren Flügel benutzte, um uns in die Höhe zu ziehen.

Ich versuchte, ihm dabei zu helfen, aber meine ramponierten Federn schrien bei jedem Versuch förmlich auf, wobei die Bewegung meine Wirbelsäule mit einer Welle des Schmerzes durchströmte. Brina hatte mich wirklich übel zugerichtet und der Feuerball hatte sein Übriges getan.

Wenn wir diese Plattform nicht einnehmen konnten, wäre ich ein toter Noir.

Adrenalin pumpte durch meine Adern und die letzten Reste meines Verstandes befahlen mir, mich weiter nach oben zu kämpfen, während ich mich mental darauf vorbereitete, was uns bevorstand.

Töten.

Raven erreichte die Plattform als Erste. Ihr Zitrusduft wehte durch die Luft und raubte mir sowohl den Atem als auch die Fähigkeit, klar zu denken. *Was zum ...*

Sobald ihre Füße den Boden berührten, rammte sie die Faust in die Leistengegend des Noirs, der ihr am nächsten stand. Der Mann warf ihr eine derbe Beleidigung an den Kopf, während sein Kumpel sich nach vorn schob, um sich ihr entgegenzustellen.

Sie duckte sich und wich ihm aus, während Zian mich nach oben zerrte. »Halt dich fest und lass nicht los.«

Ich klammerte mich an die Kante und ließ meinen Körper in der Luft baumeln, während er sich hochzog, um sich Raven anzuschließen, wobei seine Miene eine Mischung aus Verärgerung und Stolz zum Ausdruck brachte.

Ich schlug mit den Flügeln und versuchte, mich hochzuziehen, während die anderen beiden aus der Luft um einen Platz auf der Plattform kämpften. Ihre Federn waren in viel besserer Verfassung als meine.

Einer der Noir stürmte auf mich zu und wollte mir mit seinen Stiefeln die Finger zertrümmern, aber Raven wehrte ihn ab und umhüllte uns beide mit ihrem berauschenden Duft.

Er geriet ins Schwanken und fletschte die Zähne, als er sich auf sie stürzte. »Komm her«, forderte er.

Doch sie rammte ihm ihr Knie ins Brustbein, wobei sie ihre Flügel auf geschickte Weise abwinkelte. Ich kannte dieses Manöver noch aus den ersten Tagen meiner Ausbildung.

Sie hat mit Zian trainiert.

Es war zwar beeindruckend, doch es reichte nicht aus, um den viel größeren Noir zu überwältigen. Einen Moment später hatte er sie gegen die Stange gepresst und stieß ein aggressives Knurren aus, in dem ein Anflug von Begierde mitschwang.

Zian war zu sehr mit dem anderen Kerl beschäftigt, um zu helfen.

Damit blieb nur noch ich.

Ich atmete tief durch und begann, mich hochzuhieven. *Ich muss mich nur mit dem toten Gewicht auf meinem Rücken nach oben ziehen. Ein Kinderspiel.*

Doch das war es ganz und gar nicht.

Es tat verdammt weh und ich verlor auf halber Höhe

fast den Halt. Meine Beine baumelten unter mir in der Luft und ich trat aus, während meine Schultern von unbändigen Schmerzen durchzuckt wurden. Eigentlich sollte ich diese Übung mit Leichtigkeit bewältigen können, doch Brina hatte mich mit einer Unmenge von Drogen vollgepumpt, die immer noch durch meine Adern rauschte. Ganz zu schweigen von all den anderen unaussprechlichen Dingen, die sie mir angetan hatte.

Raven stieß einen Schrei aus, als der Noir eine ihrer Brüste umfasste und viel zu fest zudrückte. »Du hast mich mit deinem Duft umhüllt, Schlampe. Das fasse ich als Einladung auf.«

Sie knurrte etwas, aber ich konnte es nicht hören, weil mir der Wind um die Ohren peitschte, als ich mich auf die Plattform zog. Auf der Kante fanden nur meine Zehen Platz, doch es reichte aus, um nach vorn zu wippen, den Noir am Nacken zu packen und ihn von Raven wegzuziehen.

Sie schob ihn gleichzeitig von sich, wobei sie sich mit den Flügeln an der Stange abstieß und nach oben sprang, um dem Kerl einen Tritt gegen den Kopf zu verpassen. Ihr Fuß prallte dabei mit solcher Wucht gegen seinen Kiefer, dass er bewusstlos wurde.

Er fiel auf mich, wodurch ich das Gleichgewicht verlor und von der Plattform geschleudert wurde.

Nur um eine Sekunde später am Bund meiner Hose aufgefangen zu werden.

Raven stieß ein leises Knurren aus, als sie mich nach oben zog, wobei sie heftig mit den Flügeln flatterte. »Komm schon, Sorin. Nutze das, was von deinen Federn noch übrig ist. Und zwar sofort.«

Da ich keine andere Wahl hatte, breitete ich die Flügel aus. Die gebrochenen Federn erfüllten kaum ihren Zweck, doch es reichte aus, um uns die wenigen Meter nach oben zu hieven, bis wir wieder festen Boden unter den Füßen hatten.

Ich brach keuchend zusammen. Mein Rücken brannte von der Anstrengung, während mir am ganzen Körper heiß und kalt wurde. Raven ließ von mir ab, um Zian dabei zu helfen, den anderen Kerl zu erledigen. Ich nahm ihre Bewegungen nur noch verschwommen wahr.

Totes Gewicht, dachte ich niedergeschlagen. Ich hatte Zian noch nie einen Kampf für mich austragen lassen, und dieses Gefühl gefiel mir ganz und gar nicht.

Schwäche war etwas, das ich nicht verstand.

Aber diese verdammte Sadistin hatte mich ruiniert.

Sie hatte versucht, meine verdammten Flügel an der Wurzel abzusägen, nur um zu sehen, ob sie nachwachsen würden. Glücklicherweise war der Direktor eingeschritten und hatte ihr gesagt, dass das Experiment gegen irgendwelche Regeln verstieß.

Ich hätte fast gelacht.

Diese Besserungsanstalt hatte *Regeln*.

Ja.

Von wegen.

Ich hustete und mein Brustkorb wurde von einem pochenden Schmerz durchzuckt. Sowohl meine Augenlider als auch der Rest meiner Gliedmaßen fühlte sich schwer an. *Ich brauche einfach ein verdammtes Nickerchen.*

»Kannst du ihn heilen?«, fragte Zian und legte eine Hand auf meinen Arm.

Ich blinzelte zu ihm auf und fragte mich, wie und wann er neben mir gelandet war.

Dann bemerkte ich, dass meine Umgebung sich verändert hatte.

Wir befanden uns wieder in der Zelle.

»Wie ...« Ich formte das Wort mit den Lippen, doch ich bekam keinen Ton heraus, während ich meine Umgebung nur verschwommen wahrnahm.

»Ja«, sagte Raven, die ihre Hände auf meine nackte Brust gelegt hatte. »Aber ich werde viel mehr Energie brauchen als bei dem Vorfall mit Mister Slobs.«

Mister Slobs? Ist das ein Traum?

»Ich helfe dir, Vögelchen«, sagte Zian mit sanfter Stimme, wobei er mit dem Flügel den ihren streifte. »Sag mir einfach, was du brauchst. Und sieh zu, dass du dich nicht überanstrengst.«

Ja, das ist mit Sicherheit ein Traum. Denn Z war nicht gerade der fürsorgliche Typ. Niemals.

Raven nickte und schloss die Augen. Im nächsten Moment spürte ich, wie meine Haut sich erwärmte. Ich versuchte zurückzuweichen, doch Zian packte meine Schultern und blaffte: »Halt still. Sie will dir nur helfen.«

Mir entfuhr ein viel zu leises Knurren, das schwach und desorientiert klang.

Zian schnaubte. »Lass es einfach geschehen, Sorin. Wir wissen beide, dass du gut darin bist.«

Ich spannte die Kiefermuskeln an. Wenn ich sprechen könnte, würde ich ihm sagen, was ich jetzt gern geschehen lassen würde. Aber je mehr Ravens Berührung ihre Wirkung entfaltete, desto mehr entspannte ich mich und desto wärmer wurde mir.

»Sie ist gut, nicht wahr?«, murmelte Zian, der mir mittlerweile die Schultern massierte.

Ich stöhnte auf, denn ich wollte seine Aussage weder bestätigen noch verneinen. Dennoch schloss ich die Augen und gab mich dem Gefühl hin.

Wahrscheinlich war all das nur ein Traum und ich würde morgen wieder auf Brinas Labortisch aufwachen.

Also würde ich die Empfindungen, die Ravens Berührung und Zians wissende Hände in mir hervorriefen, einfach genießen, solange ich konnte.

Möglicherweise wäre es für eine Weile meine letzte Begegnung mit dem Glück.

10

RAVEN

MIR HÄTTE EIGENTLICH KALT SEIN SOLLEN. Jedes Mal wenn ich an diesem schrecklichen Ort aufwachte, war meine Nase halb erfroren. Ich hatte nur meine Federn, um die spärliche Wärme zu halten, die mein zierlicher Körper abstrahlte, und das war nicht gerade viel.

Ich rollte mich auf die Seite und wappnete mich gegen die Kälte. Stattdessen schnurrte ich, als meine Finger auf etwas Hartes, Warmes und Beruhigendes trafen.

Ich fühlte weiche Federn, als ich mich weiter nach außen tastete. Ich vergrub meine Finger in ihnen und genoss die schärferen Ränder der männlichen Flügel, die die Wärme so viel besser speicherten als meine seidigen Federn.

Aber warum fühle ich männliche Federn?

»Willkommen zurück, Vögelchen«, sagte eine männliche Stimme. Ich erstarrte, als sich zwei Arme um meine Taille schlangen und mich an eine nackte, stahlharte Brust zogen.

Ich öffnete die Augen und mein Blick fiel auf Sorins Rücken, während ich meine Hände in seinen Flügeln vergraben hatte.

Oh, natürlich. Ich habe ihn geheilt.

Allerdings befanden wir uns auf meinem Bett und Zian lag hinter mir. Das bedeutete, dass ich zwischen den beiden Männern eingeklemmt war, von denen ich schon seit Wochen träumte.

»Äh, er ist jetzt vollständig geheilt«, sagte ich, während ich vergeblich versuchte, mich aus meiner misslichen Lage zu befreien. Meine Flügel waren an meinen Rücken gedrückt, und da Zian so dicht hinter mir lag, konnte ich sie nicht ausbreiten. Ich wich von Sorin zurück, doch die Matratze bot nicht viel Platz, also presste ich mich unwillkürlich an Zian.

Er schmiegte sein Gesicht in meinen Nacken und machte sich nicht die Mühe, mein Haar zur Seite zu streichen, als er einen tiefen Atemzug nahm. »Du riechst anders, wenn du deine heilende Gabe entfaltest«, murmelte er. Seine Stimme klang undeutlich, als stünde er unter Drogen. »Dein Duft ist dann stärker. Nein. Er ist rein.« Ich erstarrte, als er mir sanft in den Nacken biss, dann lachte er leise. »Hab keine Angst, Vögelchen. Ich möchte dir nur danken.«

Mir danken?

»Du hast eine seltsame Art, deinen Dank zum Ausdruck zu bringen«, sagte ich, wobei meine Stimme vor Verlangen heiser klang.

Ich wagte nicht zu hoffen, dass Zian die sexuelle Spannung zwischen uns lösen wollte. Er hatte mir deutlich zu verstehen gegeben, dass jede Art von körperlicher Annäherung die Dinge nur verkomplizieren würde.

Wir waren kompatibel, was bedeutete, dass wir zu Gefährten werden könnten, falls wir unsere körperliche Beziehung vertieften. Falls es soweit kommen sollte, gab es eine Vielzahl von Foltermethoden, mit denen die Wärter uns quälen konnten. Selbst etwas so Einfaches wie eine Trennung würde zwei junge Gefährten vernichten.

Allerdings würde es mich auch vernichten, wenn wir noch länger so weitermachten, ohne etwas zu unternehmen.

Er ließ seine Finger über mein Schlüsselbein gleiten. Die zärtliche Berührung jagte mir einen elektrisierenden Schauer über den Rücken, als er seine Hand unter mein Oberteil schob. Ich war dankbar, dass er nicht sehen konnte, wie ich den Mund öffnete und leise nach Luft schnappte.

»Ich verspreche dir, dass du es genießen wirst«, flüsterte er in verheißungsvollem Tonfall.

Ich wimmerte, als er an der Schlaufe meines Oberteils zog, die um meinen Nacken gebunden war. Im nächsten Moment traf kalte Luft auf meine Brüste und wenn Zian mich jetzt hätte nehmen wollen, hätte ich ihm nicht widerstehen können.

Mir entfuhr ein Stöhnen. Sorins Körper reagierte offenbar auf meine Begierde, denn er begann, sich zu rühren. Er wandte sich um, wobei er es schaffte, sich über seine geheilten Flügel zu drehen, und stützte sich auf seinem Unterarm ab. Er blinzelte ein paarmal, bevor er uns angrinste und dann den Blick senkte, um den Anblick zu genießen. »Jetzt weiß ich mit Sicherheit, dass ich träume.«

Zian ließ von mir ab, beugte sich über mich und drückte Sorin einen Kuss auf den Mund. Ich lag zwischen den beiden eingeklemmt und beobachtete sie, während ich mich am liebsten verkrochen hätte. Ich hatte sie schon oft zusammen gesehen, doch sie waren mir dabei noch nie so nahe gewesen.

»Ich bin froh, dass du zurück bist«, sagte Zian, als er den Kopf wieder zurückzog. »Ich habe mir Sorgen gemacht ...«

»Nicht doch«, erwiderte Sorin. Er legte eine Hand an Zians muskulöse Schulter und sagte: »Ich bin jetzt hier.«

Ein freudiges Lächeln huschte über Zians Gesicht. Es war keines dieser selbstgefälligen Grinsen, die er mir für gewöhnlich zuwarf, sondern ein aufrichtiges, fröhliches Lächeln, das man nur selten an ihm sah. Es gewährte einen Einblick auf den Nora, der er einmal gewesen war – ein Nora, wie er sein sollte.

Zian strich mit den Fingern über den Bogen eines von Sorins anmutigen Flügeln. Sie waren tatsächlich wunderschön, doch auch so riesig, dass sie die Hälfte der Wand bedeckten. »Hast du noch Schmerzen?«, fragte Zian.

Sorin streckte einen seiner Flügel über uns aus und der Lufthauch blies mir die Haare aus dem Gesicht. »Um ehrlich zu sein, habe ich mich noch nie so gut gefühlt.« Er blickte auf mich herab, während ich mich wand und verzweifelt versuchte, mein Hemd hochzuziehen und ihnen lautlos zu entkommen. »Es scheint, als hätten wir diesem Täubchen hier für meine verjüngten Flügel zu danken.«

Ich stieß einen überraschten Schrei aus, als Zian wieder einen Arm um meine Taille schlang und mich zwischen ihnen festhielt. Mit einer geschickten Handbewegung zog er mein Oberteil hinunter, sodass mein Oberkörper aufs Neue entblößt war.

Seine Brust wärmte meinen Rücken.

Sorins Körper wärmte meine Vorderseite.

Das wird kein gutes Ende nehmen.

Mein Herz setzte einen Schlag aus, als Sorin mein Gesicht mit beiden Händen umfasste und mit den Daumen zärtlich über meine Wangenknochen strich. Aus der Ferne hatten seine Augen oft ausgesehen, als wären sie pechschwarz, doch aus der Nähe schimmerten sie so tiefblau wie seine Tätowierungen und funkelten wie Saphire in der Nacht.

»Du hättest mich nicht so gründlich heilen müssen«, sagte er mit leiser und sanfter Stimme, während er sich noch weiter vorbeugte. »Ich kann sehen, wie sehr es dich geschwächt hat.«

Er hatte recht.

In meinem Magen herrschte eine Leere, die keine noch so große Menge an Nahrung würde füllen können. Ich wusste, dass meine Augen außerdem mit einem verklärten Glanz überzogen waren, den sie immer annahmen, wenn ich mich überanstrengte. Wenn ich derart geschwächt war, war ich für gewöhnlich imstande, durch so viel Schlaf wie möglich wieder zu Kräften zu kommen. Allerdings konnte ich nicht umhin, in Sorins Berührung einen Hauch verjüngender Energie wahrzunehmen, also schmiegte ich mich an seine Hand und begann unwillkürlich zu schnurren.

Er erstarrte und ihm blieb der Mund offen stehen, als er meinen Körper musterte.

»Ja, das tut sie neuerdings«, sagte Zian, als er seine Hand über Sorins muskulöse Brust und weiter über seine Taille gleiten ließ. Ich errötete, als ich sah, dass die Engel beide nackt waren. Sorin stöhnte auf, als Zian mit den Fingern seine harte Männlichkeit umschloss.

Sorin beugte sich vor und saugte meine Unterlippe in seinen Mund, bevor ich begriff, was geschah. Der Geschmack von Salz und Karamell explodierte auf meiner Zunge und ich stieß ein Stöhnen aus, das ihn nur noch mehr anspornte. Er fuhr mit den Fingern durch mein Haar und packte eine Handvoll meiner Strähnen, dann winkelte er meinen Kopf ab, um seine Zunge in meinen Mund gleiten zu lassen, während er seine Hüften Zians Berührung entgegenschob.

Ich wusste, dass ich etwas tun sollte, um dem Ganzen Einhalt zu gebieten, doch ich war hoffnungslos zwischen ihnen gefangen. Ich wurde von dem Duft von Salz und Karamell und der Sünde umwoben, der mich meine Zweifel vergessen ließ.

Denn es fühlte sich so richtig an.

Zum ersten Mal in meinem Leben fühlte ich mich, als wäre ich zu Hause angekommen.

Vor Sorins Verschwinden hatte ich Zian und Sorin mehrmals beim Spielen beobachtet, und jetzt hatte ich ganz sicher nicht die Absicht, die Augen zu verschließen, da sie mich an ihrer Ekstase teilhaben ließen. Ich öffnete die Augen und sah, wie Sorin mich mit halb geschlossenen Lidern betrachtete, während er immer noch mein Haar packte. »Was begehrst du, Täubchen? Ich stehe nicht gern in jemandes Schuld, also nenne deinen Preis.«

Ich wusste sofort, was ich wollte. Mein Blick fiel auf seinen schönen Schwanz, den Zian gekonnt streichelte. Ich fuhr mir mit der Zunge über die Lippen und wurde mit einem gequälten Stöhnen von Sorin belohnt. »Oh, Täubchen, bist du sicher?«

Ich hob den Blick und sah dann Zian hilfesuchend an. Ich wusste, was ich wollte, doch ich hatte es noch nie zuvor getan. Es war alles so neu und ich wollte nicht ungeschickt wirken.

»Ich weiß nicht wie«, gestand ich. Ich bekam die Worte kaum heraus und errötete verlegen.

Zian musterte meine steifen Brustwarzen und lächelte. »Mach es mir nach, Vögelchen. Genau so.« Er rutschte um mich herum und kniete sich vor Sorin. Dann blickte er mir direkt in die Augen, während er sich hinunterbeugte, um Sorins Schwanz zu schmecken.

Er fuhr mit seiner Zunge an seinem Schaft entlang und ich spannte unwillkürlich die Schenkel an.

Als er es ein zweites Mal tat, stöhnte Sorin auf.

Und dann saugte Zian Sorins Männlichkeit mit langsamen, gemessenen Bewegungen in seinen Mund, während er mir die ganze Zeit über in die Augen blickte.

Ich musste schlucken.

Das ist verdammt sexy.

Durch meine Erregung verströmte ich offenbar noch mehr von meinem Duft, denn Sorin unterdrückte ein Knurren, als er Zians zerzaustes Haar packte und ihn zwang, ihn noch tiefer in sich aufzunehmen. »Scheiße«, keuchte Sorin und wölbte sich auf. »Mach weiter so.«

Ich hätte schwören können, Zian grinsen zu sehen. Er hatte einen wissenden Ausdruck auf dem Gesicht, als er abwechselnd Sorin und mir seine Aufmerksamkeit schenkte.

Meine Brust schmerzte und meine Lunge zog sich zusammen, als ich vergaß zu atmen. Sie hatten schon früher miteinander gespielt, aber noch nie auf diese Weise. Zumindest hatte ich es nie *gesehen*.

Mir entfuhr ein Wimmern. Meine Schenkel waren feucht und trotz meiner Unerfahrenheit bereit für sie. Ich *wollte* sie. Aber ich zwang mich, mich auf die Vorführung zu konzentrieren und zu beobachten, wie Zian seinen Kopf auf Sorins Reaktionen hin bewegte.

Er saugte ihn leicht, wenn Sorin stöhnte oder versuchte, die Kontrolle zu übernehmen.

Und er schluckte ihn bis zum Anschlag, wenn Sorin ihn losließ, nur um ihn erneut zu packen.

»Ihr bringt mich noch um«, keuchte Sorin. »Alle beide.«

Zian brummte zustimmend und ließ eine Hand tiefer gleiten, um seinen eigenen Schaft zu massieren, während er die andere Hand auf Sorins Hüfte gelegt hatte und ihn festhielt.

Mein Verlangen wuchs, als ihr salziger Karamellduft meine Instinkte reizte. Ich setzte mich unwillkürlich auf und beugte mich vor, um meine Lippen über Zians Taille gleiten zu lassen. Im nächsten Moment erstarrte ich, als Sorin sich anspannte.

Er stöhnte laut auf und sein Schwanz pulsierte in Zians Mund, als dieser die Ekstase des anderen Mannes schluckte.

Das will ich auch, dachte ich und bemerkte, wie Zians Hand sich immer noch zwischen seinen Schenkeln bewegte. *Meins.*

Mein Verlangen war ein natürlicher Impuls, der tief aus meinem Inneren zu kommen schien, und ich bewegte mich rein instinktiv.

Ich drängte mich zwischen die beiden, schob Zians Hand beiseite und ließ meine Zunge um seine geschwollene Eichel gleiten, bevor ich so viel von seinem Schaft in meinen Mund nahm, wie ich nur konnte.

Oh. Mm.

Ich hatte geglaubt, ihr Duft wäre erregend, aber das hier brachte mich fast um den Verstand. *Verdammt.* Zian zu schmecken übertraf meine kühnsten Fantasien.

Der Geschmack purer Lust rann mir über die Zunge und ich begann, begierig zu lecken und zu saugen.

Er lehnte sich zurück, um mir mehr Bewegungsfreiheit zu gewähren. Sein Stöhnen war Musik in meinen Ohren.

»Scheiße, Sorin, mach, dass sie damit aufhört«, keuchte Zian, als er sich auf den Rücken legte. Mit einer Hand packte er mein Haar und zog mich mit sich.

Sorin lachte leise und ich konnte spüren, wie er dichter

an mich heranrutschte. »Ich glaube kaum, Z. Sie genießt es ganz eindeutig, aber ich habe eine Idee, wie ich dir behilflich sein kann.«

Der teuflische Engel bewegte sich wieder und ich fühlte, wie er sich der pochenden Stelle zwischen meinen Schenkeln näherte, wobei ich ihn jedoch weder sehen konnte noch wusste, was er vorhatte. Ich hatte nicht vor innezuhalten, um nachzusehen. Ich wusste nicht, wie mir geschah, doch ich verlor mich in dem Rausch von Zians Ekstase, die mich fast um den Verstand brachte. Dann spürte ich ein köstliches Ziehen in meiner linken Brust und schnappte nach Luft.

Ich zog den Kopf zurück und senkte den Blick, um zu sehen, wie Sorin seine Zunge über meine Brustwarze kreisen ließ, während er sich seitlich direkt unterhalb von mir auf dem Bett abstützte. Er schob eine Hand zwischen meine Schenkel und schob den dünnen Stoff, der meinen Venushügel bedeckte, beiseite, um mit den Fingern meine Klitoris zu massieren.

Wir gaben auf dem Bett sicher ein merkwürdiges Bild ab und sahen wie ein verschlungenes Knäuel aus.

Und doch wollte ich mich nie wieder daraus lösen.

Zian stöhnte auf, als ich noch mehr meines erregenden Duftes verströmte. »Das macht es nur noch schlimmer«, stieß er hervor.

Ich war so berauscht von meiner Begierde, dass ich ihn zum Schweigen brachte, indem ich seinen Schwanz wieder mit meinen Lippen umschloss. Ich konnte das Gefühl nicht beschreiben, das sich langsam in meinem Inneren aufbaute. Ich wusste nur, dass ich nicht schreien wollte, also saugte ich Zians Schaft so tief in meine Kehle, wie ich konnte.

Sorins magische Finger massierten meine Spalte im Takt mit seiner Zunge an meiner Brust. Mein ganzer Körper wurde von elektrisierender Energie durchströmt, bis es mir kalt und heiß wurde. Ich schob die Hüften vor und wollte alles von ihm in meinem Inneren spüren, doch er bestrafte mich mit einem zärtlichen Biss.

»Beweg dich nicht, kleines Täubchen«, tadelte er, dann zog er mir den Rest meiner Kleider aus und bahnte sich mit den Lippen einen Weg nach unten. Er legte sich auf den Rücken, schob den Kopf zwischen meine Schenkel und zwang mich, mich rittlings auf sein Gesicht zu setzen.

Oh ...

Er saugte an meiner Klitoris und drang mit seiner Zunge in mich ein, dann wiederholte er die Bewegungen in einem unbarmherzigen Rhythmus, der mich am ganzen Körper erzittern ließ.

Ich hätte mich beinahe von Zian gelöst, denn ich verlor mich völlig in dieser fremdartigen Empfindung, die meinen Körper durchströmte. Doch dann brachte sein köstlicher Geschmack mich zurück in die Gegenwart und erinnerte mich an den Preis, den ich zwischen meinen Lippen hielt.

Sorin ließ seine Zunge noch schneller kreisen, bis ich glaubte, vergehen zu müssen. Er packte meine Hüfte, um mich festzuhalten, als ich versuchte, der schmerzenden Erregung zu entfliehen.

Als eine Welle der Ekstase meinen Körper erbeben ließ, presste ich Zians Schaft zwischen meinen Lippen zusammen und schmeckte das salzige Karamellaroma, das in meiner Kehle explodierte. Ich warf den Kopf nach hinten und stieß einen Schrei aus, den ich keine Sekunde länger hätte unterdrücken können.

Sorin lachte leise und die Vibration ließ meine Glieder ein weiteres Mal erbeben, bis ich in einem Haufen Federn und männlicher Körper zusammensackte, wobei es mir völlig egal war, ob ich je wieder erwachen würde.

11

ZIAN

Es WAR eine hervorragende Idee gewesen, die Betten zusammenzuschieben. Auf diese Weise hatten wir genügend Platz, um unsere Flügel auszustrecken. Wir würden später einen neuen Sparringplatz finden müssen, aber im Moment war ich mehr als zufrieden damit, einfach hier zu liegen.

Allerdings lagen wir schon eine ganze Weile hier herum.

Stirnrunzelnd warf ich einen Blick zum Fenster und sah, dass es draußen dunkel war.

Die Wärter hatten uns erlaubt, den ganzen Tag in unserer Zelle zu bleiben. Hatte ihnen das Schauspiel gefallen, das sie durch die Kamera beobachtet hatten? Oder waren heute alle Insassen in ihren jeweiligen Bereichen festgehalten?

Ich stützte mich auf die Ellbogen und suchte den Raum nach allem ab, was mir ungewöhnlich erschien. Ein Tablett mit unangetastetem Essen stand auf dem Boden direkt vor der Tür, was darauf schließen ließ, dass sie sie irgendwann geöffnet hatten, ohne dass wir es gehört hatten.

Der Gedanke war beunruhigend.

Wir würden uns später darüber unterhalten müssen.

Es sei denn ... Ich runzelte die Stirn. *Haben sie uns betäubt?* Das würde erklären, warum wir einen ganzen Tag und vielleicht sogar länger durchgeschlafen hatten. Ich beugte mich über Raven hinweg und presste meinen Mund an Sorins Ohr. »Wach auf«, sagte ich mit sanfter Stimme, um ihn zur Besinnung zu bringen, ohne ihn zu erschrecken.

Es funktionierte.

Er öffnete langsam seine tiefblauen Augen und zog eine Augenbraue in die Höhe. »Willst du mir wieder einen blasen?«

Ich schnaubte. »Du denkst immer nur an das eine.«

»Da hast du recht.«

»Du zerdrückst mich«, meldete sich Raven zu Wort, die ihre wunderbaren Kurven an meinen Körper schmiegte. Ich würde mich später damit beschäftigen, nachdem wir diese notwendige Unterhaltung geführt hatten.

Ich packte ihre Hüfte mit einer Hand, bevor sie sich unter mir herauswinden konnte, und sah sie an. »Wir haben mindestens einen Tag verschlafen.«

»Wie bitte?«, fragten sie beide im Chor, wobei Sorin den Blick durch die Zelle schweifen ließ und einen Blick auf das Fenster warf.

»Scheiße«, fügte er hinzu und setzte sich auf. »Ist das normal?«

»Nein«, antworteten diesmal Raven und ich gleichzeitig. Sie passte wirklich gut zu uns. Und nach unserem kleinen oralen Vorspiel hatte ich nichts dagegen einzuwenden, sie zu behalten. Mit einem Lächeln beugte ich mich vor und presste meine Lippen auf ihren Mund, um mich für ein paar Sekunden an diesem Gefühl zu ergötzen.

»Erkläre mir das genauer«, sagte Sorin, nachdem er sich geräuspert hatte.

»Es gibt einen festen Zeitplan«, murmelte ich und rollte mich widerwillig von Raven ab, um mich neben ihrem Kopf auf den Ellbogen zu stützen. Als sie sich rührte, legte ich meinen Oberschenkel auf den ihren, um sie festzuhalten. Wenn dieses Gespräch vorüber war, würden wir auf jeden Fall noch einmal miteinander spielen. »Die meisten Tage beginnen mit dem Frühstück. Dann gehen wir nach draußen, um unsere Flügel auszustrecken, was normalerweise für mindestens einen Noir böse endet. Für gewöhnlich stellen sie uns alle sieben Tage vor eine Herausforderung ...«

»Bis auf die, die wir gerade hinter uns haben. Zwischen ihr und dem letzten Mal lagen nur vier Tage«, fügte Raven hinzu.

Ich nickte. »Das ist wahr, sie hat früher stattgefunden. Aber diese Woche war der Zustrom an Neuankömmlingen größer gewesen. Sie sind täglich in Gruppen von fünf bis sieben Personen eingetroffen. Am Tag nach der letzten Herausforderung sind etwa zwanzig angekommen, und am Tag darauf noch einmal zwanzig.«

»Dann hätten wir eigentlich damit rechnen müssen, dass sich die Herausforderungen häufen würden«, sagte Raven und zog die Nase kraus. »Aber wir haben noch nie einen ganzen Tag in der Zelle verbracht.«

»Ich vermute, dass sie uns unter Drogen gesetzt haben«, murmelte ich und warf einen Blick auf das Tablett. »Denn andernfalls hätte ich es zweifellos bemerkt, als jemand die Tür geöffnet hat. Außerdem haben sie uns noch nie eine zusätzliche Ration Essen zugeteilt.«

»Wir haben auch immer abwechselnd nachts Wache gehalten«, murmelte Raven. »Doch diesmal haben wir alle geschlafen.«

»Warum haltet ihr nachts Wache?«, wollte Sorin wissen.

»Wegen der Nachtmonster.« Ich erschauderte. Wir waren uns nicht sicher, wie wir sie nennen sollten, aber der Begriff schien angemessen zu sein. »Es hat mit Mister Slobbers angefangen, wie Raven ihn liebevoll genannt hat.«

»Mister Slobs«, korrigierte sie mich wie erwartet. »Der Name schien mir passender als ›das Wesen, das Z fast getötet hätte‹.«

Sorins Augenbrauen schossen in die Höhe. »Du wärst fast getötet worden?«

»So scheint es«, brummte ich, denn der Vorfall ärgerte mich immer noch. »Er hat mich mit einem verzauberten Dolch gestochen und ich wäre verblutet, wenn Raven ihre magischen Kräfte nicht eingesetzt hätte.«

Sie verzog die Lippen zu einem Lächeln. »Wie sich herausstellt, bin ich also doch nützlich.«

Ich beugte mich erneut über sie und legte eine Hand auf meine Brust, dann drückte ich sie fest. »Sehr nützlich.« Sie öffnete den Mund, um zu protestieren, doch ich brachte sie mit einem Kuss zum Schweigen und ließ meine Zunge in ihren Mund gleiten. Mein Schwanz wurde hart und ich wurde von dem Verlangen übermannt, ihn wieder in ihren Mund zu schieben. Vielleicht würde ich auch eine andere warme, feuchte Körperstelle finden.

Sie krallte sich in mein Haar und ballte erregt die Faust um ein paar Strähnen, doch dann verharrte sie, als ein vertrautes Zischen in der Zelle ertönte.

Apropos Nachtmonster ...

Ich handelte instinktiv und flog buchstäblich aus dem Bett, um dem Scheißding, das sich gerade in einer Ecke materialisierte, höhenmäßig überlegen zu sein. Nach vier Nächten hatten wir festgestellt, dass sie immer an der gleichen Stelle gegenüber der Tür und in der Nähe des Fensters auftauchten.

Dieser Kerl sabberte genauso wie die anderen und sein schwefelhaltiger Gestank löste bei mir einen Würgereiz aus.

Raven eilte zu mir, wobei uns ihre Fähigkeit, mit anderen Kreaturen kommunizieren zu können, entgegenkam. »Du hast zwei Möglichkeiten. Verschwinde oder wir töten dich.«

Das Ding fletschte die Zähne, was eine Übersetzung überflüssig machte.

Raven teilte mir dennoch seine Antwort mit. »Er hat sich für Option Nummer zwei entschieden.«

»Das dachte ich mir.«

Wir umkreisten das Ding und hielten die Hände kampfbereit vor unsere Körper.

Ich zählte im Geiste von fünf abwärts und bei zwei zog die geifernde Kreatur eine Waffe. Raven setzte sich mit sicheren Schritten in Bewegung. Sie duckte sich und packte das Handgelenk des Schleimmonsters, um es zu verdrehen und ihm den verzauberten Gegenstand aus der Hand zu schlagen. Ich hob ihn mit einem geübten Handgriff vom Boden auf und rammte ihn dem Ding in den Brustkorb.

Es schrie auf.

Ich lächelte.

Es starb.

Raven hielt die Hand in die Höhe und wir klatschten uns ab, als sich das Ding in einer gewohnten Pfütze auflöste und durch den Abfluss in der Ecke sickerte. »Diesmal waren es elf Sekunden«, sagte sie.

»Nicht schlecht«, erwiderte ich. »Glaubst du, morgen schaffen wir es in zehn?«

»Sicher.«

Ich schlang meinen Arm um sie, zog sie an meine Seite und drehte uns beide um, sodass wir Sorin gegenüberstanden, der uns mit offenem Mund anstarrte.

»Was ist los, Bruder? Du siehst aus, als hättest du einen Nachtschreck gesehen. Oh, warte ...«

Raven kicherte. Der Laut war in dieser sonst so tristen Umgebung ein wahrer Segen.

»Was zum Teufel ist da gerade passiert?«, wollte Sorin wissen.

»Ein Nachtmonster«, wiederholte ich und zeigte mit dem Daumen über meine Schulter. »Sie tauchen jede Nacht gegen zwei oder drei Uhr morgens in der Ecke auf.«

»Bis jetzt zumindest«, sagte Raven.

»Ja, bis jetzt.« Es konnte sich jederzeit ändern, und wahrscheinlich würde es das auch.

Alles an diesem Ort war vorhersagbar geworden, doch irgendetwas sagte mir, dass das gar nicht der Sinn der Sache war. Sie wollten uns auf Trab halten, denn es hatte den Anschein, als wollten sie die schwachen zugunsten der stärkeren Noir aussortieren. Allerdings war mir nicht klar, welchen Zweck sie damit verfolgten, außer vielleicht eine Besserungsanstalt zu schaffen, in denen nur die Stärksten der Starken einsaßen.

»Dieser Ort ist buchstäblich die Hölle.« In Sorins Gesicht spiegelte sich ein gequälter Ausdruck wider, der mir schon aufgefallen war, als er gestern im Hof angekommen war. Oder wann auch immer das gewesen war. Ich wusste nicht, was er während der letzten Wochen in Gefangenschaft durchgemacht hatte, aber es war sicher nichts Gutes gewesen.

Ich würde ihn irgendwann danach fragen, denn ich wusste, dass es nicht gut wäre, ihn jetzt damit zu bedrängen. Manchmal war es besser, derartige Traumata nicht an die Oberfläche zu bringen. Angesichts des Zustands, in dem seine Flügel bei seiner Rückkehr gewesen waren, musste ich davon ausgehen, dass sein Erlebnis zweifellos traumatisch gewesen war.

Das bedeutete, dass er eine Ablenkung brauchte.

Vielleicht in Form eines hübschen Vögelchens.

»Vielleicht sind wir hier in der Hölle«, stimmte ich ihm zu. »Aber die Aussicht ist atemberaubend.« Ich verlieh meinen Worten Nachdruck, indem ich meinen Blick unverhohlen über Ravens entblößten Körper schweifen ließ. Wir waren alle nackt, da wir uns nach unserem intimen Spielchen nicht die Mühe gemacht hatten, uns etwas anzuziehen. Das war auch gut so, denn es wäre eine Sünde gewesen, Ravens schönen Körper zu verhüllen.

Sie errötete, als ich sie derart ungeniert musterte, dann leckte sie sich über die Lippen. Es gefiel mir, dass sie nicht versuchte, sich zu bedecken, sondern mich einfach gewähren ließ.

Sie erwiderte die Geste, indem sie Sorin und mich mit begierigen Blicken betrachtete. Mein Schwanz wurde hart und sie verzog die Lippen zu einem Lächeln. »Ihr beide seid unersättlich«, flüsterte sie. »Habt ihr schon immer täglich miteinander gefickt? Oder habt ihr das nur mir zuliebe getan?«

Ich zog eine Augenbraue in die Höhe. »Ob wir miteinander gefickt haben?« Das hatten wir in ihrem Beisein bisher noch nicht getan und hatten es vorgezogen, uns entweder gegenseitig oder selbst mit den Händen zu befriedigen, während wir sie mit unseren Düften verhöhnten. Es schien nur fair, wenn man bedachte, dass wir Tag und Nacht von ihrem Zitrusduft umgeben waren.

»Nun. Du weißt schon.«

»Nein, eigentlich glaube ich nicht, dass ich es weiß«, murmelte Sorin und trat einen Schritt auf sie zu, um seine Fingerspitzen besitzergreifend über ihre Taille gleiten zu lassen. Ich konnte sehen, dass seine Instinkte den meinen gleichkamen, denn wir beide wurden von dem Bedürfnis angetrieben, unseren Anspruch auf die ideale Gefährtin geltend zu machen. Nachdem wir ein Jahrhundert lang keine Frau mehr berührt hatten, war das nicht verwunderlich. Und die Tatsache, dass Raven mit uns kompatibel war, steigerte unser Verlangen ins Unermessliche.

Ich gesellte mich zu ihm und ahmte seine Bewegungen nach, wobei ich mit der Hand über die andere Seite ihres Brustkorbs strich. »Definiere *ficken*, süßes Vögelchen.«

»W-wie bitte?«

»Du hast mich schon verstanden«, flüsterte ich und beugte mich vor, um an ihrem Ohrläppchen zu knabbern. »Erkläre uns, was *ficken* für dich bedeutet.«

»Es ist das, was ihr beide miteinander getan habt, bevor Sorin verschwunden ist?« Sie formulierte es als Frage, wobei ihre Stimme am Ende des Satzes zitterte.

»Wir haben nicht gefickt«, sagte Sorin und küsste ihren Hals, wobei er die Distanz zwischen sich und Raven schloss.

»Vielleicht sollten wir ihr zeigen, wie es geht.« Ich tat es ihm gleich und ließ meine Lippen an ihrem Hals entlang zu ihrem Schlüsselbein gleiten, bevor ich seinem Blick begegnete. »Alles in Ordnung?«

Er wusste, was ich meinte, und nickte. Mein bereits harter Schwanz pochte voller Vorfreude. Wir gingen selten so weit miteinander, vor allem, weil sich keiner von uns gern dem anderen unterordnete. Aber um ihretwillen war er gewillt, eine Demonstration zu liefern. Wahrscheinlich trug die Tatsache dazu bei, dass ich ihm beim letzten Mal einen geblasen hatte.

Sorin fuhr mit den Fingern durch Ravens dunkles Haar und zog sie an sich, um sie lange und sinnlich zu küssen. Sie schmolz förmlich an ihm dahin, denn sie war offensichtlich begierig, mit uns zu spielen. All die Wochen in einer Zelle mit zwei vor Kraft strotzenden Männern hatten auch bei ihr Wirkung gezeigt und ihr Zitrusduft ging in berauschenden Wellen von ihr aus.

Ich biss ihr in den Nacken und genoss das Gefühl, als ihr Puls unter meiner Zunge in die Höhe schoss, dann ließ ich meine Zunge hinunter bis zu ihren Brüsten gleiten. Ihre Brustwarzen wurden hart und ihr Körper war bereit, einen Mann in sich aufzunehmen.

Doch ihre Jungfräulichkeit hielt mich zurück.

Zumindest im Moment.

Ich wollte, dass sie sich absolut sicher war, bevor wir diese Grenze überschritten, denn danach würde es kein Zurück mehr geben. Sobald ich in sie eingedrungen war, würde ich keine andere Wahl haben, als meinen Anspruch geltend zu machen. Wir passten zu gut zusammen, als dass ich widerstehen konnte, und mein Drang, mich mit ihr zu paaren, war stärker als je zuvor.

Die Krieger der Nora banden sich nicht an eine Partnerin.

Es verstieß gegen unseren Kodex.

Wir wurden geboren, um andere zu beschützen. Das bedeutete nicht, dass wir nicht ficken konnten; wir durften nur keinen Anspruch auf ein anderes Wesen erheben.

Die Noir lebten nicht nach derartigen Regeln.

Ich könnte sie nehmen, wenn ich es wollte, doch ich brauchte zuerst ihr Einverständnis.

Also würde ich stattdessen mit Sorin spielen und ihr eine Show bieten, um ihre Reaktion zu genießen.

Ich umschloss ihre steife Brustwarze mit meinen Lippen und knabberte sanft daran, bevor ich kräftig genug daran saugte, um ihrer Kehle ein Stöhnen zu entlocken. Sorin schluckte es, während er mit der Zunge immer noch die ihre umspielte und ihr zeigte, wo seine Vorlieben lagen. Er mochte energische Bewegungen und dominante Stöße, während ich mir Zeit ließ und eine Frau ausgiebig küsste, um jeden Zentimeter ihres Mundes in Besitz zu nehmen.

Sorin und ich lieferten uns beim Küssen häufig eine Schlacht, wobei sein Verlangen gelegentlich das meine überwältigte und umgekehrt. Es war jedes Mal eine neue und erregende Erfahrung. Mit ihren geschmeidigen Kurven und ihrem unterwürfigen Wesen eröffnete Raven uns völlig neue Möglichkeiten. Es lauerte zwar eine Kämpferin in ihrem Inneren, doch nach außen hin gab sie unseren Berührungen nach. Und ich betete sie dafür umso mehr an.

Ich ging auf die Knie und ließ meinen Mund über ihren flachen Bauch zu den Löckchen zwischen ihren Schenkeln gleiten. Sie zuckte zusammen, als ich ihre Klitoris mit den Zähnen reizte. Ihr Unterleib war bereits feucht und verlangte nach meiner Aufmerksamkeit. Ich gab dem Drang nach und saugte ihre empfindsame kleine Lustperle in meinen Mund, nachdem ich Sorin gestattet hatte, sie zuerst zu kosten.

Jetzt war ich an der Reihe, ihren Körper zu erkunden und mich in ihrem Duft zu verlieren. Sie enttäuschte mich nicht und schob immer wieder die Hüften leicht nach vorn. Die Bewegung ermutigte mich, sie gründlich zu lecken.

Ich genoss die Tatsache, dass sie sich meinem Gesicht zwischen ihren Schenkeln nicht entzog und meinen Mund ohne Scham ritt. Sorin umfasste eine ihrer Brüste und drückte sie, wobei er ihr ein weiteres sinnliches Stöhnen entlockte.

Ich ließ zwei Finger in ihr heißes Geschlecht gleiten, krümmte sie und achtete bei jedem Stoß auf ihre Reaktionen. Wenn ich tief in sie eindrang, spannten sich ihre Innenwände an, wenn ich sie nur leicht liebkoste, stöhnte sie frustriert auf, und wenn ich rhythmisch in sie hineinstieß, bescherte ich ihr eine Gänsehaut auf ihren Schenkeln.

Sie schien kurz davor, über den Abgrund der Ekstase zu fallen, als ihre Knie zitterten und ihre Erregung immer mehr zunahm.

Sorin spürte es auch, denn er stellte sich hinter sie und schlang einen Arm um ihre Taille, um sie aufrecht zu halten, während er mit der anderen Hand weiter mit ihren Brüsten spielte. Sie neigte den Kopf nach hinten, um ihn weiter zu küssen, was mir einen herrlichen Blick auf die Umarmung der beiden gewährte, während ich sie von unten beobachtete.

Ihre Atmung beschleunigte sich, wobei ihre Brüste auf und ab wippten. Ihr ganzer Körper errötete und bestätigte mir, was meine Finger und meine Zunge bereits wussten – sie stand kurz vor dem Höhepunkt.

Sorin biss ihr in die Unterlippe und streifte mit seiner Nase die ihre. »Wirst du für uns kommen, Täubchen?«, fragte er mit tiefer, erregter Stimme.

»Ja«, hauchte sie und wand sich an meinen Lippen. »Ja …«

Ich unterdrückte ein Lächeln, als ich das Zischen in ihrer Stimme hörte, und ließ stattdessen meine Zähne über ihre Klitoris gleiten, weil ich vermutete, dass sie noch ein bisschen *mehr* brauchte, um über den Abgrund zu fallen.

Ich hatte recht.

Mit einem Keuchen warf sie den Kopf zurück, während ihr Körper von einer Welle der Ekstase durchströmt wurde. Verdammt, ich wollte in ihr pochendes Geschlecht eindringen, während Sorin sie von hinten nahm.

Noch nicht, ermahnte ich mich.

Sie wusste nicht einmal, wie man wirklich fickte, wenn man ihren Bemerkungen von vorhin Glauben schenken durfte. Also würden wir es ihr beibringen und ihr zeigen, wie wir es gernhatten. Dann würden wir sehen, ob sie fortfahren wollte.

Sie öffnete den Mund und stieß einen Seufzer aus, als ihre Beine scheinbar nachgaben. Sorin hielt sie aufrecht und verzog die Lippen zu einem Lächeln. »Ich sehe schon, dass wir ein Spiel daraus machen könnten«, sagte er und sah mich an, als ich meine Lippen von ihrer Klitoris löste. »Wer von uns beiden kann ihr die lautesten Schreie entlocken? Bisher liege ich vorn.«

Ich kniff die Augen zu dünnen Schlitzen zusammen. »Vorsicht, oder ich bringe dich dazu, noch lauter zu schreien.«

In seinen tiefblauen Augen funkelte ein feuriger Ausdruck. »Ich schreie nie.«

Das war wahr. Er knurrte oder fletschte die Zähne, je nachdem, in welcher Stimmung er war.

Sorin trat einen Schritt zurück und half dabei, Raven aufs Bett zu legen, ihren Kopf auf das Kissen zu betten und ihre Beine weit zur spreizen. *Mm, ja.* Ich wusste, was er vorhatte, und meine Erregung wuchs, als er sich zwischen ihre Schenkel kniete.

Raven blickte mit halb geschlossenen Augen und geröteten Wangen zu uns auf. »Und jetzt?«

»Jetzt?« Ich schenkte ihr ein animalisches Grinsen. »Jetzt werden wir ficken.«

12

SORIN

Raven öffnete den Mund und ein Anflug von Unbehagen huschte über ihr Gesicht.

Ich wusste, was Zian meinte, aber sie hatte es auf andere Weise interpretiert.

Ich beugte mich zu ihr hinunter und küsste sie noch einmal zärtlich auf den Mund, während Zian sich zu uns aufs Bett setzte und seine Hand erneut zwischen ihre Schenkel gleiten ließ. Sie zitterte und ihr Herz schlug wild in ihrer Brust.

Ich bahnte mir mit den Lippen einen Weg zu ihrem Ohr, während Zian sich hinter mir positionierte und seine Finger über meinen Hintern zu der Stelle gleiten ließ, in die er eindringen wollte. Er befeuchtete sie mit Ravens natürlichem Gleitmittel, spreizte meine Pobacken und begann, mich vorzubereiten.

»Keine Sorge, Täubchen«, flüsterte ich ihr zu, während ich mit der Zunge ihre Ohrmuschel nachzeichnete. »Zian wird mich ficken, nicht dich.«

Sie runzelte die Stirn. »Was meinst du damit?«

Ach, ihre unschuldige Frage versetzte mir einen Stich im

Herzen und bestätigte nur einmal mehr, dass wir sie langsam in unser intimes Spiel einführen mussten. »Er wird mich in den Hintern ficken«, antwortete ich unverblümt. »Und ich werde auf deiner Muschi kommen.«

»Dann wird er seinen Saft in deine Klitoris massieren, damit du noch einmal zum Höhepunkt kommst«, fügte Zian hinzu, wobei er seine Finger mit viel heftigeren Bewegungen in mich stieß, als er es bei Raven getan hatte. Er tat es vor allem, weil er wusste, dass ich ihm standhalten konnte, und das erregte ihn noch viel mehr.

Die arme Raven würde nicht wissen, wie ihr geschah, wenn Zian sie zum ersten Mal fickte.

Er würde nicht behutsam und zärtlich vorgehen, sondern sie hart und fordernd nehmen.

Mein Schaft pulsierte bei dem Gedanken, denn die Vorstellung, wie die beiden es miteinander trieben, steigerte meine Erregung ins Unermessliche. Ich liebte es, Zian beim Ficken zuzusehen, und es war schon so lange her, dass ich ihn mit einer Frau zusammen gesehen hatte. Genauso lange hatte ich kein weibliches Wesen mehr unter mir gehabt.

Ich hoffte, Raven würde uns gewachsen sein.

Denn wenn nicht, würden wir in dieser Zelle einer unbarmherzigen Zukunft entgegensehen. Vorausgesetzt, wir alle überlebten diesen Albtraum. Ich erschauderte, als ich an Brina und ihr Skalpell dachte. Ich wollte dieser bösartigen Schlampe nie wieder begegnen.

Zian drang mit einem weiteren Finger in mich ein und riss mich aus meinen Gedanken. Ich richtete meine Aufmerksamkeit wieder auf ihn und die wunderschöne Frau, die unter mir auf dem Bett lag. Er biss mir in die Schulter, um mich dafür zu tadeln, dass ich mit meinen Gedanken abgeschweift war.

Er hatte mich nicht danach gefragt, was ich

durchgemacht hatte, und würde warten, bis ich es ihm erzählte, aber er wusste es. Irgendwie wusste er es immer.

Er biss mich noch einmal und brachte seine Dominanz zum Ausdruck, als er mich zwang, mich auf das Hier und Jetzt zu konzentrieren.

Fast hätte ich ihm dafür gedankt, dass er mich von meinen Gedanken abgelenkt hatte.

Doch dann schob er einen vierten Finger in mich hinein und ich stieß einen Fluch aus, als ich den Druck nicht mehr aushielt.

Er hörte jedoch nicht auf, denn der Sadist in ihm genoss meine Reaktion viel zu sehr, um mir auch nur eine Sekunde Zeit zu geben, mich daran zu gewöhnen. Ich war überrascht, dass er mich nicht wie sonst einfach genommen hatte, doch dann wurde mir klar, dass er um Ravens willen Vorsicht walten ließ.

Vielleicht tat er es auch zum Teil mir zuliebe.

Er wusste, dass ich gelitten hatte, und wollte mir nicht noch mehr Leid zufügen. Dennoch würde ich seine Methoden jederzeit Brinas Folter vorziehen.

»Tu es einfach«, sagte ich mit heiserer Stimme. »Ich kann es ertragen.«

»Oh, ich weiß, dass du das kannst«, erwiderte er, während er mit der Zunge über die Wunde strich, die er meiner Schulter zugefügt hatte. Denn er hatte mich tatsächlich bluten lassen.

»Arschloch«, murmelte ich.

Er stieß ein leises, heiseres Lachen aus, in dem ein verheißungsvoller Unterton mitschwang. Raven bebte am ganzen Körper und ihr Unterleib war feucht vor Begierde. Ich musste mich zurückhalten, um mich nicht zu bücken und sie sauber zu lecken. Stattdessen ergriff ich meinen Schwanz, während sie mich beobachtete. Meine Flügel halfen mir, das Gleichgewicht nicht zu verlieren, während ich vor ihr kniete. Das Pochen in meinen Hoden verriet mir, dass ich nicht lange brauchen würde, um zum Höhepunkt zu kommen. Ich würde meinen Saft auf ihrer hübschen Spalte verströmen, kurz nachdem Zian in mich eingedrungen war.

Wahrscheinlich sollten wir häufiger auf diese Weise ficken, doch keiner von uns beiden fand sich gern in der unterlegenen Position wieder. Allerdings bescherte mir das Gefühl seines Schaftes an meiner Prostata einen unvergleichlichen Orgasmus. Aber ich könnte wetten, dass Ravens enges, heißes Geschlecht durchaus damit konkurrieren konnte und für einen noch besseren Höhepunkt sorgen würde. Als hätte sie meine Gedanken gelesen, verströmte sie eine frische Woge ihres Zitrusaromas. Es betörte meine Sinne und ich umschloss meinen Schaft noch fester.

»Verdammt«, keuchte ich, als mein Unterleib sich allein von der Berührung anspannte. »Nimm mich, solange du noch kannst, Z.«

»Ich kann dich nehmen, wann immer ich will«, flüsterte er mit tiefer Stimme in mein Ohr und bescherte mir eine Gänsehaut auf meinem Nacken.

»Nur wenn ich es dir gestatte«, konterte ich.

Er zog seinen Finger heraus und packte mit der anderen Hand meine Hüfte. »Ach wirklich?« Er presste seine Eichel an meinen Anus, womit er meine Vorfreude noch steigerte. »Ich glaube, es gefällt dir, wenn ich in dir bin, Sorin.« Er drang mit einem Stoß in mich ein und entlockte meiner Kehle ein Knurren, während mein ganzer Körper in Flammen zu stehen schien. »Und dieser Laut aus deiner Kehle ist der Beweis dafür.«

Ich stieß einen Fluch aus, als ich fast vornüberkippte.

Meine Federn hielten mich jedoch aufrecht und erlaubten mir, seinen strafenden Stößen standzuhalten, während er sich in die von ihm bevorzugte Position brachte.

Raven schnappte nach Luft und ich senkte den Blick, nur um zu sehen, wie Raven mich lüstern anstarrte. Ihre Wangen waren mittlerweile hochrot angelaufen und sie atmete schwer, während sie Zian dabei beobachtete, wie er in mich eindrang.

Das war Ficken, nicht diese Spielereien mit der Hand. Und jetzt wusste sie es. Die Erkenntnis spiegelte sich in ihrem Gesicht wider und ich konnte es an ihrem Duft riechen.

Wer hätte gedacht, dass Orangen so verdammt erregend sein konnten?

Während Zian immer wieder in mich eindrang, begegnete ich ihrem Blick, damit sie die Ekstase in meinen Augen sehen konnte, die er mit jedem Stoß in mir auslöste.

Denn dieser Mann wusste, wie er sich zu bewegen hatte. Er war nicht gerade zimperlich, doch das hatte ich auch nicht erwartet. Wäre er zu zaghaft gewesen, hätte ich ihn sicher zur Rede gestellt. Nur weil ich die Behandlungen der verrückten Schlampe über mich ergehen lassen musste, war ich nicht schwach. Außerdem hatte Raven mich so weit geheilt, dass ich mich wie neugeboren fühlte.

»Scheiße, Z«, stöhnte ich nach einem besonders heftigen Stoß.

»Du driftest ab«, tadelte er, denn er war sich meiner mentalen Verfassung immer bewusst. »Wenn ich in dir bin, erwarte ich deine ungeteilte Aufmerksamkeit.« Er stieß noch härter in mich hinein, um seinen Worten Nachdruck zu verleihen. Ich flatterte mit den Flügeln, damit ich das Gleichgewicht nicht verlor und mich auf den Knien halten konnte.

Ich festigte unwillkürlich den Griff um meinen Schaft und ballte die andere Hand zur Faust.

Ein Teil von mir wollte sich wehren und sich bei ihm revanchieren, aber Ravens intensiver Blick zog mich in seinen Bann und brachte mich zurück in die Gegenwart. Sie sah aus, als würde sie jeden Moment explodieren, während ihre geröteten Brüste um Aufmerksamkeit heischten.

Und diese wunderschöne Spalte.

Scheiße, sie war so verdammt feucht. Es wäre so einfach, sich auf sie zu legen und tief in sie einzudringen.

Mein Unterleib spannte sich an, als ich auf den Abgrund der Ekstase zusteuerte. Ich wollte mich über ihr ergießen und von ihr verlangen, meinen Saft in ihre Haut zu massieren, bis sie allein von der Hitze meiner Essenz kam.

Wir hatten ihr bereits gesagt, dass wir genau das geplant hatten.

Jetzt war es an der Zeit, diesen Plan in die Tat umzusetzen.

»Ich komme gleich«, sagte ich und spannte die Muskeln an, als ein Inferno in meinem Unterleib aufloderte. »Scheiße, es wird heftig werden.« Ich spürte, wie sich der Druck in mir aufbaute und gegen meinen Willen zu explodieren drohte. Aber ich hielt mich zurück, denn ich wollte es noch hinauszögern, bis Zian ebenfalls kurz vor dem Höhepunkt stand.

Er beschleunigte das Tempo, bis unsere Hüften in einem unbarmherzigen Rhythmus aufeinanderprallten.

Schließlich gab ich dem Drang nach und ließ mich nach vorn fallen. Ich stützte mich mit einer Hand neben Ravens Kopf ab, während ich mit der anderen Hand weiter meinen Schaft rieb.

»Ich werde überall auf dir kommen, Baby«, warnte ich sie. »Dann wirst du mir dabei helfen, meinen Saft in deine

Haut einzumassieren, in deine Spalte und deine Lustperle, bis du noch einmal kommst und einen so heftigen Schrei ausstößt, dass du vergisst zu atmen.«

Sie erschauderte sichtlich, und ich spürte ihren Atem auf meinem Gesicht und in meinen Haaren, die sich wie ein Vorhang um sie gelegt hatten und ihr den Anschein von Privatsphäre boten.

»Jetzt«, forderte Zian und krallte sich in meine Hüfte, um mich nach hinten zu ziehen und mit Wucht in mich hineinzustoßen.

Ein tiefes Stöhnen entfuhr meiner Kehle, als ein sinnliches Feuer durch meine Adern rauschte und eine Wärme meinen Unterleib durchströmte, die mich ganz und gar zu verzehren schien. Ich sah Sterne vor Augen und zitterte am ganzen Körper, als ich von der Welle der Ekstase mitgerissen wurde und Ravens wunderbare Hitze mit meinem Saft tränkte.

Strahl um Strahl bedeckte ich ihre Spalte, ihre Löckchen, ihren Bauch und ihre Schenkel mit meiner Essenz. Allein der Anblick weckte in mir den Wunsch, gleich noch einmal zu kommen.

»Schieb eine Hand zwischen deine Schenkel, Vögelchen«, forderte Zian. Er festigte seinen Griff um meine Hüfte und ich wusste, dass er kurz davor stand, ebenfalls zu kommen. »Ich will sehen, wie du dich mit Sorins Sperma befriedigst.«

Sie stöhnte auf. Ihre Pupillen waren so sehr geweitet, dass ich ihre Iriden nicht mehr sehen konnte.

»Sofort, Raven«, befahl ich ihr mit heiserer Stimme. »Tu es.«

Ihr Wimmern entlockte mir ein Lächeln. Es war ein so begieriges, erregtes Geräusch. Ich ergötzte mich an dem Bewusstsein, dass wir sie an einen Punkt gebracht hatten, an dem unsere Worte und Taten sie vor Begierde fast in den Wahnsinn trieben und sie bereitwillig genau das tat, was wir von ihr verlangten.

Sie ließ einen Finger über ihre nasse Spalte gleiten und meine Lust vermischte sich mit ihrer eigenen, als sie wie befohlen ihre eigene Essenz mit meinem Saft verrieb.

»Hilf ihr«, sagte Zian. »Hilf ihr verdammt noch mal.«

Ich ließ meinen Schwanz los und drückte meinen Daumen auf ihre Klitoris, woraufhin sie sich auf der Matratze aufbäumte.

Ich ließ meinen Finger ein paarmal um ihre Lustperle kreisen und stieß sie in dem Moment über den Abgrund der Ekstase, in dem auch Zian zum Höhepunkt kam. Er stieß ein Knurren aus und biss mir in die Schulter, um nicht laut aufzuschreien. Er presste seine Brust an meinen Rücken und drückte dabei meine Flügel zusammen, während ich uns beide mit einer Hand abstützte. Mit der anderen Hand half ich Raven, ihren Orgasmus in die Länge zu ziehen. Sie hatte zwei Finger in ihr enges Geschlecht geschoben, und der Anblick brachte meinen Schwanz zum Zucken.

Denn ihre Finger waren mit meinem Saft benetzt.

Was bedeutete, dass ich jetzt in ihr war.

Allein der Gedanke hätte mich fast noch einmal zum Höhepunkt gebracht, aber ich konzentrierte mich stattdessen auf sie. Ich rieb sie ausgiebig und sorgte dafür, dass mein Sperma jeden intimen Teil ihres Körpers bedeckte. Ich massierte ihn in ihre Oberschenkel, ihren Bauch, ihre Löckchen, ihre Schamlippen und wieder in ihre Klitoris. Bis sie sich protestierend wand, weil ihre empfindsame Weiblichkeit meine Liebkosungen nicht länger ertragen konnte.

Also beugte ich mich hinunter, um sie zu küssen,

während Zian sich hinter mir daranmachte, sich zu waschen.

Er duschte kurz und kam mit zwei Waschlappen zurück ans Bett. Ich rieb mich sauber und betrachtete dann Raven. »Soll ich dich auch waschen«, fragte ich sie, »oder willst du schlafen, während du mit meinem Saft bedeckt bist?« Manche Frauen mochten das, vor allem wegen der Paarungsdüfte.

Statt einer Antwort gähnte Raven und kuschelte sich an mich. Zian lächelte, als er sie wieder an seinen Bauch zog. Er presste einen zärtlichen Kuss auf ihren Nacken und begegnete dann meinem Blick. »Alles in Ordnung?«

Mit diesen Worten hatte er mich zuvor um Erlaubnis gebeten, mich ficken zu dürfen.

»Ja, es geht mir gut«, versicherte ich ihm.

Er nickte kurz. In seinen dunklen Augen lag ein Ausdruck tiefer Dankbarkeit, doch das würde er nie laut zugeben. Dann schloss er sie, um zu schlafen.

Ich legte einen Flügel um die beiden, wobei Raven ihren Kopf an meine Brust gepresst hatte. Dann driftete ich ebenfalls in den Schlaf ab, um mich mit den beiden in einem Gefühl vorübergehender Glückseligkeit zu ergehen.

Nur um viel zu früh von einem seltsamen Fiepen geweckt zu werden.

Raven rührte sich und hob den Kopf. »Was ist los, Mousey Mouse?«

»Du hast dein Haustier immer noch?«, fragte ich und war überrascht, dass Zian noch nicht versucht hatte, das Tier zu fressen. Mäuse waren nicht gerade unsere Lieblingsspeise, aber Proteine waren nun einmal Proteine.

Sie ignorierte mich und konzentrierte sich auf das Fiepen. »Ich verstehe«, murmelte sie. »Danke, dass du uns informiert hast.«

Die Maus verschwand, woraufhin ich die Stirn runzelte. »Was hat sie gesagt?«

»Dass die Dämonen, die mit Novak in Einzelhaft sitzen, immer wieder versuchen, mit ihm zu reden, aber er spricht mit niemandem«, murmelte sie und gähnte. »Ansonsten scheint es ihm jedoch gut zu gehen.«

»Novak?«, wiederholte ich verwirrt. »Du weißt, wo er ist?«

»Ja, er sitzt in einer Art Einzelhaft«, sagte sie, wobei ihr die Augen zufielen. »In diesem Gefängnis gibt es eine ganze Reihe von Trakten.«

»Es ist ein riesiges Labyrinth aus verschiedenen Bereichen, in denen verschiedene paranormale Wesen untergebracht sind«, fügte Zian mit schläfriger Stimme hinzu. »Die Maus nennt es *Anstalt der Albträume*. Novak sitzt in Einzelhaft mit vier verrückten Dämonen, die von irgendeiner Frau besessen sind, aber die Maus sagt, dass es Novak gut ginge. Das deckt sich mit meinen Empfindungen.«

»Können wir ihn da irgendwie rausholen?«, fragte ich, obwohl ich dank meiner Erfahrungen mit Brina bereits wusste, wie die Antwort lautete.

»Die Maus sagt, dass es unmöglich ist und wir warten müssen, bis er zurückkommt. Das hat er auch über dich gesagt.« Zian gähnte ebenfalls und liebkoste Ravens Nacken. »Wir sollten jetzt schlafen. Der Zeitplan wird sich wieder ändern, also sollten wir vorbereitet sein.«

»Wer soll Wache halten?«, fragte Raven müde, während ihr befriedigter Körper bereits auf dem Weg ins Land der Träume war.

»Wache halten?«, wiederholte ich.

»Wegen der Nachtmonster«, murmelte Zian.

»Natürlich. Ich werde das übernehmen.« Denn ich war

überhaupt nicht müde und in meinem Kopf schwirrten die Erinnerungen an die Portale und all die übernatürlichen Hindernisse herum, die ich durchlaufen hatte, um zu Brina und wieder zurück zu gelangen.

Dieser Ort war ein verdammtes Labyrinth.

Und das Noir Reformatorium war eine Todesfalle.

Als Novak, Z und ich zum ersten Mal in eine Besserungsanstalt gesteckt wurden, hatten wir nicht versucht zu entkommen, denn wir waren unserer Herkunft als Krieger gegenüber treu gewesen. Wir glaubten, dass wir unsere weißen Federn zurückbekommen würden, wenn wir ein angemessenes Maß an Reue zeigten.

Doch dazu ist es nie gekommen.

Also fügten wir uns unserem Schicksal und nutzten unsere Fähigkeiten, um in dem damaligen Gefängnis einen hohen Status zu erlangen, hauptsächlich um zu überleben.

Das Noir Reformatorium erforderte eine neue Strategie, die sich auf die Flucht und nicht aufs Überleben konzentrierte.

»Weck mich, wenn du ein Nickerchen machen willst«, sagte Zian.

Doch ich weckte ihn nicht, denn mein Geist war nicht in der Lage, sich zu beruhigen.

13

RAVEN

Eine weitere Woche verging und wieder wurde eine Handvoll Noir ausgemerzt.

Mittlerweile war ich weniger nervös, wenn der Tag der Tötungen kam, denn etwas hatte sich geändert. Das Noir Reformatorium hatte sich in etwas Erträglicheres verwandelt, nachdem ich mich darauf eingelassen hatte, mit meinen sündhaft sexy Zellengenossen zu spielen.

Ich hatte geglaubt zu wissen, was es bedeutete, sich zu paaren, aber nachdem ich gesehen hatte, was Zian mit Sorin angestellt hatte, wurde mir klar, dass sie mir noch so viel beibringen wollten.

Und sie ließen sich Zeit.

Ich beobachtete fasziniert, wie Zian Sorins tätowierten rechten Arm mit einem weiteren fließenden Muster versah. Ich nahm an, dass es schmerzhaft war, denn von seinem Handgelenk tropfte Blut, doch als er mein offensichtliches Interesse bemerkte, erhellte ein Grinsen sein Gesicht.

Irgendwann während Sorins Abwesenheit hatte Zian sich die Werkzeuge besorgt, die er zum Tätowieren brauchte. Ich vermutete, dass sein Spitzname *Herzfresser* dabei hilfreich gewesen war. Niemand wollte sich mit ihm anlegen, denn sie alle hatten Angst, er könnte sie als Nächstes im Ring herausfordern.

Die beiden Männer hatten den Großteil der Woche damit verbracht, Sorins Tätowierungen auszubessern, die jeweils an jemanden erinnerten, den er getötet hatte. Und davon gab es einige, obwohl er eine Weile nicht in seiner Zelle gewesen war.

Ich saß direkt vor ihnen im Schneidersitz auf dem Boden und war fasziniert von dem Muster, das sich durch zauberhafte Energie auf Sorins Haut abzeichnete.

»Was für eine Art Magie ist das?«, fragte ich und beobachtete, wie Zian mit den Fingerspitzen kunstvolle Linien in Sorins Haut ätzte. Er hatte die blaue Tinte mit den Gegenständen hergestellt, die er besorgt hatte, doch er übertrug sie durch seine Hände mit einer Art fremder Macht auf die Haut. Sie erinnerte mich an einen heilenden Zauber, der jedoch brandmarkte und eine dauerhafte Narbe auf der Haut hinterließ.

Die Vorstellung, dass sich Schmerz in so Schönes verwandeln ließ, war faszinierend.

Sorin hatte mir erklärt, dass jedes Zeichen für ein Leben stand, das er genommen hatte. Die Tinte, die sich über den gesamten linken Arm und den Bizeps des rechten Armes erstreckte, deutete darauf hin, dass es viele gewesen waren.

Die heutige Tätowierung war seinem letzten Gegner im Ring gewidmet.

Zian schnippte mit dem Handgelenk und ließ seine blaue Magie zu einer kleinen Flamme auflodern, um das Muster zu versiegeln, dann beugte er sich hinunter und leckte die Wunde sauber. Es war eine animalische Geste, die zugleich unglaublich intim war. Wir alle hatten in letzter Zeit unseren niederen Instinkten gefrönt. Ich war mir allerdings noch nicht sicher, ob es uns stärker machte oder uns irgendwann um die Ohren fliegen würde, wenn wir unweigerlich getrennt werden würden oder sogar noch Schlimmeres ertragen müssten.

»Es handelt sich um die Magie der Buße«, antwortete Sorin und bezog sich dabei auf meine Frage, welche Mächte bei den Tätowierungen am Werk waren.

Er erwiderte meinen Blick und fügte hinzu: »Vor Zians Fall wurde seine Energie zur Bestrafung eingesetzt. Er sorgte dafür, dass die Nora ihre Sünden vergaßen, um sie auf den rechten Pfad zurückzubringen, wobei die Tätowierungen als Warnung dienten, wie nahe sie ihrem Fall gekommen waren. Wenn man nicht weiß, was man falsch gemacht hat, spielt eine solche Markierung dem Verstand einen Streich und man wagt es nicht mehr, einen Fehltritt zu begehen.«

Zian schnaubte, sagte jedoch nichts.

»Seit seinem Fall funktioniert die Magie nicht mehr wie früher«, fuhr Sorin fort, »aber das macht mir nichts aus, denn ich will meine Erinnerungen nicht verlieren.«

Zian grinste. »Im Grunde verhöhnen wir die Nora, indem wir damit die Tätowierungen erschaffen.«

Sorin nickte. »Ja, denn durch sie werde ich niemals vergessen, was die Nora aus mir gemacht haben.«

Ich verzog das Gesicht und erntete einen wissenden Blick von Zian, als er das Tattoo fertigstellte.

»Ich weiß. Eigentlich ist es eine Eigenschaft der Nora, aber wir waren alle einmal weiße Engel, mein Vögelchen.« Er drückte mir einen Kuss auf die Stirn und strich mir eine Haarsträhne hinters Ohr. »Nun ja, zumindest die meisten von uns.«

Sorin zog eine Augenbraue in die Höhe. »Was soll das denn heißen?«

Zian küsste mich zärtlich auf den Hals. Die Magie strömte noch immer durch ihn hindurch und seine Lippen fühlten sich heiß auf meiner Haut an. Ich konnte mir Zian weder mit weißen Flügeln vorstellen, noch war ich imstande, mir auszumalen, wie er jemanden zwang, seine Sünden zu vergessen. Diese Art der Gehirnwäsche war einer der vielen Gründe, warum ich die Nora verabscheute und froh war, nie unter ihnen geboren worden zu sein.

»Sie behauptet, dass sie als dieses wunderbare Geschöpf geboren wurde«, sagte Zian und strich mit den Fingern, die über Sorins Haut getanzt waren, über meine Unterlippe. »Mm, du weckst in mir den Wunsch, aufs Neue zu fallen, süßes Vögelchen.«

Er ließ seine Zähne auf meinen Hals gleiten und strafte mich mit einem Biss. Mein Atem beschleunigte sich, denn ich wusste, dass Zians Erregung immer auf diese Weise ihren Anfang fand. Schon bald würde ich mit den beiden in einem verworrenen Knäuel auf dem Bett liegen und wäre ihnen völlig ausgeliefert, während sie mir neue und köstliche Dinge beibrachten.

Sorin beobachtete mich mit glühendem Blick, doch er ließ Zian mit mir spielen, während er mit einem Finger über die neue Tätowierung strich. Er schien seine Taten nicht zu bereuen, sondern begegnete ihnen mit Respekt.

Sorin war ein Mörder.

Wie wir alle.

Ein lautes Hämmern an unserer Zellentür ließ uns alle aufschrecken. Draußen stand ein Wärter und betrachtete uns mit belustigter Miene. Ich hatte keinen Zweifel daran, dass diese perversen Scheißkerle uns beobachteten und sich daran ergötzten. In letzter Zeit erlaubten sie uns, ganze Tage allein in unserer Zelle zu verbringen, um unsere Bedürfnisse zu befriedigen. Sie versorgten uns sogar mit zusätzlichen Mahlzeiten, damit wir bei Kräften blieben.

Ich wollte gar nicht darüber nachdenken, was der Grund dafür war.

»Alle in den Hof«, blaffte der Wärter, riss die Tür auf und ging davon. Wir konnten ohnehin nirgendwo hingehen, denn die Korridore führten nur zum Frühstücksraum, zum Hof und zum Fitnessraum.

Sorin war im Nu auf den Beinen und schlüpfte in eine Hose, denn die beiden machten sich in meiner Gegenwart kaum noch die Mühe, sich etwas anzuziehen. Er legte seine gewaltigen Flügel auf dem Rücken an, um sich durch die Tür zu drücken. »Bleib dicht bei uns, Täubchen.«

Ich duckte mich und folgte ihm, während Zian sich hinter mir einreihte. Wir hatten erst heute Morgen eine Herausforderung über uns ergehen lassen, daher war ich ratlos, was die Wachen jetzt mit uns vorhaben könnten. Ich konnte mir nur vorstellen, dass die Gerüchte wahr sein könnten, die Zian nun schon seit einer Weile immer wieder hörte. Angeblich stand uns eine gewaltige Veränderung bevor, die so einschneidend war, dass sie unsere derzeitige Hierarchie zunichtemachen könnte. Wir hatten mittlerweile so viele Noir getötet, dass die restlichen Gefangenen weder genügend Männer noch Verbündete hatten, um es mit uns aufzunehmen.

Und natürlich wollten sie mich immer noch vernaschen.

Das war mit ein Grund, warum ich die gemeinsame Zeit in unserer Zelle so genoss. Ob ich nun bereit war, es zuzugeben, oder nicht, ich gehörte jetzt zu Sorin und Zian. Zumindest würde ich die ihre sein, sobald sie sich entschieden hatten, den dauerhaften Schritt zu wagen und mich zu ihrer Gefährtin zu machen.

Ich wollte sie beide.

Ich sehnte mich nach ihnen.

Wenn sich irgendjemand mit uns anlegen wollte, konnte er sich auf einen höllischen Kampf gefasst machen.

Die Insassen teilten sich in Zweiergruppen auf und beobachteten die Neuankömmlinge am Ende des Hofes. Ich wäre fast gegen Sorins Rücken geprallt, als er abrupt stehen blieb.

»Sorin«, sagte ich mit tadelndem Unterton und schob mir die Federn aus dem Gesicht, die in meinen Mund geraten waren. »Du kannst doch nicht einfach ...«

»Wir müssen sofort zurück in die Zelle«, blaffte Sorin und streckte seitlich eine Hand aus, um zu verhindern, dass ich vor ihn trat und etwas sehen konnte.

Zian spähte über seine Schulter und stieß einen Fluch aus.

»Was ist los?«, fragte ich verärgert und sträubte meine Federn. Die beiden Männer klemmten mich schützend zwischen sich ein, was mich sowohl verärgerte als auch beunruhigte.

»Bring sie zurück in die Zelle«, befahl Sorin, aber ich hatte keine Lust, mich auf sein Alpha-Gehabe einzulassen. Als er wieder eine Hand nach mir ausstreckte, biss ich so fest zu, dass er sie fluchend zurückzog.

Ich tauchte unter seinem Arm hindurch, eilte um ihn herum und schlug mit den Flügeln, um etwas Abstand zu gewinnen.

Dann sah ich, was ihn so beunruhigt hatte.

»Oh scheiße«, sagte ich leise.

Walküren.

Für die Nora war es vielleicht nicht offensichtlich, aber ich erkannte diese Art von Frauen sofort. Ihre Gesichtszüge waren markanter und ihre Schwungfedern wiesen subtile Sprenkel auf. Vor allem verriet sie jedoch ihr Duft. Er irritierte mich und meine Instinkte meldeten sich zu Wort.

Die drei Kriegerinnen erblickten mich sofort. Sie wandten sich mit bebenden Nasenflügeln ruckartig zu mir um und fletschten die Zähne.

Das war gar nicht gut.

Ich hörte, wie Zian hinter mir etwas rief, doch meine territorialen Instinkte gewannen die Oberhand und ich flog auf die Frauen zu. Völlig gleich, in was für einem Höllenloch wir uns befanden, dies war mein Revier. Zian und Sorin würden meine Gefährten sein, und diese Schlampen würden sie mir nicht nehmen.

Es war ein irrationaler Gedanke, und vielleicht würde es sich jetzt rächen, dass ich zu lange meinen animalischen Gelüsten nachgegeben hatte, aber wenn ich eines in diesem Gefängnis gelernt hatte, dann, dass man Neuankömmlingen sofort Grenzen aufzeigen musste.

»Siehe da, eine Zuchtschlampe«, sagte eine der Frauen mit einem Knurren. »Wie hat sie so lange überlebt?«

Eine der Frauen schlang ihr langes Bein um einen Mann, mit dem sie offenbar spielen wollte. Der Trottel wähnte sich wohl im siebenten Himmel, obwohl sie ihm später wahrscheinlich nur die Eier abhacken würde.

»Was soll's«, erwiderte sie und strich mit einem Finger über das Kinn des Mannes. »Wahrscheinlich hat sie ein paar Beschützer gefunden. Sobald sie mit ihr fertig sind, wird sie nicht lange überleben. Wir haben ohnehin Wichtigeres zu tun.« Sie grinste und zeigte ihre spitzen Zähne. Bei dem Anblick hätte ich mich am liebsten unter meinen Flügeln verkrochen.

Ich wurde von dem Drang übermannt zu fliehen. Er hatte mich genauso schnell ereilt wie noch vor ein paar Sekunden mein territorialer Instinkt.

»Hm«, sagte die dritte, deren Haare fast so dunkel waren wie meine, und kniff die Augen zu dünnen Schlitzen zusammen. »Da sind sie ja.« Sie grinste, als Zian mich am Arm packte. »Haltet uns euer Schoßhündchen vom Hals, in Ordnung? Wir sind nicht auf der Suche nach einem Gefährten, sie kann sich also verdammt noch mal beruhigen.«

»Ich stehe direkt vor euch«, blaffte ich.

Sorin musterte die drei Frauen ausgiebig, während sie ihn wiederum betrachteten und ihre Blicke genüsslich über seinen Körper schweifen ließen, bis ich innerlich vor Wut kochte.

»Aber hallo«, sagte die Frau mit den langen Beinen und löste sich von dem Mann, mit dem sie gespielt hatte, um ihre Finger über Sorins muskulöse Schulter gleiten zu lassen.

Er gehört mir.

Die animalische Wut in meinem Inneren wurde gedämpft, als Zian mir ins Ohr flüsterte: »Du machst eine Szene, süßes Vögelchen.« Er räusperte sich und sagte dann für alle hörbar: »Sie entwischt uns hin und wieder, aber dadurch wird es nicht langweilig.«

Ich wusste, dass er die Worte nur um der Walküren willen äußerte, um mich vor ihnen zu beschützen, aber sie versetzten mir dennoch einen Stich im Herzen.

»Dann solltet ihr sicherstellen, dass es nicht wieder vorkommt«, blaffte die Dunkelhaarige, während sie mich mit ihren grünen Augen anfunkelte. »Ich verspeise Zuchtschlampen zum Mittagessen.«

In der Nähe brach ein Kampf aus, als ein Noir seinem Nebenmann einen heftigen Fausthieb versetzte. Es war offensichtlich, dass die Männer kurz davor standen, den Verstand zu verlieren, nachdem sie wochenlang nicht an mich herangekommen waren und nun auch noch drei weitere Frauen vor sich sahen.

Die Walküren sahen zu, wie die Männer sich um sie prügelten, und schienen mit belustigtem Interesse zu beobachten, wer am Ende die Oberhand behalten würde. Währenddessen ließ ich den Blick über die Wachtürme schweifen und fragte mich, was die Nora im Schilde führten. Denn ich spürte, dass sie mich beobachteten und auf eine Reaktion warteten.

Sie hatten diese drei Walküren absichtlich hier platziert und uns dann in den Hof gerufen, damit wir uns miteinander bekannt machen konnten.

Diese Mistkerle.

Ich ergriff Sorins Hand und ließ mich von ihm zurück in die Zelle bringen, doch ich konnte den Instinkt nicht unterdrücken, der in mir das Verlangen wachrief, die drei neuen Frauen bis zur Unkenntlichkeit zu verstümmeln.

Die Tatsache, dass Zian und Sorin sie nicht in ihre Schranken gewiesen hatten, verriet mir, dass sie in den drei Walküren ernst zu nehmende Gegner sahen.

Das war mir allerdings völlig egal. Wenn sie mich angreifen wollten, sollten sie es versuchen. Ich hatte schon Schlimmeres erlebt.

Zumindest glaube ich das.

14

SORIN

EINIGE TAGE SPÄTER …

»Es GEFÄLLT MIR NICHT, wie sie sie beäugen«, murmelte ich zu Zian, als er eine weitere Runde Klimmzüge in dem behelfsmäßigen Fitnessraum absolvierte.

Er ließ sich auf die Füße fallen und wischte sich den Schweiß von der Stirn, bevor er die Arme über der nackten Brust verschränkte. »Mir auch nicht.«

Die drei Walküren standen etwas abseits und beobachteten Raven, die gerade eine Runde Eigengewichtsübungen auf der Matte durchlief. Falls sie sich den Blicken der drei Frauen bewusst war, so ließ sie es sich nicht anmerken, sondern konzentrierte sich auf die Übungen, die Zian ihr aufgetragen hatte. »Wenigstens ist sie stärker geworden.«

»Und flinker«, stimmte Zian zu. »Aber diese Frauen haben mindestens dreißig Jahre mehr Erfahrung als sie. Bis auf die mittlere, die ist etwa im gleichen Alter wie Raven.«

»Ja, das ist mir auch aufgefallen. Ich glaube, die beiden anderen sind ihre Mentorinnen.« So wie Zian und ich es für Raven waren.

Manche Frauen entschieden sich dazu, den Weg einer Kriegerin einzuschlagen, wenn sie sich nicht paaren wollten. Je mächtiger sie waren, desto schwieriger war es für eine von Männern dominierte Gesellschaft, sie zu kontrollieren. Darüber hinaus schlossen sie sich in Kolonien zusammen, was ihnen zahlenmäßig Stärke verlieh.

Nur ein Idiot würde versuchen, sie zu ficken. Walküren waren berüchtigt dafür, sich Liebhaber zu nehmen, um ihre eigenen Bedürfnisse zu befriedigen und die Männer danach zu töten. Deshalb neigten sie dazu, sich Krieger als Sexpartner zu suchen, weil sie ihnen sowohl im Bett als auch außerhalb eine Herausforderung boten.

Das war auch der Grund für ihr offensichtliches Interesse an Zian und mir.

Es war jedoch völlig ausgeschlossen, dass wir uns darauf einlassen würden. Oh, wir hatten uns in der Vergangenheit durchaus mit einer Handvoll Walküren vergnügt, denn sie waren wie Tiere im Bett und konnten mehr aushalten als eine durchschnittliche Nora. Die Party danach ließ allerdings zu wünschen übrig.

Zian und ich beobachteten, wie ein weiterer Schwachkopf sein Glück versuchte.

Und scheiterte.

Denn die Walküren paarten sich nur mit den würdigsten Männern.

Ich grinste. »Sie werden es nie lernen.«

»Sie sind verzweifelt«, erwiderte Zian. »Verzweiflung zieht oft Dummheit nach sich.«

»Das ist wahr.« Die Walküren begannen wieder zu trainieren, aber ihre Aufmerksamkeit galt weiterhin Raven. Bei ihrer Ankunft hatte ich geglaubt, dass sie versuchen würden, sie zu rekrutieren, um ihre Gruppe zu vergrößern.

Aber sie hatten Raven von Anfang an nicht gemocht und sie eine *Zuchtschl...*

Eine Faust traf meinen Unterleib und ich sah, dass ein sehr verärgertes Täubchen dafür verantwortlich war. »Ihr könntet mir wenigstens die Gelegenheit geben, mich als würdig zu erweisen, bevor ihr ein besseres Modell in Erwägung zieht«, schnauzte sie mit leiser Stimme, die nur für unsere Ohren bestimmt war.

Ich wechselte verwirrt einen Blick mit Zian, bevor ich wieder in ihre vor Wut funkelnden Augen sah. »Wovon zum Teufel redest du bloß?«

»Ihr begafft ganz offensichtlich das Frischfleisch, als wäre ich gar nicht hier.« Sie stieß ein Knurren aus, das gleichsam hinreißend und animalisch klang. Am liebsten hätte ich sie auf die Matte gedrückt und sie gezwungen, die Worte zu wiederholen, während ich meinen Schwanz tief in ihr vergrub. »Ihr habt noch nicht einmal versucht, mich richtig zu ficken. Vielleicht werde ich euch ja überraschen, wer weiß? Aber das werdet ihr wohl kaum herausfinden, wenn ihr weiterhin die neue Ware begutachtet.«

Zians Augenbrauen schossen in die Höhe. »Wenn wir die neue Ware begutachten?«

Ich verzog die Lippen zu einem Lächeln. »Da ist aber jemand besitzergreifend.«

»Wie könnte ich besitzergreifend sein?«, entgegnete sie mit feurigem Blick. »Ihr gehört mir nicht wirklich, stimmt's? Ich bin nur kompatibel und ihr habt euch ein wenig mit mir vergnügt. Mehr nicht.« Sie machte auf dem Absatz kehrt und wollte davonstapfen, doch ich packte ihre Hüfte und presste ihre Flügel an meine Brust.

Zian stellte sich vor sie und versperrte ihr den Weg. »Mehr nicht?« Ein ungläubiger Unterton schwang in seiner

Stimme mit. »Ich hoffe wirklich, dass du das nicht ernst meinst.«

»Ihr seid doch diejenigen, die hier ein paar Walküren begaffen, statt mich zu ficken«, erwiderte sie und klang dabei wie eine bockige kleine Göre, die daran erinnert werden musste, wo ihr Platz zwischen uns war.

Ich biss ihr in den Nacken, und zwar direkt über ihrer Halsschlagader, die wild pochte. »Mir gefällt die unterschwellige Anschuldigung in deiner Stimme nicht.«

»Das ist keine Anschuldigung«, fauchte sie und zog damit die Aufmerksamkeit der anderen Anwesenden im Hof auf sich.

Zian sah mich an und gab mir mit einem Blick zu verstehen, was wir als Nächstes tun mussten.

Wir konnten dieses Gespräch nicht hier führen, wo wir in Hörweite der Walküren und einem Haufen interessierter Männer waren.

»Zurück in die Zelle«, sagte Zian, wobei der Befehl an Raven gerichtet war.

»Nein. Ich bin noch nicht fertig mit meinen Übungen.«

»Das war keine Bitte«, flüsterte ich und streifte mit meinen Lippen ihr Ohr. »Geh jetzt zurück in die Zelle, Täubchen, oder ich werde dich tragen.«

Sie wurde sichtlich wütend und spannte die Federn an. »Du kannst mich nicht im einen Moment besitzen und im nächsten ersetzen.«

»Doch, das können wir«, entgegnete Zian. »Wir sind keine Gefährten, wie du bereits bemerkt hast.«

»Weil ihr mich nicht ficken wollt«, erwiderte sie, wobei sie mit ihrer lauter werdenden Stimme das Gemurmel der anderen übertönte und wir die Blicke der anderen auf uns zogen.

»Das wird sich gleich ändern«, sagte ich ihr leise und

schob sie vorwärts in Zians wartende Hände. Er schlang besitzergreifend einen Arm um ihr Kreuz und führte sie aus dem Zimmer und den Flur entlang.

Jetzt schwieg sie.

Jetzt gehorchte sie.

Nur weil in meinen Worten ein Verspechen mitschwang.

Ich schüttelte belustigt den Kopf. »Wenn du so sehr von uns gefickt werden willst, dann hättest du es nur sagen müssen, Täubchen«, tadelte ich sie, als wir zu unserer Zelle zurückkehrten und die Tür hinter uns zuwarfen. Sie blieb unverschlossen, da dies im Grunde unsere Freizeit war und wir uns nach Belieben im Fitnessraum bewegen konnten. Allerdings verlangte unser Rabe heute eine andere Form des körperlichen Trainings.

Sie wirbelte herum und fauchte mich an. »Darum geht es hier gar nicht.«

Ich stieß sie mit dem Rücken gegen die Metallstange des Etagenbetts und zog herausfordernd die Augenbrauen in die Höhe. »Doch, genau darum geht es. Und jetzt zieh dich aus, bevor ich dir die Kleider vom Leib reiße.«

»Sorin ...«

»Sofort, Raven«, warf Zian ein und riss sie von der Stange weg, damit er sich hinter sie stellen konnte.

Sie schluckte und verströmte voller Erregung ihren begierigen Zitrusduft, während sich ein Anflug von Angst in ihren Augen widerspiegelte. »Ich h-habe damit n-nicht ...«

Ich packte ihr Neckholder-Top und riss es ihr vom Oberkörper, sodass ihre straffen Brüste und steifen Nippel zum Vorschein kamen. Sie stieß einen Schrei aus und machte sich sofort daran, ihre Jeans aufzuknöpfen.

»Für diese kleine Szene sollten wir dir eigentlich den Hintern versohlen«, murmelte Zian und presste seine Lippen auf ihre nackte Schulter, während er ihr dabei half, die Hose über ihre Hüfte zu schieben. »Du hast praktisch von uns verlangt, dass wir dich in einem Raum voller Zuschauer ficken.«

»Nein, ich ...«

»Doch«, korrigierte ich sie, denn ich hatte keine Lust, mir ihre Ausreden anzuhören. »Deine besitzergreifenden Instinkte nehmen überhand, weil wir dich nicht richtig beansprucht haben. Du gibst uns die Schuld dafür, also werden wir es in Ordnung bringen.«

»Das klingt nach einer guten Lösung.« Zian ließ seine Lippen an ihrer Wirbelsäule zwischen ihren Federn entlanggleiten, während er langsam in die Knie ging, um ihr die Jeans auszuziehen.

Sie zitterte, doch sie wehrte sich nicht.

Denn das war der Sinn ihres kleinen Gefühlsausbruchs gewesen.

Die Anwesenheit der Walküren hatte ihre Reaktion sicher beschleunigt, doch das Bedürfnis lag tief in Ravens Seele vergraben und hatte sie explodieren lassen.

Zian begegnete wieder meinem Blick, als er sich hinter ihr aufrichtete. Unsere wunderschöne Raven stand jetzt völlig nackt zwischen uns. Wir hatten bereits vereinbart, dass ich sie zuerst nehmen würde, da ich im Bett nicht ganz so grob war wie er. Sie glaubte zwar, dass wir im Moment wütend auf sie waren, doch wir waren nicht wirklich verärgert. Wir empfanden ein ebenso starkes Verlangen, sie zu ficken, und wurden von dem Bedürfnis angetrieben, unsere Bindung zu vertiefen.

»Bist du feucht, süßes Vögelchen?«, fragte Zian und griff mit einer Hand zwischen ihre Schenkel. Sie schluckte und ihre Wangen nahmen den tiefen Rotton an, den ich so gern an ihr sah. Die Röte breitete sich bis auf ihre Brust, während ihre Brustwarzen sich noch mehr erhärteten.

Ich beugte mich vor, um einen ihrer Nippel mit meinem Mund zu umschließen, und entlockte ihrer Kehle ein Stöhnen, während Zian gleichzeitig mit seinen Fingern in sie eindrang.

»Oh, sie ist bereit«, murmelte er in beifälligem Tonfall. »Kein Wunder, dass sie so eine Szene gemacht hat. Sie trieft förmlich, Sorin.«

»Mm«, brummte ich an ihrer Brust und umkreiste mit der Zunge ihre steife Brustwarze, bevor ich auf die andere Seite wechselte. Sie fuhr mit ihren Fingern durch mein Haar und hieß uns mit ihrer Körpersprache willkommen, während sie jedoch weiterhin schwieg. »Willst du, dass wir dich ficken, Raven? Sollen wir dich richtig in Besitz nehmen?«

»Oder hoffst du, dass wir dich durch eine Walküre ersetzen?«, spottete Zian mit einem grausamen Unterton in der Stimme.

Seine Worte entfachten von Neuem ihre Wut und sie wirbelte herum, um ihm einen finsteren Blick zuzuwerfen. »Wagt es nicht.«

Er lächelte. »Dann sag uns, dass wir dich ficken sollen, süßes Vögelchen. Sag uns, dass wir dich nehmen und ausfüllen sollen. Denn wir beide wissen, dass es genau darum geht, Baby. Du willst uns in dir spüren.«

»Gib es zu und wir werden dir alles und noch mehr geben.« Ich ließ meine Zähne über ihr Brustbein und ihren flachen Bauch bis hinunter zu ihren Löckchen gleiten. »Es sei denn, du willst nur meine Zunge spüren.« Zian zog seine Finger aus ihr heraus und erlaubte mir, sie tief über ihre feuchte Spalte bis zu ihrer pulsierenden Klitoris zu lecken. Sie erschauderte und festigte den Griff um mein Haar.

»Oh«, stöhnte sie und ließ den Kopf zurück auf Zians Schulter fallen.

»Das ist ein herrlicher Laut, aber nicht das, was wir hören wollten«, sagte er und ließ seine Hände an ihren Hintern wandern, um eine Stelle zu berühren, die wir noch nicht erkundet hatten. »Vielleicht sollten wir stattdessen einfach deinen Arsch ficken.« Sie zuckte zusammen, was mir verriet, dass er gerade mit mindestens einem Finger in sie eingedrungen war. »Oder vielleicht ficke ich dich von hinten, während Sorin deine Muschi nimmt. Somit könnten wir dich gleich zweifach entjungfern und beweisen, dass du uns gewachsen bist. Willst du das, süßes Vögelchen?«

Sie stöhnte auf und bekam eine Gänsehaut. »Ja«, flüsterte sie. »Ja.«

»Was genau willst du?«, fragte er und schlang einen Arm um ihre Taille, während er sie mit seiner anderen Hand auf gekonnte Art bereit machte.

Ich leckte sie weiter, wobei Zian ihren engen Unterleib durch seine Berührung bereits gedehnt hatte. Es würde zwar immer noch wehtun, da ihr zierlicher Körper noch nicht mit der männlichen Anatomie vertraut war, aber ich würde behutsam vorgehen. Ich würde sie dazu bringen, um meinen Schaft herum zu kommen, und sie dann so lange ficken, bis sie mich anflehte aufzuhören.

Es war schon viel zu lange her, seit ich das letzte Mal in eine enge, feuchte Spalte eingedrungen war.

Ich hatte vor, diese Erfahrung so lange wie möglich in die Länge zu ziehen.

»Raven«, sagte Zian mit warnendem Unterton. »Sag uns, was du willst, und zwar ganz genau.« Sie zuckte erneut zusammen. Ich konnte nicht sehen, was er mit ihr anstellte, aber wahrscheinlich war er gerade mit einem weiteren Finger in sie eingedrungen. »Ich glaube nämlich nicht, dass du bereit bist, uns beide gleichzeitig in dich aufzunehmen. Ich denke, du bist dem wunderbaren Erlebnis noch nicht gewachsen, in beide Löcher gleichzeitig gefickt zu werden. Noch nicht.«

Sie bebte und öffnete den Mund, als ich mit der Zunge noch einmal ihre Klitoris umkreiste. »Ich will es«, stöhnte sie. »Ich will euch beide. Bitte.«

»Mehr«, ermutigte Zian. »Sag uns genau, was du willst, süßes Vögelchen. Ich will jedes Detail hören.«

Ihre Schenkel begannen zu zittern, als ihre Erregung ins Unermessliche stieg. Ich erwog, sie über den Abgrund der Ekstase zu stoßen, doch stattdessen zog ich den Kopf zurück und pustete auf ihre empfindsame Spalte. »Du hast ihn gehört, Baby. Sag es uns, oder ich lasse dich mit meiner Zunge kommen, bevor Zian und ich uns miteinander vergnügen.«

Ein leiser Fluch entfuhr ihren Lippen und brachte mich zum Lachen.

Sie hasste dieses Spielchen.

Doch es war notwendig.

Wir baten sie nicht nur, unsere Schwänze in sich aufzunehmen, sondern auch ein Band mit uns einzugehen. Denn wir alle waren überaus kompatibel und wussten, dass während der Paarung eine Bindung zustande kommen würde. Und sobald sie vollzogen wäre, gäbe es für keinen von uns ein Zurück.

Zian und ich hatten bereits beschlossen, uns darauf einzulassen. Die Gelegenheit war viel zu selten, um sie abzulehnen, und Raven brauchte unseren Schutz. Außerdem konnten wir uns nicht vor dem unerklärlichen Bedürfnis verschließen, unser Band zu vervollständigen und unsere Seelen miteinander zu vereinen.

Novak würde wahrscheinlich missbilligend den Kopf schütteln und uns sagen, dass wir eine voreilige Bindung eingingen.

Vielleicht war es so, doch das mussten wir entscheiden.

Darüber hinaus sprachen unsere Seelen in solchen Situationen häufig für uns, denn das Schicksal wollte sicherstellen, dass die himmlische Rasse nicht ausstarb.

»Ich ...« Raven hielt inne und leckte sich über die Lippen. »Ich will euch beide in mir spüren. Ich bin bereit.«

»Wo willst du uns spüren?«, drängte Zian.

»In meiner Seele«, flüsterte sie.

Es war die richtige Antwort.

Es war nicht wichtig, wer von uns sie von vorn oder von hinten nahm, doch wir mussten wissen, dass sie unseren Besitzanspruch guthieß und die Bindung mit uns eingehen wollte.

»Dann wirst du genau das tun, was ich sage«, antwortete Zian und presste einen Kuss auf ihren Nacken. »Verstanden?«

Sie nickte. »Ja.«

»Gut. Dann zieh Sorin die ...«

Auf dem Flur ertönte ein Knall, der das Bett neben uns zum Beben brachte und unsere Tür aufsprengte.

Ich stand auf und wirbelte herum, wobei ich schützend die Flügel ausbreitete.

Im nächsten Moment stand mir vor Staunen der Mund offen.

»Ist das ein Weg nach draußen?«, fragte ich, als ich das riesige Loch in der Wand sah.

Einige Engel flogen bereits hindurch, da sie nur noch die Flucht im Sinn hatten. Ich konnte mir jedoch nicht vorstellen, dass es so einfach war. Außerdem würde ich diese Anstalt niemals ohne Novak verlassen.

Raven schob sich an mir vorbei und beobachtete mit einem Ausdruck der Verwunderung, wie sich ein Noir hinter dem Loch gerade in die Luft schwang.

Ich wechselte einen Blick mit Zian und die Erkenntnis traf uns beide gleichzeitig.

Der Augenblick der Entscheidung war gekommen.

Allerdings war unsere Entscheidung in dem Moment getroffen worden, in dem Novak in Einzelhaft gesteckt worden war. Wir waren Brüder. »Ich werde ihn nicht hier zurücklassen«, sagte Zian.

»Ich weiß«, erwiderte ich.

Das bedeutete, dass Raven ihre eigene Entscheidung treffen musste.

Entweder blieb sie bei uns oder sie ergriff mit den anderen die Flucht.

15

RAVEN

FLUCHT.

Das Wort schwirrte in meinem Kopf umher wie ein Juwel, das ich nicht recht greifen konnte.

Ich beobachtete, wie sich ein Noir nach dem anderen durch das frische Loch in der Wand neben unserer Tür stürzte und in den trüben Sonnenuntergang flog.

Es kann doch nicht so einfach sein, oder doch?

Ich breitete die Flügel aus und eilte durch die offene Zellentür. Das Überleben stand an erster Stelle und plötzlich keimte eine neue Hoffnung in mir auf, die mich vorwärtstrieb.

Aber irgendetwas stimmte nicht.

Ich kann nicht einfach gehen.

Ich verspürte einen Stich im Herzen und hielt inne. Ich ließ einen Flügel sinken und warf einen Blick über meine Schulter, um zu sehen, wie Zian und Sorin mich beobachteten. An ihrer Körperhaltung konnte ich erkennen, dass sie nicht vorhatten, irgendwohin zu gehen. Sie hatten die Hände zu Fäusten geballt und den Kiefer angespannt, während sie mich mit einem Ausdruck der Resignation betrachteten.

Warum?

»Wir können Novak nicht zurücklassen«, erklärte Zian. Er stand neben Sorin im Inneren der Zelle und warf einen Blick auf die Öffnung. Die Noir kämpften gegeneinander, um sich hindurchzuzwängen. »Du bist schnell genug, süßes Vögelchen. Du kannst hindurchschlüpfen, bevor der Rest der Insassen bemerkt, dass es einen Weg nach draußen gibt.«

Ich schluckte einen Kloß in meinem Hals hinunter. Eben noch waren wir alle bereit, uns für die Ewigkeit aneinander zu binden, und jetzt wollte er, dass ich verschwand?

»Ohne euch gehe ich nirgendwo hin«, sagte ich, stellte mich neben sie und legte meine Hände auf ihre. Ich brauchte eine körperliche Verbindung, um mir zu versichern, dass das, was wir hatten, real war und ich es mir nicht nur eingebildet hatte. »Ich habe es ernst gemeint, als ich sagte, dass ich euch in meiner Seele spüren will.« Ich blickte zwischen Zian und Sorin hin und her. »Wenn ihr hierbleibt, dann werde ich auch bleiben.«

Sorin legte seine Hand an mein Kinn und beugte sich vor, um mich zu küssen. »Du solltest gehen, Täubchen.« In seinen saphirblauen Augen schimmerte ein schmerzhafter Ausdruck, der ein Gefühl des Verlustes widerspiegelte. »Du hast jetzt eine Wahl, und ich werde dich nicht daran hindern, die richtige Entscheidung zu treffen.«

Es dauerte einen Moment, bis ich begriff, was er meinte.

Doch dann verstand ich.

Er dachte, es wäre die richtige Entscheidung, zu gehen. *Du hast jetzt eine Wahl.* Das bedeutete, dass ich vorher keine gehabt hatte, weil wir alle zusammen in einer Zelle festgesessen hatten, während unsere Hormone uns gegenseitig Streiche gespielt hatten. Nun, möglicherweise hatte alles auf diese Weise begonnen, doch so musste es nicht enden.

»Nein«, blaffte ich und packte seinen Bizeps, um mich an ihm hochzuziehen und meinen Mund auf den seinen zu pressen. Ich biss ihm strafend in die Unterlippe, was mir ein leises Lachen von meinem tätowierten Noir einbrachte. »Ich hatte immer eine Wahl.« Selbst wenn die andere meinen Tod bedeutet hätte, wäre es immer noch meine Wahl gewesen.

»Du warst mit uns in einer Zelle gefangen«, entgegnete Zian mit sanfter Stimme. »Eine Anstalt voller Männer wollte dich in Stücke reißen und dich bei lebendigem Leib verschlingen. Wir hätten das Gleiche tun können, aber wir haben uns entschieden, dich zu beschützen. Du hattest überhaupt keine Wahl.«

»Das nennt man Schicksal«, erwiderte ich und hätte ihm am liebsten eine Ohrfeige verpasst. Ich hatte nie an das Schicksal geglaubt, bis ich mit Sorin und Zian der Sünde verfallen war. »Es ist mir egal, ob draußen ein Luftschiff mit einem großen Schild auf mich wartet, auf dem FREIHEIT steht. Wenn ihr bleibt, dann bleibe ich auch, denn ihr seid meine *auserwählten* Gefährten.«

Jetzt hatte ich es den beiden und mir selbst gegenüber laut zugegeben. Es war mehr als nur eine einfache Gegebenheit.

Es war real.

Sie entspannten sich beide und die Erleichterung stand ihnen ins Gesicht geschrieben. Zian schlang einen Arm um meine Taille und presste seine Lippen auf meine, um mich mit seiner Zunge auf ungewohnt zärtliche Weise zu liebkosen.

Als er den Kopf wieder zurückzog, ließ er einen beifälligen Blick über meinen Körper gleiten und lächelte. »Du gefällst mir nackt zwar am besten, aber vielleicht wäre es eine gute Idee, wenn du dir etwas anziehst, bis wir herausgefunden haben, was los ist.«

Richtig. Gute Idee. Ich errötete, zog mir eine Jeans an und fand einen Weg, mein Oberteil wieder um den Hals zu binden. Gerade als ich fertig war, erschütterte eine weitere Explosion das Gebäude und ein markerschütterndes Kreischen ließ mir die Federn zu Berge stehen.

Ich blickte auf und sah, dass das Loch noch weiter aufgesprengt worden war. Wie sich herausstellte, führte der Weg nicht in die Freiheit, sondern direkt in die Hölle.

Federn und Knochen fielen aus dem Maul einer riesigen Kreatur, die mich an einen Wolf erinnerte. An seinem blutverschmierten Fell züngelten Flammen, welche das Biest als übernatürliches Wesen auszeichneten, wie ich es noch nie zuvor gesehen hatte.

»Ein Leichenfresser«, sagte Zian mit Ehrfurcht in der Stimme. Dann sah er mich mit großen Augen an und ich konnte an seinem Blick erkennen, was ihm durch den Kopf ging.

Hätte ich mich nicht entschieden, bei ihnen zu bleiben, wäre ich zu Hundefutter geworden.

»Raven!«, rief Sorin, als er mich am Arm zurückriss und mich vor einem herabfallenden Felsbrocken rettete, der mich andernfalls zu einem rabenförmigen Pfannkuchen zerquetscht hätte. Ich schrie auf, als weitere Trümmer herabregneten und winzige Steine auf meine Schultern und Flügel prasselten.

Um uns herum stürzten Teile des Gebäudes in sich

zusammen, als das Chaos ausbrach und der Leichenfresser sich auf einen Noir stürzte, der dumm genug gewesen war, ihn umgehen und fliehen zu wollen. Eine Vielzahl kleinerer Kreaturen strömte in den Trakt und hinterließ einen Pfad aus Tod und Zerstörung. Die Noir rannten planlos auf die Angreifer zu, während sie gedankenlos versuchten, in die vermeintliche Freiheit zu fliegen.

Idioten.

»Es ist ein Massengemetzel«, zischte ich. »Sie merzen den ganzen verdammten Zellenblock aus!«

Ich nahm ein panisches Gefühl wahr und drehte mich um. Ich entdeckte Mousey Mouse, der gerade seine Schnauze aus der Zellenwand streckte.

»Was ist los, Mousey Mouse?«, fragte ich. »Hast du einen sicheren Ort gefunden?«

Gut, denn wir brauchten einen. Die Monster drangen in unsere Zelle ein und zwangen uns hinaus in den Korridor, damit wir uns besser verteidigen konnten und nicht in die Enge getrieben wurden. Nur wenige Augenblicke, nachdem wir uns nach draußen gekämpft hatten, stürzte das gesamte Segment ein und ließ unsere zerfledderten Matratzen zu Asche zerfallen.

Ich wäre fast gestorben – *schon wieder.*

Zian stieß einen Fluch aus, als er einer kleineren Kreatur auswich, die eine Spur tiefschwarzer Tinte auf dem Boden hinterließ. Er sprang einem weiteren Monster aus dem Weg, das daraufhin gegen einen anderen Insassen prallte. Es vergrub seine bösartigen kleinen Zähne in dem Flügel des armen Noir, der einen Schmerzensschrei ausstieß, als die Kreatur zubiss und ein knirschendes Geräusch verursachte.

»Wir müssen uns in Richtung Wölfchen bewegen«, sagte

ich und zeigte auf die riesige Kreatur, die an einem kopflosen Körper nagte.

»Wölfchen?«, wiederholte Zian ungläubig. »Wir stehen einem legendären tödlichen Leichenfresser gegenüber und du nennst ihn *Wölfchen*?«

Eines der Tintenmonster stürzte sich auf Sorin. Statt ihm auszuweichen, verpasste er ihm einen Fausthieb direkt zwischen die Augen, woraufhin das Ding mit einem würdelosen Plumps zu Boden fiel. Sorin schnupperte daran und zog angewidert die Oberlippe in die Höhe. »Warum willst du, dass wir dem Tod *entgegenlaufen*, Täubchen?«

Selbst mit meiner geschärften Sehkraft hätte ich ihn nicht erkannt, doch jetzt, da ich wusste, wonach ich suchte, entdeckte ich den Tunnel, den die Zerstörung freigelegt hatte. Er würde viel leichter zu verteidigen sein, als unsere weit geöffnete Zelle es gewesen war. Ich zeigte darauf. »Da hinten ist ein sicherer Ort, an dem wir uns verstecken können.«

Immer mehr Kreaturen strömten in das Gefängnis, und das wolfsähnliche Ding, das Zian einen Leichenfresser genannt hatte, sah aus, als hätte es seinen Snack fast verspeist. Mit seinem massiven Kiefer zermalmte er einen Flügel, dessen schwarze Federn sich in seinen Zähnen verfangen hatten.

»Wir sollten versuchen, uns an ihm vorbeizuschieben, solange er, äh, beschäftigt ist.« Ein Schauer lief mir über den Rücken. Ich wagte es nicht, im Geiste mit diesem *Ding* zu kommunizieren.

Sorin schätzte die Situation ein und sah das Gleiche wie wir alle: Es herrschte totales Chaos und wir würden den sicheren Tod finden, wenn wir nicht bald ein Versteck fanden.

In den anderen Zellen konnten wir uns nicht

verkriechen, denn die Tintenmonster stürzten hinein und verschlangen die eingeschlossenen Insassen, deren Schreie die Luft erfüllten.

Ich entdeckte die Walküren, die sich ihren Weg durch das Gemetzel bahnten. Ihre Augen funkelten wild und ich konnte sehen, dass sie einen Höllenspaß hatten. Vor so viel Verwegenheit musste ich den Hut ziehen. Verrückte Schlampen.

Zian packte mich am Arm. »Geh voraus.«

Voller Stolz plusterte ich meine Federn auf. Es war ein gutes Gefühl, mich nützlich machen zu können und gebraucht zu werden.

Ich breitete meine Flügel aus und stürzte mich auf die Öffnung des Tunnels, wobei ich sowohl weiteren Kreaturen als auch den Noir auswich, die panisch umherrannten und nicht wussten, wohin sie sich wenden sollten.

Ich zog die Nase kraus, als wir uns dem Leichenfresser näherten und mir der verbrannte, räudige Hundegeruch in die Nase stieg. Er war immer noch mit Kauen beschäftigt und hielt einen Teil seiner Mahlzeit mit einer riesigen Pfote am Boden fest, während er den anderen Flügel abriss. Offenbar schmeckten ihm die Federn nicht, denn er spuckte den Flügel wieder aus.

Er richtete seine wilden orangefarbenen Augen auf mich und stieß ein Knurren aus, als ich an ihm vorbeieilte.

Scheiße.

»Beeilt euch!«, rief ich und sprang in den Tunnel. Drinnen stellte ich fest, dass der enge Korridor in einen großen Raum voller Holzkisten führte. Ich nahm an, dass es sich um eine Art Lagerraum handelte, aus dem es jedoch keinen Ausweg gab.

Ich drehte mich um und entdeckte Zian, der sich einen Weg durch den Tunnel bahnte. Sorin stand jedoch immer noch auf der anderen Seite des Leichenfressers. Das Herz schlug mir bis zum Hals, als die wolfsähnliche Kreatur beschloss, dass sie ihrer Mahlzeit überdrüssig war, und stattdessen meinen tätowierten Engel anknurrte.

»Sorin!«, rief ich. Ich spannte die Federn an und machte mich bereit, wieder hinauszustürmen. Ich wäre zwar keine große Hilfe gegen einen übernatürlichen Wolf, aus dessen Fell Flammen züngelten, aber ich konnte ihn nicht sich selbst überlassen!

Im nächsten Moment wurde ich von einem grellen Lichtblitz geblendet, und ich schirmte meine Augen ab, als der Leichenfresser einen Schmerzensschrei ausstieß. Als ich meine Augen wieder öffnete und die schwarzen Punkte sich langsam auflösten, erblickte ich Sorin, der gerade zu uns in den Tunnel eilte. Draußen stand eine Reihe Wärter und ließ Kugeln und Granaten auf die Kreaturen niederprasseln.

Warum helfen sie uns?

»Jemand soll die Überlebenden zählen«, rief eine Stimme und ich erblickte einen großen Mann, dem das verbrannte Ende einer Zigarette aus dem Mund hing. Er spuckte sie aus und kramte in seinem Trenchcoat nach einer neuen. »Und räumen Sie diesen Mist auf!« Als niemand reagierte, verpasste er einem der Wärter einen Fausthieb ins Gesicht, sodass dieser zu Boden sackte. »Sofort! Ihr nutzlosen Hurensöhne!«

»Ja, Sir, Direktor, Sir!«, riefen mehrere Stimmen.

»Dafür werde ich diese verdammte Schlampe Brina umbringen«, murmelte der Aufseher und schüttelte den Kopf.

Sorin erstarrte, als er den Namen seiner Peinigerin hörte. Er hatte noch immer nicht darüber gesprochen und wir hatten nicht danach gefragt, aber ich hatte seine Flügel geheilt. Ich wusste, dass er unglaubliche Schmerzen hatte erleiden müssen. Ich griff nach Sorins Hand, um ihn aus seiner Starre zu reißen. »Geht es dir gut?«

Er schenkte mir eines seiner verführerischen Lächeln, doch das Licht war noch immer nicht in seine Augen zurückgekehrt. »Mach dir keine Sorgen um mich, Täubchen.« Er führte meine Finger an seine Lippen. »Sieht aus, als hättest du uns das Leben gerettet. Wir sind dir etwas schuldig, und du weißt, dass ich nicht gern in der Schuld eines anderen stehe.« Er zwinkerte mir zu und ich spürte, wie sich Hitze zwischen meinen Schenkeln ausbreitete.

Die Wärter der Nora liefen mit seltsamen summenden Geräten durch den Korridor und machten den Kreaturen den Garaus, die auf den Gefängnistrakt losgelassen worden waren. Wir verharrten in dem dunklen Lagerraum, bis wir schließlich dort entdeckt wurden.

»Drei sind hier!«, rief ein flügelloser Wärter, während er einen Granatwerfer auf uns richtete. »Kommt raus oder ihr landet auf der Liste der Toten.«

Da wir keine andere Wahl hatten, krochen wir hinaus und wurden sofort festgenommen. Ich riss die Augen auf, als ich sah, dass der Leichenfresser immer noch hier war, während er von drei Nora und zwei flügellosen Wärtern festgehalten wurde. Sie hatten das Biest mit einem elektrisch geladenen Seil so gut sie konnten fixiert, wobei die Engel in der Luft flogen und dem riesigen, schnappenden Maul des Wolfes mit Saltos und Drehungen auswichen, während die anderen Wärter auf dem Boden verharrten und halfen, Dinge in den Beton zu nageln.

Einer der flügellosen Wärter kam der Kreatur zu nahe und sie trennte seinen Kopf mit einem einzigen knirschenden Biss von seinem Körper.

Dabei wurde der Direktor mit Blut besprizt, doch dieser zuckte nicht einmal mit der Wimper. Er zündete sich einfach eine Zigarette an und sah zu, wie die übrigen Wachen versuchten, das Tier zu bändigen. Wenn seine Zigarette nicht so gezittert hätte, hätte er einen völlig gelassenen Eindruck gemacht.

Mit den Seilen an den Boden gefesselt heulte der Wolf auf und ergab sich schließlich, wobei er seine blutige Schnauze auf seine riesige Pfote stützte.

Ein keuchender Nora, der mit Dreck und Blut besudelt war, kam auf den Direktor zu. Er hatte seine gewaltigen Flügel bedrohlich ausgebreitet. »Das Ding ist *Ihr* Haustier! Sie haben sich nicht gerade ins Zeug gelegt, um es zu bändigen!«

Der Direktor zuckte mit den Schultern und nahm einen langen Zug von seiner Zigarette. »Danke für deine Dienste, Nora, aber du solltest nicht vergessen, wo dein Platz ist.«

Wer ist dieser Kerl?

Der Wärter schäumte vor Wut und stieß dem Direktor einen Finger in die Brust, wobei die Augen des größeren Mannes bedrohlich funkelten. »Der Reformator wird davon erfahren!«

Bei den Worten spannte der Direktor die Kiefermuskeln an. »Geh mir verdammt noch mal aus den Augen.«

Den Rest hörte ich nicht mehr, denn eine Gruppe von Nora lenkte uns in Richtung des Trümmerhaufens. Sie stellten schweigend zwei Masten auf, zwischen denen ein Band aus elektrischer Energie aufblitzte. Dann riefen die Nora Befehle und begannen, die Überlebenden hindurchzuschleusen.

»Es ist ein Portal«, sagte Sorin leise, während wir mit den anderen vorwärtsgeschoben wurden.

Zians Flügel berührte die meinen und er lehnte sich schützend an mich. »Glaubst du, sie verlegen uns?«

Sorin nickte.

Dieses Massaker war also nicht beabsichtigt gewesen, nicht wirklich.

Wohin auch immer sie uns brachten, ich hatte das Gefühl, dass die Dinge noch viel schlimmer werden würden, als sie es ohnehin schon waren.

16

ZIAN

SIE IST BEI UNS GEBLIEBEN.

Diese Worte gingen mir immer wieder durch den Kopf, als wir durch die verschiedenen Trakte der Anstalt der Albträume geführt wurden.

Laut des Direktors war unser Zellenblock nicht mehr bewohnbar. Er hatte eine Handvoll Nora damit beauftragt, uns in unsere neue Unterkunft zu bringen.

Und somit durchliefen wir ein Portal nach dem anderen auf der Suche nach einem verbesserten Noir Reformatorium.

Was immer das zu bedeuten hatte.

Der Direktor hatte gekocht vor Wut, als er unseren letzten Aufenthaltsort in Schutt und Asche vorgefunden hatte. Die meisten Noir darin waren dank dieser wütenden Bestie getötet worden. Wenn Mousey Mouse nicht ein Versteck für uns gefunden hätte ...

Ich erschauderte und weigerte mich, darüber nachzudenken, was hätte passieren können. Stattdessen erinnerte ich mich an die entsetzte Miene des Direktors, als er sein wahnsinniges Haustier in die Schranken gewiesen hatte.

Und an die Erwähnung des *Reformators*.

Ich würde Sorin davon erzählen, sobald wir wieder allein waren.

Nachdem ich ihn und Raven fast zu Tode geküsst hatte.

Wir hatten überlebt.

Gemeinsam.

Weil sie bei uns geblieben ist. Sie hätte zwar nicht wirklich fliehen können, doch sie hatte es nicht einmal versucht, denn sie war uns gegenüber loyal.

Ich wollte etwas sagen, ihr danken, sie beanspruchen. Ich wollte sie gegen eine Wand drücken und küssen.

Doch ich ging schweigend hinter ihr her, um ihre kostbaren Federn zu schützen, denn in jedem Trakt herrschte ein anderes Klima, während sich die Umgebung mit jedem Mal veränderte. Es bewies, dass dieser Ort ein verdammtes Labyrinth von albtraumhaften Ausmaßen war.

Wir traten durch ein weiteres Portal.

Und gingen einen feuchten, mit grünem Moos bewachsenen Korridor entlang.

In einen Kerker, von dessen Wänden Ketten herabhingen.

Und durch ein weiteres Portal, das uns in einen Hof führte, der mit verkohlten, felsigen Steinen übersät war. Der mitternächtliche Himmel glitzerte voller Sterne und vermittelte uns ein vermeintliches Gefühl von Freiheit. Wir alle wussten jedoch, dass es keinen Sinn hatte aufzufliegen.

Hinter dem Hof befand sich ein weiterer Korridor, der mit Türen versehen war.

Die Walküren führten mit einer Handvoll Nora den Weg an. Zwei weitere Wärter bildeten das Schlusslicht hinter mir.

Dazwischen marschierte eine Reihe von etwa zwanzig Noir.

Wir alle schwiegen. Wir waren erschöpft und hatten genug von diesen schrecklichen Spielchen.

Aber irgendetwas sagte mir, dass der Spaß gerade erst begann. All diese neuen Bereiche waren voller Rätsel und Schrecken, die nur darauf warteten, mit uns zu spielen.

»Rein mit euch«, sagte ein Wärter der Nora und schob die drei Walküren zusammen in eine Zelle. Sie fauchten ihn an, weil er es gewagt hatte, sie ohne Erlaubnis anzufassen, doch er grunzte nur. »Ganz ruhig. Wenn ich es auf eine Muschi abgesehen hätte, würde ich lieber die hübsche Frau da hinten nehmen.«

Ravens Federn zuckten und verrieten mir, dass sie ihn gehört hatte.

Wenn du es wagst, dachte ich an den Wärter gerichtet, *wirst du es verdammt noch mal bereuen.*

Glücklicherweise gab er keinen weiteren Kommentar von sich und führte uns lediglich in unser neues Quartier.

Es bestand nur aus drei Wänden.

Die vierte war offen und bot einen Blick auf eine von Wasser umgebene Klippe. Ich runzelte die Stirn und war mir sicher, dass meine Augen mir einen Streich spielten.

»Statische Elektrizität«, sagte Raven, die dank ihrer verbesserten Sehkraft imstande war, etwas wahrzunehmen, das unseren Blicken verwehrt blieb. »Die Barrieren, die sich über die Länge der Wand erstrecken, werden uns bei lebendigem Leib braten, falls ...«

Ein schriller Schrei ertönte aus einer anderen Zelle in dem Moment, in dem unsere Tür zugeschlagen wurde.

Irgendein Idiot hatte versucht, durch die Öffnung zu entkommen.

Ich seufzte und machte mir nicht die Mühe, etwas dazu

zu sagen. Ich betrachtete die Matratze, die achtlos auf den Boden geworfen worden war. In einer Ecke befanden sich ein Waschbecken, eine Toilette und eine Dusche. Der Rest unserer neuen Behausung war bis auf eine Handvoll Decken und Kissen ziemlich kahl.

»Jemand hat es mit dem Einrichten aber eilig gehabt«, murmelte Sorin mit spürbarer Belustigung.

Ich sah mir die Wände und die Decke genauer an und stellte fest, dass nirgendwo Überwachungskameras angebracht waren. »Übersehe ich etwa das Offensichtliche?«, fragte ich und begegnete seinem Blick.

Er verstand, was ich meinte, und hob die Matratze an, um den Boden zu überprüfen. Dann sah er sich im Badezimmer um und grunzte. »Nichts. Ich schätze, ich hatte recht damit, dass sie diesen Bereich in Eile vorbereitet haben.«

»Was ist mir entgangen?«, fragte Raven und runzelte die Stirn. »Ich meine, abgesehen von den kargen Lebensbedingungen.«

»Keine Kameras«, erklärte ich.

Sie zog die Augenbrauen in die Höhe, als sie den Blick durch den Raum schweifen ließ. »Und eine solide Tür ohne Gitter.«

Ich nickte. »Keiner kann uns sehen.«

»Privatsphäre«, sinnierte Sorin. »Das ist neu. Was sollen wir nur damit anfangen?«

Ich wusste genau, was ich tun wollte. Raven stieß einen überraschten Schrei aus, als ich ihr dichtes Haar packte, ihren Kopf nach hinten zog und ihr einen leidenschaftlichen Kuss gab, mit dem ich meinen Anspruch geltend machen wollte.

Sie ist bei uns geblieben.

Sie ist verdammt noch mal geblieben.

Ihre Entscheidung hatte etwas in meinem Inneren bewegt. Sie hatte eine animalische Energie freigesetzt, die beherrschen wollte. Sie sehnte sich nach Vollendung.

Mein süßes Vögelchen stöhnte auf, als sich ihr Körper dem meinen in völliger Unterwerfung hingab. Sie wusste, dass dies der Moment war, in dem sich unsere Seelen vereinigen würden. Ich musste die Worte nicht mehr aus ihrem Mund hören, um zu wissen, was sie wollte, denn sie hatte es uns mit ihren Taten bewiesen.

Ihre Zunge vollführte einen Tanz mit der meinen und ich konnte ihre steifen Brustwarzen durch ihr dünnes Oberteil sehen, das ich im nächsten Moment mit einer geschickten Bewegung aufzog. Sie zitterte und schmiegte ihren schönen Körper an meinen, als ich da weitermachte, wo wir vor der Explosion aufgehört hatten.

Es spielte keine Rolle, dass wir erschöpft waren.

Ich wollte sie.

Ich musste es zu Ende bringen.

Und ich konnte fühlen, dass Sorin es auch wollte.

Scheiß auf die Zeit.

Scheiß auf alles.

Dies war unser Moment, und wir würden ihn nutzen, solange wir konnten.

Er stellte sich hinter sie und zog ihr die Hose aus, wobei er auf die Knie sank, um sie vorzubereiten. Ihr erstes Mal würde schmerzhaft sein, doch es wäre ein wunderbarer Schmerz. Wir würden sie lecken, streicheln und liebkosen, um sie zu verwöhnen und ihr zu zeigen, worum es beim Ficken wirklich ging.

»Zieh mir die Hose aus, süßes Vögelchen«, befahl ich ihr und ließ meine Zähne über ihre Unterlippe gleiten. Dann führte ich meine Lippen an ihr Ohr. »Sofort.«

Sie gehorchte und ihre Hände zitterten erwartungsvoll,

als sie den Reißverschluss öffnete und den Stoff über meine Oberschenkel schob. Sie umschloss meinen Schwanz mit einer Hand, streichelte ihn und ließ ihn noch härter werden. Dann stieß sie ein Wimmern aus, als Sorin sich mit seiner Zunge zwischen ihren Schenkeln zu schaffen machte. Ich kannte ihn gut und wusste, dass er sie darauf vorbereitete, von uns beiden gefickt zu werden. Er wollte, dass ich sie von hinten nahm, während er ihre enge Spalte fickte.

»Du wirst so voll sein, Baby«, flüsterte ich ihr ins Ohr. »Du wirst uns nicht entkommen können. Mit jeder Bewegung deiner Hüften werden wir nur noch tiefer in dich eindringen und dich ganz und gar in Besitz nehmen. Wir werden dich ficken und dich zu der Unseren machen.«

»Ja«, zischte sie und drückte ihren Rücken durch, um ihre Brüste an meinen nackten Oberkörper zu pressen.

Wir brauchten kein Vorspiel.

Wir hatten uns vorhin schon vorbereitet und nachdem wir überlebt hatten, schoss zudem eine Menge Adrenalin durch unsere Adern.

Wir *brauchten* das hier.

Ich zog meine Hose aus und presste meine Lippen wieder auf ihren Mund. Ich fickte ihn mit der gleichen Leidenschaft, mit der ich auch ihren Körper nehmen würde. Es würde nicht sanft, sondern animalisch sein. An der Art, wie sie meine Schultern umklammerte und ihre Fingernägel in meine Haut grub, erkannte ich, dass sie dem standhalten konnte. Sie sehnte sich genauso sehr danach wie wir.

Dann begann sie zu schnurren und bestätigte mir, was mein Instinkt mir bereits verraten hatte.

Der Laut war für ihre Gefährten bestimmt.

Sie rief uns damit an, sie zu ficken.

Und ich hatte vor, ihrem Ruf nachzukommen.

»Sie ist bereit«, sagte Sorin nach einer gefühlten Ewigkeit, wobei wahrscheinlich nur ein paar Minuten vergangen waren. Seine Lippen glitzerten vom Saft ihrer Erregung, als er sich wieder hinter ihr erhob. Er hatte seine Hose ausgezogen und stieß mit seinem harten Schwanz gegen ihre Hüfte, als er sich vor sie stellte. Er presste seinen Mund auf den ihren und gestattete ihr, sich selbst auf seinen Lippen zu schmecken.

Ich beobachtete die beiden mit einem Anflug von Neid, denn ein Teil von mir wäre am liebsten selbst auf die Knie gegangen, um in den Genuss des Zitrusgeschmacks zu kommen, den Raven verströmte.

Aber mein Bedürfnis, in ihr zu sein, gewann die Oberhand.

»Setz dich auf die Matratze, Sorin«, verlangte ich, während ich mit der Hand über meine Eichel strich. Mein Saft sickerte bereits aus dem Schlitz und bestätigte, dass ich bereit war. Ich führte ihn zu Ravens Mund und lächelte, als sie ihn mit einem beifälligen Summen sauber leckte.

Dann packte ich sie im Nacken und küsste sie wieder. Ich genoss ihren Geschmack, der sich mit Sorins Kuss und meinem Samen vermischte. Mein Schwanz pulsierte, woraufhin ich meinen Griff festigte und sie noch leidenschaftlicher küsste.

Sorins Knurren brachte mich zum Lächeln. Ich konnte seine Erregung so deutlich spüren, wenn ich ihm das Lustgefühl verweigerte.

Fast hätte ich ihn noch etwas länger auf die Folter gespannt, aber er ergriff Ravens Hand und zog an ihr. »Setz dich rittlings auf mich, Täubchen. Ich muss in dich eindringen.«

Ich ließ sie los und grinste, als sie Sorin widerstandslos

gehorchte und auf beiden Seiten seiner Hüften auf die Knie ging. »Schnell oder langsam?«, fragte ich, wobei meine Frage eher an ihn als an Raven gerichtet war.

»Langsam«, murmelte er. »Sie ist sehr eng.«

Mit einem Nicken ging ich hinter ihr in die Knie und legte die Hände an ihre Taille, um sie zu führen. »Fass zwischen deine Schenkel, süßes Vögelchen, und platziere Sorins Schwanz an deinem Geschlecht.« Ich liebkoste ihren Nacken, während ich über ihre Schulter und an ihren Brüsten hinunterblickte, um zu beobachten, wie sie meinem Befehl folgte.

Ihr Körper wurde von einem Beben erfasst, als seine Eichel ihre Klitoris streifte, und es wurde heftiger, als sie seinen Schwanz an ihre jungfräuliche Spalte führte.

»Braves Mädchen«, lobte ich sie und küsste ihre wild pochende Halsschlagader. »Jetzt wirst du ihn langsam in dich aufnehmen. Es wird ein wenig wehtun, aber ich verspreche dir, dass der Schmerz sofort nachlassen wird.« Ich blickte Sorin in seine glühend blauen Augen. »Und du wirst erst kommen, wenn ich es dir erlaube.«

Seine Wangen röteten sich, was mir verriet, dass er gegen meine Forderung aufbegehren wollte. Doch dann machte Raven jede Anstrengung, die er hätte unternehmen können, zunichte, indem sie sich wie befohlen auf ihn hinabgleiten ließ.

Ich ließ die Hände an ihrer Taille liegen und festigte meinen Griff, als sie versuchte zurückzuweichen. Ihr Wimmern verriet mir, dass es schmerzte, als Sorin sie mit seinem dicken Schaft entjungferte. Ich flüsterte ihr beruhigende Worte ins Ohr, um ihr zu versichern, dass der Schmerz bald nachlassen würde.

»Du fühlst dich so gut an, Täubchen«, flüsterte Sorin und ließ seine Hand an ihrem Schenkel hinauf bis zu ihrem

Geschlecht gleiten, um mit dem Daumen ihre Klitoris zu umkreisen. Sie stieß ein Keuchen aus, als ich sie weiter nach unten schob, bis sie ihn gänzlich in sich aufgenommen hatte. Sie zuckte zusammen, denn ihr Körper war zwischen Lust und Schmerz gefangen, doch ich hielt sie fest, während sie sich daran gewöhnte. Sowohl auf Sorins als auch auf meiner Stirn bildeten sich Schweißperlen. Er hatte den Drang, sich zu bewegen, und ich wollte ihm dabei zusehen, doch wir mussten uns um ihretwillen in Geduld üben.

Also küsste ich ihre Schulter und ihren Hals, knabberte an ihrem Ohrläppchen und beruhigte sie, indem ich mich an ihren Rücken schmiegte. Schließlich entspannten sich ihre Flügel und sie ließ kaum merklich ihre Hüften kreisen, dann entfuhr ihrem schönen Mund ein Stöhnen.

Ich lächelte. »Siehst du. Das fühlt sich doch gut an, nicht wahr?«

Sie nickte und musste schlucken. »Ja.« Sie bewegte sich noch einmal und Sorin stieß ein Knurren aus, während er darum kämpfte, ruhig liegen zu bleiben.

»Verdammt«, murmelte er. Er ballte die Hand an seiner Seite zur Faust, während er mit der anderen Hand an ihren Löckchen innehielt.

Mit einem Grinsen festigte ich den Griff um ihre Taille, um sie leicht anzuheben und sie dann wieder auf ihm herabzulassen.

»Zian«, stieß er mit gequälter Stimme aus.

Sein Tonfall belustigte mich.

Und weckte in mir den Wunsch, mich ihm anzuschließen.

»Denkst du, du kannst auch mich in dich aufnehmen, süßes Vögelchen?«, flüsterte ich in ihr Ohr. »Du wirst dich dann noch voller fühlen und vielleicht tut es am Anfang etwas mehr weh. Vor allem, wenn wir beide in dich eindringen.«

Sie schnurrte noch einmal, wobei der Laut meine Hoden zusammenzucken ließ. Dann nickte sie. »Ich will euch beide in mir spüren. Bitte, Zian.«

»Sofort, Z«, drängte Sorin, dessen Stimme vor Verlangen ganz heiser war. »Sie ist so verdammt eng und hört nicht auf ... *verdammt*.« Er warf den Kopf zurück und öffnete leicht den Mund. Ich kannte diesen Gesichtsausdruck.

»Wage es ja nicht«, warnte ich ihn.

Er stieß einen Fluch aus. »Raven, wenn du nicht aufhörst, meinen Schwanz zusammenzupressen ...« Seine Bauchmuskeln spannten sich an und er packte ihre Hüften, um sie festzuhalten. Sie flatterte mit den Flügeln, die gegen meine Brust schlugen. Ihr Herzschlag beschleunigte sich noch mehr und steigerte sich zu einem verführerischen und einladenden Rhythmus.

Ich griff zwischen uns und führte meinen Schaft an ihren Hintern, wobei ich meine Eichel an ihre zarte Rosette presste. »Schnell oder langsam, süßes Vögelchen?«, fragte ich sie. »Schnell ist schmerzhafter, aber es ist im Handumdrehen vorbei. Wenn ich langsam vorgehe, wird der Schmerz länger anhalten. Aber am Ende wirst du auf jeden Fall Lust empfinden.«

Sie ließ den Kopf auf meine Schulter fallen, während ihre Augenlider halb geschlossen waren. »Schnell. Ich kann es ertragen.«

Ich wusste, dass sie dazu in der Lage war, aber ich wollte dennoch wissen, was sie bevorzugte.

»Gott sei Dank«, keuchte Sorin.

»Warte nur, bis ich ebenfalls in ihr bin«, sagte ich an ihn gerichtet und machte mich bereit, in sie einzudringen. »Du wirst mich durch diese dünne Barriere spüren und mich anflehen, das Tempo zu bestimmen.«

Er stieß ein Knurren aus, dann packte er Raven am Hals und zog sie zu sich hinunter, um sie zu küssen. Er wusste, dass es schmerzhaft für sie würde, und wollte sie ablenken.

Ich verschwendete keine Zeit und erlaubte ihm, sie zu beruhigen, während ich in ihren Hintern eindrang. Sie zuckte zusammen und schrie auf, doch Sorin schluckte den Laut und ließ seine Hand wieder auf ihre Klitoris gleiten.

Ihr Wimmern verwandelte sich in ein Stöhnen, während ihr Körper von einer Vielzahl Empfindungen überwältigt wurde. Ich konnte sie fühlen und wusste, dass das Band besiegelt wurde und unsere Seelen sich wie erwartet miteinander vereinigten. Die Nora und Noir hatten in dieser Beziehung nicht wirklich eine Wahl und wussten nur, ob ihr Partner ein potenzieller Gefährte war. Das Wissen diente als subtile Warnung, die sie darauf vorbereitete, dass sie bei einer Paarung eine endgültige Bindung eingehen würden. Unsere Seelen übernahmen einfach die Kontrolle, sobald wir unserer Lust nachgaben.

Ich konnte auch Sorin spüren, denn seine Akzeptanz ließ Wärme durch das Band strömen.

Er wollte es.

Raven wollte es.

Ich wollte es.

Und so wurden wir eins. Unsere engelhaften Seelen vermählten sich in einem Tanz, der so alt war wie die Zeit selbst.

Unser Stöhnen verschmolz zu einem Laut, als ich mich zu bewegen begann und meinen Schaft vollständig in ihr vergrub. Das Gleitmittel, mit dem Sorin sie vorbereitet hatte, reichte aus, um die richtige Menge an Reibung und Lust für uns alle zu erzeugen.

Raven löste ihren Mund von Sorins Lippen und stieß einen Schrei aus, als sie ihren empfindsamen Körper zwischen uns wand und wir mit gleichmäßigen Stößen in sie eindrangen. Sorin und ich bewegten unsere Hüften erfahren im Takt und bescherten unserem süßen Vögelchen das Lustgefühl, das wir ihr versprochen hatten.

Sie atmete schwer.

Ihre Brüste wippten auf und ab, als sie sich hob und ihren Rücken an meine Brust presste.

Ihr kamen lobende Worte über die Lippen, die sich mit unseren Namen vermengten.

Sorin stieß seine Hüften nach oben, während ich Raven mit meinen Stößen nach unten drückte. Wir hielten sie eng umschlungen, während wir sie zu neuen Höhen führten und sie mit ein paar heftigen Stößen zum Höhepunkt brachten.

Aber wir waren noch nicht fertig.

Nicht einmal annähernd.

Gerade als sie wieder zu sich kam, steigerten wir das Tempo und trieben ihr die Tränen in die Augen, wobei sie schwor, dass sie nicht noch mehr ertragen konnte.

Wir bewiesen ihr innerhalb von Sekunden das Gegenteil, denn ihre Brustwarzen wurden steif und ihr Zitrusduft wurde wieder stärker. »Oh, oh, oh«, wiederholte sie immer wieder und ich lächelte an ihrem Nacken.

»So ist es gut«, ermutigte ich sie. »Komm noch einmal für uns. Ich will, dass du Sorins Schwanz zusammenpresst, damit er in deiner schönen Spalte explodiert.«

Sorin stöhnte.

Raven schrie auf.

Und beide kamen gleichzeitig zum Höhepunkt. Er entlud sich in ihr mit einem Brüllen, dessen Vibration ich bis in meinen Unterleib spürte. Raven zitterte so heftig, dass ich fast den Halt um ihre Taille verloren hätte. Doch ich hielt sie fest und stieß weiter in sie hinein, bis ich selbst über den Abgrund der Ekstase fiel.

Unsere Aromen vermischten sich miteinander. Ein zitrusartiger Karamellduft erfüllte die Luft und vermittelte uns ein Gefühl der Richtigkeit.

Mein, dachte ich und biss ihr so fest in die Schulter, dass ich einen Abdruck hinterließ. *Du gehörst mir.*

Sorin hob den Oberkörper an und tat es mir gleich, indem er in ihre Brust biss. Er begegnete meinem Blick, als er fest genug zubiss, um sie zu verletzen. Das hatte zur Folge, dass Raven ein drittes Mal von einer Welle der Ekstase mitgerissen wurde und daraufhin beifällig schnurrte.

Wir sackten gemeinsam zusammen, während mein Schwanz immer noch in ihr pulsierte.

Ich machte mir nicht die Mühe, ihn herauszuziehen.

Wir würden es ohnehin in ein paar Minuten wiederholen.

Sobald ich wieder zu Atem gekommen war.

17

SORIN

Raven leckte über meine Eichel und saugte mit ihren gierigen kleinen Lippen auch den letzten Tropfen meines Spermas auf, nachdem sie mich gekonnt mit dem Mund befriedigt hatte.

Ich erschauderte und vergrub meine Finger in ihrem Haar, als ich ihren Kopf ein letztes Mal nach unten führte, damit sie noch einmal gründlich saugen konnte. Sie stöhnte auf und ihre Erregung wuchs, als Zian in ihren Unterleib stieß und sich tief in ihr ergoss.

Verdammt, sie war perfekt und so verdammt schön.

Sie löste ihre Lippen mit einem leisen Plopp und Zian schlang eine Hand um ihre Kehle, um sie rückwärts an seine Brust zu ziehen. Er neigte ihren Kopf nach hinten, um sie zu küssen, während ich meine Lippen von ihrem Hals über ihre Brüste bis hin zu der Stelle zwischen ihren Schenkeln gleiten ließ, an der sein Schwanz noch immer pulsierte.

Ihre Klitoris pochte unter meiner Zunge, als ich ihr einen weiteren Orgasmus entlockte. Sie schrie auf, woraufhin Zian lächelte und an ihrer Unterlippe knabberte.

»Willst du meinen Schwanz mit deiner Zunge sauber lecken?«, fragte er sie, nachdem die Welle ihrer Ekstase verebbt war. »Oder soll Sorin es tun?«

Ich stieß ein Brummen aus, denn ich hatte nicht vor, ihn zu lecken, sondern sie.

»Ich will es tun.« Dann hob sie ihren Körper an, bis er aus ihr herausrutschte.

»Setz dich auf mein Gesicht, Täubchen«, befahl ich ihr und rollte mich auf den Rücken. »Ich bin noch nicht fertig damit, dich zu schmecken.«

Sie gehorchte und ihre Schenkel zitterten, als sie ihre feuchte Spalte direkt über meinem Mund platzierte. Ich ließ meine Zunge über ihre Schamlippen gleiten und genoss den Geschmack ihrer Lust, der sich mit Zians Saft vermischte.

»Göttlich«, murmelte ich und machte mich dann daran, sie zu verschlingen.

Sie leckte Zians Schwanz immer noch, als ich spürte, wie ihr Körper erneut zu beben begann. Sie versuchte, den Rücken durchzudrücken und ihre Lippen von seinem Schaft zu lösen, da sie mich wahrscheinlich anflehen wollte aufzuhören.

Doch er packte sie und ich klammerte mich an ihre Hüften, um sie weiter auf den Abgrund der Ekstase zuzutreiben, indem ich mit den Zähnen an ihrer empfindsamen Lustperle knabberte.

Ich musste grinsen, als sie versuchte, sich mit Zians Schwanz im Mund zu beschweren.

Dann explodierte sie aufs Neue und wurde von einer weiteren Welle der Ekstase mitgerissen.

»Oh, süßes Vögelchen. Ich liebe es, wie leicht du kommst«, sagte Zian, während sein Schaft tief in ihrer Kehle vergraben war und ihr Stöhnen dämpfte. Ich wusste, wie gut sich diese Vibrationen anfühlten, denn er hatte sie zweimal zum Höhepunkt gebracht, während ich noch vor Kurzem ihren Mund gefickt hatte. Sein lustvolles Stöhnen kam dem meinen gleich, als sie jeden Tropfen schluckte.

Schließlich ließ er sie los und sie drückte ihm einen flüchtigen Kuss auf die Eichel, als wollte sie ihm Lebewohl sagen. Bei dem Anblick mussten wir unwillkürlich lächeln, dann sackte sie neben mir in einem Haufen Federn zusammen.

Doch ein Fiepen ließ sie sofort wieder aufspringen. Ihr kleines Haustierchen erschien am Fuß der Matratze. Sie drehte sich zu ihm um und legte sich auf den Bauch, wobei sie das Kinn auf die Unterarme stützte. Sorin und ich tauschten einen amüsierten Blick aus, bevor wir sie flankierten und dieselbe Haltung einnahmen, wobei wir unsere Flügel schützend über die ihren legten.

»Was sagt er?«, wollte ich wissen, während sie aufmerksam zuhörte.

»Er beschwert sich darüber, dass wir uns zu oft paaren«, sagte sie mit einem verlegenen Lächeln, dann wurde ihre Miene ernst. »Er ist gekommen, um uns zu sagen, dass die Dämonen aus der Einzelhaft ausgebrochen sind.« Sie kniff die Augen zu dünnen Schlitzen zusammen. »Sie haben Novak gebeten, mit ihnen zu gehen.«

»Doch das hat er nicht getan.« Zian schien sich sicher zu sein, wahrscheinlich weil er seinen Cousin durch ihre familiäre Bindung spüren konnte. »Er ist noch hier.«

»Ja, Mousey Mouse sagt, dass er sich geweigert hat.« Sie verstummte, als die Maus wieder zu fiepen begann. »Er glaubt, dass Novak bald zurückkehren wird, weil der Direktor jemanden in den obersten Rängen verärgert hat.« Sie runzelte die Stirn. »Meinst du den *Reformator*?«

Zian begegnete meinem Blick. Seine Miene war

angespannt, was ich gut nachvollziehen konnte. Ich hatte die Bemerkung des Wärters gehört, der davon gesprochen hatte, dem berüchtigten Nora Bericht zu erstatten, der mit der Rehabilitierung der Noir beauftragt war. Die meisten nannten ihn ehrfurchtsvoll den *Reformator*.

Ich nannte ihn lieber ein Riesenarschloch.

Sein richtiger Name war jedoch Sayir. Sein Bruder Sefid war der König der Nora und damit mein Kommandant gewesen. Daher war ich ihm ein paarmal begegnet.

»Mousey Mouse weiß es nicht«, murmelte Raven. »Er sagt nur, dass der Direktor damit beschäftigt ist, die Sache mit dem Leichenfresser in Ordnung zu bringen, und dass wir deshalb die ganze Woche in unserer Zelle verbracht haben. Sie errichten um uns herum ein neues Noir Reformatorium.«

»Wie haben die Dämonen es geschafft zu entkommen?«, warf Zian ein.

Raven wiederholte die Frage und runzelte die Stirn, als die Maus antwortete: »Er ist sich nicht sicher. Aber es hat wohl etwas damit zu tun, dass die Dämonen ihr Puzzleteil gefunden haben. Ich habe keine Ahnung, wovon er spricht. Er sagt nur immer wieder etwas davon, wie sie sich endlich wieder zusammenfügt haben.« Sie zuckte mit den Schultern. »Wir müssen Novak fragen, was das zu bedeuten hat.«

Zian schnaubte. »Er wird es uns nicht sagen, wenn es nicht wichtig ist.«

»Ja, er spricht nicht viel.« Vor allem nicht mit Fremden, was bedeutete, dass er in Ravens Nähe sehr schweigsam sein würde, bevor er beschloss, ihr zu vertrauen. Und so wie ich Novak kannte, könnte das mehrere Jahrzehnte dauern.

»Was hat es mit euch dreien auf sich?«, fragte Raven,

nachdem die Maus wieder verschwunden war. Offenbar hatte sie keine weiteren Informationen mehr.

»Was es mit uns auf sich hat?«, wiederholte Zian und legte die Wange auf den Unterarmen ab, um Raven besser betrachten zu können. Ich tat es ihm gleich und musterte sie von der anderen Seite, während sie mit dem Kinn auf ihren verschränkten Armen zwischen uns lag.

»Ja, wie steht ihr zu ihm? Ist er ebenfalls ein Krieger? Ein Liebhaber? Ein wirklich guter Freund?«

Jetzt verstand ich, was sie meinte. »Du willst wissen, ob er sich uns als Gefährte anschließen wird.«

»Nein.« Zians Tonfall ließ keine Widerrede zu, wobei ich nicht vorhatte, ihm zu widersprechen.

Denn es war ausgeschlossen, dass Novak ein Teil dieser Konstellation werden würde.

Allerdings würde er sich ohnehin nicht darauf einlassen.

Nein, irgendetwas sagte mir, dass Novak nur unter ganz besonderen Umständen bereit wäre, einen Liebhaber mit jemandem zu teilen. Falls er überhaupt ein Interesse daran hätte, sich einen zu nehmen. Er hatte schon als Nora nur selten gevögelt und soweit ich wusste, war er mit niemandem zusammen gewesen, seit er ein Noir war.

»Also ist er nicht ...« Raven verstummte und runzelte die Stirn.

»Er ist wie ein Bruder für uns«, erklärte ich. »Er ist Zians Cousin.«

»Und wir werden dich nicht mit ihm teilen«, fügte Zian hinzu, für den Fall, dass es ihr noch nicht klar war. »Du gehörst ausschließlich uns.«

Ich nickte zustimmend. »Wir drei sind seit etwa hundertfünfzig Jahren zusammen. Vor unserem Fall waren wir Krieger der Nora, was ein unzerstörbares Band zwischen uns geformt hat. Dann haben Zian und ich dieses Band im Laufe der Jahre noch gefestigt.«

»Er will damit sagen, dass wir begonnen haben, Frauen miteinander zu teilen und uns gegenseitig zu ficken.« Zian, der nie um den heißen Brei herumredete, brachte Raven zum Erröten.

»Ich bin also nicht die erste Frau, die ihr gemeinsam fickt.«

Ich zog eine Augenbraue in die Höhe und ermutigte ihn, seine Ausführungen näher zu erläutern, da er die Unterhaltung nun schon in diese Richtung gelenkt hatte.

»Es gab vor dir einige Frauen«, antwortete er vage, »aber du bist die Einzige, die wir je für uns beansprucht haben.«

Raffiniert, dachte ich und hätte fast die Augen verdreht. Ich hoffte wirklich, dass sie ihn nicht bat, ihr zu erklären, was er mit *einigen* Frauen meinte. Irgendetwas sagte mir, dass sich ihre Definition erheblich von der seinen unterscheiden würde.

Bevor sie etwas erwidern konnte, beugte er sich vor und küsste sie auf den Hals, wobei uns ein elektrisierendes Kribbeln durchzuckte. Er hatte eine marineblaue Markierung auf ihrer Haut hinterlassen, was nicht verwunderlich war, denn er bevorzugte diese Farbe auch beim Auftragen der Tinte auf meine Haut. Mit meinem Biss hatte ich ihre Brust mit einem Kreis aus goldener Tinte versehen.

Ein Herz aus Gold, scherzten wir seitdem ständig, weil ich mich darauf verstand, das Vertrauen anderer zu gewinnen. Im Grunde war ich mir nur der Bewegründe der anderen bewusst. Deshalb hatte ich auch Ravens Absichten an dem Tag gespürt, an dem wir uns zum ersten Mal begegnet waren und sie die Klinge nach mir geworfen hatte. Ich hatte die Luftveränderung erahnt und meine Instinkte hatten mich dazu veranlasst, mich umzudrehen.

Vor ein paar Wochen hätte der Gedanke mich noch verärgert.

Heute lächelte ich nur.

Raven war eine Überlebenskünstlerin. Das respektierte ich, auch wenn ihre Überlebenstaktik fast zu meinem Tod geführt hätte.

Zian zog sie mit einer geschickten Bewegung unter sich, rollte sie auf den Rücken und schob seine Hüften zwischen ihre Schenkel. »Mein«, sagte er besitzergreifend.

»Unser«, korrigierte ich ihn und stützte mich auf einen Ellbogen, um ihn dabei zu beobachten, wie er sie träge küsste.

Wir hatten die letzten Tage damit verbracht, miteinander zu spielen und uns an unserem Band zu ergötzen. Gelegentlich brachte uns jemand etwas zu essen. Wir aßen und wandten uns dann wieder unseren Sinnesfreuden zu. Unsere Unersättlichkeit war eine normale Reaktion auf unsere neue Bindung. Unser Verlangen nach Sex übertraf alles, was ich in den vielen Jahren meines Daseins je erlebt hatte.

Zian drang in sie ein und fickte sie in einem gemächlichen Rhythmus, während ich meinen Schaft erwartungsvoll massierte.

Als er fertig war, war ich an der Reihe. Sowohl meine Küsse als auch meine Stöße waren ein wenig fordernder, nachdem ich ihnen beim Spielen zugesehen hatte. Sie akzeptierte alles, was ich zu geben hatte, und ihr begieriger Unterleib spannte sich um meinen Schaft herum an, als ich tief in ihrer ausgiebig benutzten Spalte kam.

Sie seufzte zufrieden, während Zian sie dieses Mal

sauber leckte und ich meinen Schwanz in ihren Mund schob.

Einige Zeit später, als die Sonne langsam unterging, fragte sie: »Gibt es den Reformer wirklich?«

Ich blinzelte zur Decke hinauf und neigte ihr dann meinen Kopf zu. Die Frage überraschte mich. »Was meinst du damit? Natürlich gibt es ihn.«

Sie verzog den Mund. »Also ist er nicht nur ein Mythos?«

Zian stützte sich auf dem Ellbogen ab, um mich über sie hinweg anzublicken. Seine Augen spiegelten ebenfalls Verwirrung wider. »Er ist der Bruder von König Sefid«, sagte ich gedehnt.

»Wer ist König Sefid?«

Ich setzte mich auf und starrte auf ihre liegende Gestalt herab, um festzustellen, ob sie ihre Frage ernst meinte oder mich nur an der Nase herumführte. »König Sefid ist der König der Nora.«

»Die Nora haben einen König?« Sie schien darüber nachzudenken. »Hm. Das ergibt wohl einen Sinn. Obwohl ich dachte, sie wären hauptsächlich Gefängniswärter. Ich habe nie wirklich viel über sie oder ihre Aufgaben nachgedacht.«

»Ich beginne langsam, deine Geschichte über deine Flügel zu glauben.« In Zians Tonfall lag ein Hauch von Verwunderung, als er ihr über die Federn strich. »Die Nora sind nicht nur Wärter, sondern ein ganzes Volk. Sie verfügen über eine eigene Gesellschaftsstruktur, wobei König Sefid ganz oben in der Hierarchie steht und seine Krieger ihm direkt untergeben sind.«

»Sayir wird der *Reformator* genannt, weil er für die Rehabilitierung der Noir zuständig gemacht wurde«, fügte ich hinzu. »Das ist einige hundert Jahre vor meiner Zeit passiert und ich habe immer angenommen, er würde gute Arbeit leisten, bis wir selbst im System landeten.«

Zians Miene verfinsterte sich. »Jetzt wissen wir, dass es so etwas wie eine Reform nicht gibt. Man lässt uns hier verrotten, ob wir es verdient haben oder nicht.«

»Ja, aus diesem Grund haben wir auch die Kontrolle über unser letztes Gefängnis übernommen.« Wir hätten fliehen können, doch dann wären wir nur wieder im System gelandet. Also war es besser, es in Besitz zu nehmen, als davor zu fliehen. Allerdings ... »Dann haben sie uns hierhergeschickt.« Und ich war mir nicht sicher, ob ich an diesem Ort bleiben wollte.

Wir verfielen in nachdenkliches Schweigen.

»Du hast also noch nie von König Sefid oder seinem Bruder Sayir gehört?«, fragte Zian nach einer Weile leise. »Das bringen die Nora ihren Kindern schon in jungen Jahren bei.«

»Ich habe keine Eltern«, antwortete sie mit ebenso sanfter Stimme. »Ich bin in einem Gefängnis für weibliche Jugendliche aufgewachsen.«

Mir stand der Mund offen, als ich Zian wieder ansah. »Ein Jugendgefängnis? Für weibliche Noir?« Ich hatte noch nie von einem solchen Ort gehört. Als ich noch ein Krieger war, hatte es so eine Anstalt sicher noch nicht gegeben. »Ich bin überrascht, dass König Sefid das erlaubt hat.« Allerdings kannte ich ihn nicht wirklich. Ich war mir sogar ziemlich sicher, dass ich ihn nie wirklich gekannt hatte, wenn man bedachte, dass er uns drei einfach wegen eines minderen Vergehens im System verrotten ließ.

»Ich denke, wir können mit Sicherheit sagen, dass wir ihn überhaupt nicht kannten«, warf Zian ein, als hätte er meine Gedanken gelesen. Vielleicht hatte er das auf gewisse

Weise, denn wir konnten die Stimmungen des anderen durch das Band spüren.

»Wie kam es zu eurem Fall?«, fragte Raven. »Schließlich wurdet ihr nicht wie ich mit schwarzen Flügeln geboren. Ihr habt etwas getan, um sie euch zu verdienen. Was war es?«

Verdienen war eine interessante Wortwahl, aber ich ging nicht näher darauf ein. Stattdessen überließ ich Zian die Antwort. Er erzählte die Geschichte besser und hielt sich im Gegensatz zu mir kurz.

»Novak hat eine strategische Fähigkeit, die meiner Magie der Buße ähnelt, aber eine eher mentale statt physische Kraft ist. Jedenfalls wurden wir auf einen Noir angesetzt und sollten ihn tot oder lebendig zurückbringen. Wir hatten den Kerl schon im Visier, doch dann bestand Novak darauf, ihn gehen zu lassen. Er behauptete, dass etwas mit der Situation nicht stimmte, und wir beschlossen, ihm zu glauben.«

»Unsere Loyalität zueinander bedeutete mehr als unsere Kriegerehre«, fügte ich hinzu, wobei meine Stimme einem Knurren ähnelte. »So haben sie es genannt, als unsere Flügel schwarz wurden.«

»Wenn man den Eid der Krieger ablegt, schwört man, den Schutz der Nora über alles andere zu stellen. Offenbar schließt das auch unsere Instinkte mit ein, denn wir wurden bestraft, weil wir einen Befehl nicht befolgt haben.«

»Eigentlich hätten unsere Flügel nach einiger Zeit wieder weiß werden müssen, doch das ist nie geschehen. Also haben wir irgendwann aufgegeben, es zu versuchen.« Vielleicht war es der falsche Weg, doch wir hätten das System nicht überlebt, wenn wir weiterhin nach den Regeln der Nora gelebt hätten. Die Noir waren ein völlig anderer Schlag von Engeln. Außerdem teilte das Gefängnis die Insassen nicht nach Schweregrad des Verbrechens ein, sondern steckte alle mit schwarzen Flügeln zusammen. Dadurch waren sie gezwungen, alles zu tun, was zum Überleben notwendig war.

Also überlebten wir.

»Wir glauben nicht mehr an die Reformation.« Zian zuckte mit den Schultern. »Und im Zuge dessen glauben wir auch nicht mehr daran, dass der Reformator die Aufgabe erfüllt, die ihm überantwortet wurde.« Er blickte mit glühenden Augen auf Raven hinab. »Deshalb glaube ich dir, dass du nie gefallen bist, sondern mit schwarzen Flügeln geboren wurdest. Wenn man deine Unschuld und Erziehung bedenkt, ergibt es einfach zu viel Sinn.«

Ganz zu schweigen davon, dass wir durch das Band spüren können, dass sie nicht lügt, dachte ich, wobei ich die Worte aber nicht laut aussprach. »Ich frage mich, ob Noir Gefährten auch Kinder zeugen können«, sagte ich. Der ganze Mythos von den »Sünden der Eltern«, der auf die Kinder übergeht, schien in dieser Situation mehr als zutreffend zu sein.

»Das ist durchaus möglich«, stimmte Zian zu und strich mit den Fingern wieder über ihre Federn. »Hat man dir nie etwas über deine Eltern erzählt?«

Sie schüttelte den Kopf. »Ich weiß nur, dass ich mit meinen schwarzen Flügeln in diesem System aufgewachsen bin. Viele haben vorausgesagt, dass ich ihm nie entkommen werde.«

Ich nickte. »Nun, das ist wahrscheinlich wahr. Genau deshalb müssen wir diese Anstalt genauso wie unser letztes Gefängnis unter unsere Kontrolle bringen.«

»Das wird eine ziemliche Herausforderung, solange sich jeden verdammten Tag alles verschiebt und bewegt«, murmelte Zian. »Ganz zu schweigen von der Tatsache, dass sich die Population der Noir hier ständig verändert.«

»Das ist wahr.« Aber nach allem, was ich während unserer Verlegung hierher gesehen hatte, kam eine Flucht nicht infrage. Außerdem konnten wir Novak nicht zurücklassen. »Nur gut, dass ich Herausforderungen liebe.«

Zian grinste. »Das ist wahr«, sagte er und wiederholte absichtlich meine Worte. »Schritt eins, wir bringen das Gefängnis unter unsere Kontrolle. Schritt zwei, wir holen Novak zurück. Schritt drei, wir brechen aus. Das wird ein Kinderspiel.«

»Allerdings ist dieser Ort ein verdammtes Labyrinth.«

»Nein, er ist eine Anstalt der Albträume«, korrigierte er und verzog den Mund. »Also müssen wir wohl hoffen, dass unsere Träume wahr werden, nicht wahr?«

»Nun, einer ist schon in Erfüllung gegangen«, sagte ich und blickte auf die Schönheit zwischen uns hinab. »Mehrere Male.«

Raven errötete und öffnete leicht den Mund, denn sie wusste, was wir als Nächstes zu tun gedachten.

Dasselbe, was wir schon seit Tagen taten.

Sie ficken.

Allerdings ließ uns ein Geräusch an der Tür innehalten und wir sahen, wie ein Stück Papier durch den Spalt geschoben wurde. Zian hob den Zettel auf und faltete ihn auseinander, damit wir ihn alle lesen konnten.

Mein Herz rutschte mir in die Hose.

Du bist an der Reihe, Zuchtschlampe. Mach dich bereit für die nächste Herausforderung. Ich werde gegen dich antreten.

V

Entweder wollte uns einer der Wärter einen Streich spielen oder eine der Walküren hatte ihn überredet, den Zettel unter unserer Tür hindurchzuschieben. Ein Gefühl sagte mir, dass Letzteres der Fall war.

Was bedeutete, dass unser Vögelchen vorbereitet sein musste.

»Wir sollten uns wohl einen Sparringbereich einrichten«, sagte Zian, zerknüllte den Zettel und warf ihn gegen das elektrische Spannungsfeld, das die Rückwand unserer Zelle bildete. Das Papier ging in Flammen auf, bevor es zu Asche zerfiel.

Ich küsste Raven voller Leidenschaft, bevor ich sagte: »Steh auf, Täubchen. Wir werden dir beibringen, wie man ein paar Schläge einsteckt und wie man sich vom Boden aus verteidigt.« Denn ich wusste, wie diese Walküre kämpfte. Raven würde lernen müssen, ihre Flügel einzusetzen, während sie auf dem Rücken lag, und sie würde wissen müssen, wie man einen Schlag abblockte.

»Es tut mir leid, Baby, aber das wird wehtun«, fügte Zian hinzu.

Und dann begannen wir mit dem eigentlichen Training.

18

RAVEN

MEINE GEFÄHRTEN WAREN im Bett unersättlich.

Und außerhalb des Bettes waren sie Arschlöcher.

Nun, nicht wirklich. Doch im Moment mochte ich sie nicht sonderlich. Wir hatten zwei Wochen lang fast ununterbrochen trainiert. Zian hatte mir zuvor schon einiges beigebracht und war auch damals nicht zimperlich gewesen, doch so etwas wie jetzt hatte ich noch nicht erlebt.

Wenigstens war die Nachsorge angenehm.

Ich stieß die Luft aus, als ich einen Schlag von Sorin einsteckte. Er hielt sich nicht zurück.

Doch das wollte ich auch nicht.

»Noch einmal«, befahl Zian mit eiskalter Stimme. Ein Funkeln in seinen Augen verriet mir jedoch, dass es ihm mehr wehtat als mir.

Möglicherweise.

Sorin holte aus, doch mittlerweile hatte ich dazugelernt. Ich drehte mich zur Seite, sodass er meinen Unterarm statt meine Rippen traf. Der Schlag schmerzte zwar immer noch, aber zumindest wurde mir nicht die Luft aus der Lunge gepresst.

Meine magischen Heilkräfte wirkten außerdem viel schneller und durchfluteten meinen Arm mit einem warmen Kribbeln, das den Schmerz sofort linderte.

Er grinste. »Gekonntes Ausweichmanöver, aber das war nicht der Sinn der Übung.«

Ich rieb mir den Arm und streckte ihm die Zunge heraus.

»Sehr erwachsen, Rave«, tadelte Zian, aber diesmal erhellte ein Lächeln seine Augen.

»Ihr könnt damit aufhören, mich abzuhärten. Ich kann inzwischen ein paar Schläge einstecken.« Diese Art von Training konnte man nur als brutal und hart bezeichnen. Obendrein fiel es mir schwer, mich mental darauf einzustellen, doch es hatte mich gelehrt, meine angeborene Fähigkeit effektiv zu nutzen.

Mein Unterarm war fast vollständig verheilt, als ich mich aus unserer behelfsmäßigen Arena zurückzog. Ich trat über die Brandspuren am Boden, die unseren Trainingsbereich abgrenzten, welcher weit genug von der Klippe entfernt war, damit wir nicht in das unsichtbare Spannungsfeld fielen, und groß genug war, damit wir darin gegeneinander kämpfen konnten.

Obwohl meine Heilmagie so stark war wie nie zuvor, schmerzte mein ganzer Körper und ich hätte mich am liebsten zu einer Kugel zusammengerollt und ein ganzes Jahr lang geschlafen. Zuerst hatte der bloße Gedanke, dass Zian und Sorin die Hand gegen mich erheben könnten, den Wunsch in mir geweckt, ihnen die Eier abzureißen. Doch dann war mir klar geworden, dass sie in mir jemanden sahen, der ihnen ebenbürtig war. Ich war ein Mitglied ihres Clans und sie wollten, dass ich mit ihnen auf die gleiche Weise trainierte, wie sie sich auch gegenseitig trainierten.

Mit aller Härte.

Ohne Gnade.

Und es funktionierte. Nachdem sie mich stundenlang gedrillt und mir Fausthiebe an Stellen versetzt hatten, die mir die Tränen in die Augen trieben, lief meine Heilmagie auf Hochtouren. Ich musste nicht mehr innehalten und mich konzentrieren, damit eine Heilung stattfand. Mittlerweile setzte sie ganz von selbst ein.

Das ständige Summen meiner magischen Kräfte auf meiner Haut machte mich müde, und ich ging zu unserer Matratze und sackte darauf zusammen. Ich aß das letzte Stück hartes Brot von gestern. Eigentlich war es Zians Portion, aber durch Nahrung konnte ich meine Energiereserven aufrechterhalten, also hatte er mir alles überlassen.

Wir brauchten auch mehr Flüssigkeit als die wenigen Flaschen Wasser, die uns die Wärter ab und zu zuwarfen. Und das Wasser aus dem Waschbecken schmeckte grauenhaft. All der Sex und das Training trieben uns den Schweiß auf die Stirn, daher durften wir die Flüssigkeitszufuhr nicht vernachlässigen. Also sammelten wir zusätzliche Reserven in einem ausgehöhlten Becken, das Zian aus ein paar losen Steinen gebaut hatte, wobei er seine Magie eingesetzt hatte, um die Materialien zusammenzuschweißen. In unserem Reservoir hatten sich Tau und Regentropfen gesammelt und ich schöpfte die herrlich kühle Flüssigkeit mit meinen zierlichen Händen und führte sie an meine Lippen.

Ich blickte auf und sah, dass Sorin und Zian mich mit einem anerkennenden Ausdruck beobachteten. Sie fanden alles, was ich tat, faszinierend.

Die Sonne ging gerade auf und wir waren noch lange nicht am Ende unserer ganztägigen Trainingseinheit angelangt. Ich wusste, dass mir bei Einbruch der

Dunkelheit alles wehtun und meine Stimmung getrübt sein würde. Zian und Sorin machten das immer wieder wett, indem sie all meine Schmerzen mit ihren Küssen und Streicheleinheiten linderten und mich an den richtigen Stellen massierten – innerlich und äußerlich.

Vielleicht könnte ich sie dazu überreden, schon etwas früher ...

Ein lauter Knall riss mich aus meinen Gedanken, kurz darauf wurde die Tür entriegelt und aufgedrückt. Davor standen drei Wärter, die Ketten in Händen hielten.

Eine für jeden von uns.

Wir gehorchten wortlos und erlaubten den Wärtern, unsere Beine zu fesseln und unsere Flügel mit Gewichten zu beschweren. Letzteres ließ mich aufmerken, denn es bedeutete, dass wir an einen Ort auf dem Gelände gebracht wurden, der noch nicht flugsicher war. Ich zog eine Augenbraue in die Höhe und sah Zian an, der zustimmend nickte.

Vielleicht konnten wir auf diesem Weg noch nicht entkommen, doch es wies darauf hin, dass unser neuer Trakt noch nicht fertiggestellt war. Wir würden irgendwann die Gelegenheit haben, die Wärter zu überwältigen, wenn sie unaufmerksam waren.

Bis dahin mussten wir uns auf Schritt eins von Sorins Plan konzentrieren.

Wir mussten das Gefängnis unter unsere Kontrolle bringen.

Man hatte uns nicht gesagt, wohin wir gingen, doch das war auch nicht nötig. Wir marschierten in einer Reihe, wobei ein Wärter vorausging, einer neben uns her schritt und der dritte das Schlusslicht bildete. Das musste die Herausforderung sein, von der in Vivians Brief die Rede war. Ich hatte gehört, als die Wärter über sie gesprochen hatten, und nahm an, dass V für Vivian stand. Die anderen beiden Walküren hießen Bryn und Freya.

Ich musste raten, welcher Name zu welcher Schlampe gehörte.

Aber Vivian schien es wirklich auf mich abgesehen zu haben.

Dabei war es interessant, dass sie mich erst zwei Wochen nach ihrer Ankunft herausgefordert hatte. Das wusste ich so genau, da Sorin bei jedem Sonnenaufgang eine Kerbe in die Wand ritzte.

Ich hatte schon angefangen zu glauben, dass Vivians Drohungen nur leeres Gerede waren und sie nur mit mir hatte spielen wollen. Doch meine Ketten legten nahe, dass es mit der Verzögerung etwas völlig anderes auf sich hatte – die Arena war noch nicht fertig gewesen.

Woher wusste sie also, dass ein neues Gemetzel bevorstand? Hatte es ihr jemand erzählt? Oder hatte sie es nur vermutet?

Ich nahm an, dass es sich um eine wohlbegründete Vermutung handelte, die auf früheren Beobachtungen der Abläufe basierte.

»Es ist ein seltsames Gefühl, unser Nest zu verlassen«, gestand ich leise.

»Unsere Zelle«, korrigierte Zian mich.

Sorin grinste. »Soll sie es doch unser Nest nennen. Ich finde den Ausdruck liebenswert.« Er warf einen Blick über seinen Flügel und schenkte mir ein Lächeln. Dann sagte er mit gesenkter Stimme: »Wenn wir erst einmal von hier verschwunden sind, werden wir ein richtiges Nest bauen.«

Ein vorbeigehender Wärter gab ihm einen Klaps auf den Hinterkopf. »Maul halten«, schimpfte er. Sein Grinsen verriet jedoch, dass er Sorins Worte gehört hatte und sich einen Spaß daraus machen würde, ihm das Gegenteil zu beweisen.

Es war mir nie in den Sinn gekommen, mir ein Leben außerhalb des Gefängnisses auszumalen. Natürlich dachte ich täglich daran zu fliehen, aber in meiner Vorstellung hatte ich immer nur vor mir gesehen, wie ich frei und sorglos über den Wolken schwebte und ungehindert fliegen konnte. Ich wollte mich so weit wie möglich von den Nora und den anderen Insassen entfernen, damit das *Überleben* für mich nicht mehr an erster Stelle stehen musste.

Ich träumte von einem Ort, an dem ich tatsächlich leben konnte.

Aber was bedeutete das genau? Früher hatte es nur so etwas Einfaches wie die Freiheit bedeutet. Und jetzt? Jetzt bedeutete es ein Leben mit Sorin und Zian.

Ein richtiges Leben.

Ich war nicht imstande, es mir auszumalen, aber andererseits hatte ich mir auch all die sinnlichen Freuden nicht vorstellen können, die meine Gefährten mir hatten zuteilwerden lassen. Sie würden mir zeigen, wie ein wirkliches Leben sein sollte, und dieser Gedanke ließ mein Herz vor Aufregung höherschlagen.

Mein Hochgefühl verebbte so schnell, wie es gekommen war, als wir auf einen Hof voller scharfer schwarzer Steine traten, die in meine nackten Füße schnitten. Meine heilende Fähigkeit erwachte sofort und schloss bei jedem Schritt die Wunden, doch der Schmerz, der meinen Körper durchzuckte, ließ mich schwindeln.

Ich zog mich an diesen warmen Ort in meinem Inneren zurück, an den ich während der endlosen Trainingseinheiten mit Sorin und Zian geflohen war, und war so in der Lage, dem Schmerz zu entkommen. Die heutige Herausforderung hatte noch nicht einmal begonnen, und ich musste das Gelernte bereits zum Einsatz bringen.

Ein großer Teil des Hofes bestand aus einer weiten Fläche, von der aus man einen Blick aufs Meer hatte, was mir verriet, dass wir uns auf einer anderen Seite der riesigen Insel befanden. Die Wellen prallten gegen die schwarzen Klippen und untermalten die düstere Atmosphäre durch die Gewalt der Natur.

Nach einigen Minuten erreichten wir einen mit Netzen versehenen Bereich, der offensichtlich eine provisorische Arena für die heutige Herausforderung bildete. Die Insassen drängten sich dicht aneinander, wobei sie das andere Ende vermieden. Der Grund dafür erschloss sich mir sofort, als die Wärter uns hineinschoben, das Tor hinter uns schlossen und einen Schalter betätigten, der das Netz unter Strom setzte.

Dann schleusten uns die Wärter einen nach dem anderen in die Ringe, die für die Zweikämpfe vorgesehen waren. Ich konnte die elektrischen Drähte, die sie umsäumten, nicht sehen, aber die Häftlinge gingen kein Risiko ein und blieben innerhalb der Grenzen.

Ich entdeckte die Walküren, die unter den Insassen herumstolzierten, als würden sie sie alle besitzen. Die männlichen Insassen waren so dumm, die Kriegerinnen anzuhimmeln, wobei sie wohl hofften, in den Genuss ihrer sinnlichen Gewalt zu kommen. Vielleicht war es ihnen egal, ob die Walküren sie töten würden – zumindest würden sie vor ihrem Tod Sex haben.

»Erbärmlich«, flüsterte ich schroff, was mir ein Lachen von Sorin einbrachte. Er schüttelte die Ketten von seinen Flügeln, nachdem ein Wärter sie gelöst hatte. Dann breitete er seine prächtigen Federn aus und ließ seinen Blick über den überfüllten Hof schweifen, bevor er der größten der Walküren in die Augen blickte. Sie grinste ihn an und fuhr sich mit der Zunge aufreizend über die Lippen.

»Du wirst dich ihr nicht nähern«, sagte ich mit drohender Stimme.

Als hätte sie meine Worte gehört, sagte die Walküre etwas zu einem der Wärter, der daraufhin grinste und direkt auf Sorin zuging.

Wider besseres Wissen stellte ich mich zwischen Sorin und den Nora und bemühte mich, mit meinen kleinen, zarteren Flügeln, die nun auch von ihren Ketten befreit waren, bedrohlich zu wirken.

Der herannahende Wärter musterte mich mit gierigem Blick. Meine Kleider waren nicht mehr nur dünn, sondern bereits hoffnungslos zerfleddert und überließen kaum noch etwas der Fantasie. Die Tatsache, dass die Wachen mir keine neuen Kleider gegeben hatten, deutete darauf hin, dass sie den Anblick ein wenig zu sehr genossen. »Geh aus dem Weg. Der Mann wurde herausgefordert.« Er wies mit dem Daumen auf die Duellringe. »Es sei denn, du willst Freyas Platz einnehmen?«

Aha, du bist also Freya. Gut zu wissen, große Schlampe.

Es ärgerte mich, dass die Wärter die Namen der Walküren kannten, den Rest von uns jedoch »Insassen« nannten oder uns mit noch abfälligeren Bezeichnungen betitelten. Das deutete darauf hin, dass die Kriegerinnen bereits auf dem besten Weg waren, das Gefängnis zu beherrschen, das eigentlich unserer Kontrolle unterstehen sollte.

Der Wärter grinste und blickte zwischen mir und Sorin hin und her. »Es wäre interessant zu sehen, ob er dich wieder am Leben lassen und somit riskieren würde, noch einmal Brinas Klinge zu erleiden. Schließlich weiß er jetzt, was auf ihn zukommt.« Er zuckte mit den Schultern. »Aber ich habe ihm Freya versprochen, also können wir uns das vielleicht für das nächste Mal aufheben, falls ihr beide überlebt.«

Sorin legte eine warme Hand an meine Hüfte und ich ließ meine Flügel sinken, als er sich vorbeugte und mir ins Ohr flüsterte: »Ich kann auf mich selbst aufpassen, Täubchen. Denk daran, was wir dir beigebracht haben.«

Es kostete mich all meine Willenskraft, einen Schritt zur Seite zu treten, als der Wärter ihn packte und zu Freya brachte, die die Hände in die Hüften gestützt hatte und mich mit einem selbstgefälligen Grinsen bedachte.

Miststück.

Ich konnte nicht mehr sehen, wem Zian gegenüberstehen würde, denn ein weiterer Wärter packte mich grob am Arm und zerrte mich zu einem anderen Ring, in dem bereits eine Walküre auf mich wartete.

Das muss dann also Vivian sein, dachte ich. *Großartig.*

Sie ging auf ihrer Seite des Rings auf und ab und ließ ihre zierlichen Finger über ein Schwert gleiten. Sowohl ihre spitzen Zähne als auch das verrückte Funkeln in ihren Augen verliehen ihr einen animalischen Ausdruck. Der Wärter ließ mich los und trat aus dem Ring heraus.

»Wo ist meine Waffe?«, blaffte ich, woraufhin der Wärter nur mit den Schultern zuckte.

»Was ist denn los?«, fragte Vivian mit einem freudigen Unterton. »Hast du etwa Angst?«

»Ich dachte, du wolltest eine echte Herausforderung.« Ich kniff die Augen zu dünnen Schlitzen zusammen. Es spielte keine Rolle, wie hart ich mit Zian und Sorin trainiert hatte, wenn der Kampf manipuliert war, hatte ich keine Chance.

»Deshalb habe ich dich gewarnt«, erwiderte sie und zwinkerte mir unschuldig mit ihren großen Augen zu, während sie weiter auf und ab ging. »Du wirst von zwei der besten Krieger hier unterrichtet, nicht wahr? Sicherlich haben sie dir beigebracht, wie man einen Gegner entwaffnet.« Sie leckte über die Schneide ihres Schwerts und ließ Blut aus ihrer Zunge quellen. Ich verzog das Gesicht zu einer Grimasse. Sie warf einen Blick auf Sorin, der seine Hände zu Fäusten ballte und sich Freya zuwandte. »Wir werden so viel Spaß mit ihnen haben, wenn du nicht mehr da bist.«

Als ich das hörte, sah ich rot.

Und zwar buchstäblich, denn ich spürte, wie Flammen um uns herum explodierten. Sie schossen aus der Begrenzung unseres Rings empor und versperrten mir die Sicht, wodurch ich nichts und niemanden außerhalb sehen konnte.

Vivians Augen funkelten vor Aufregung, als sie das Schwert in das Inferno tauchte. Offenbar war es mit irgendetwas beschichtet, denn als sie es wieder herauszog, züngelten Flammen auf der Klinge. »Jetzt ist es wohl Zeit zu spielen.«

Sie schlug mit den Flügeln und stürmte mit einer Geschwindigkeit auf mich zu, die ich vom Training mit meinen Liebhabern nicht gewohnt war. Ich reagierte instinktiv und wich gerade so weit aus, um von der Waffe nicht tödlich getroffen zu werden. Dennoch streifte sie mich und mein Brustkorb wurden von Schmerzen durchzuckt, als die Flammen über meine Haut züngelten und mein Oberteil in Brand steckten.

Kreischend riss ich mir die Kleider vom Leib, bevor sie mich bei lebendigem Leib verbrannten. An meinem Hals bildeten sich Blasen und die Sicht verschwamm vor meinen Augen, als der Schmerz mich zu verzehren drohte und ich fast zusammenbrach.

Doch mir blieb keine Zeit, um mich auszuruhen, denn

die Feuerwände des Rings schlossen sich um uns herum und ich wurde von Panik gepackt.

»Offenbar wollen die Wärter, dass ich dich schnell töte«, sagte sie spöttisch. »Wie schade. Du bist so eine hübsche kleine Zuchtschlampe, und ich wollte mir die Zeit nehmen, dein Gesicht zu zerschneiden.« Sie stürzte sich wieder mit dem Schwert auf mich, wobei sie es diesmal auf meine Flügel abgesehen hatte.

Ich wich ihr aus und spürte, wie die Hitze meine Federn erfasste. Ich setzte meine Heilmagie ein, um eine Bläschenbildung zu verhindern und meine Flügel davon abzuhalten, in Flammen aufzugehen.

Sie schnalzte mit der Zunge. »Beeindruckend. Das Miststück hat ein paar Tricks auf Lager.« Sie stieß ihre Klinge in den Boden, als die Flammenwand nicht weiter vorrückte, da der Ring bereits zu klein für einen richtigen Kampf war. Sie grinste und ballte die Hände zu Fäusten. »Ich frage mich, wie deine Gefährten dich nehmen. Etwa so?«

Mir blieb keine Zeit, um auszuweichen, denn sie bewegte sich blitzschnell. Sie stürzte sich auf mich und warf mich zu Boden, wobei mein Kopf nur Zentimeter von der Flammenwand um unseren Ring entfernt war. Sie packte meine Kehle und ich krallte mich in ihre Handgelenke, als ihre spitzen Fingernägel sich in meine Haut bohrten. Ich holte einmal tief Luft, bevor sie mir die Atemwege zudrückte.

Sie legte sich auf mich und stieß auf anzügliche Weise ihre Hüfte gegen mein Becken. »Mögen sie es, dich so zu besteigen? Das ist doch viel zu einfach. Du bist nur eine läufige Schlampe. So herausragende Krieger brauchen eine echte Herausforderung.« Sie grinste und ließ wieder ihre schrecklichen Zähne aufblitzen. »Ich wette, Freya fickt gerade deinen tätowierten Gefährten. Er ist deiner sicher schon überdrüssig.« Sie stieß wieder mit den Hüften zu, wobei ich hartes Leder auf meiner wunden Haut spüren konnte. »Vielleicht macht es ihn an, wenn er dich schreien hört, bevor du stirbst.«

Sie beging den Fehler, ihren Griff zu lockern, als sie ihre Hüften rollen ließ. Ich spürte Zian in meinem Geist aufblitzen, kurz bevor ein silberner Blitz das Inferno durchbrach, das er mithilfe seiner Magie durchdrang. Ich fing den Gegenstand in der Luft auf. Ich konnte Zian nicht sehen, aber vielleicht war er in der Lage, mich zu erkennen, und hatte mir gerade eine Waffe zugeworfen.

Ich hoffte, es bedeutete, dass sein Gegner tot war, aber ich hatte keine Zeit, mir über meine Gefährten den Kopf zu zerbrechen. Stattdessen drehte ich mich und rammte die Klinge seitlich in den Hals der Walküre.

Sie riss die Augen auf und schnappte nach Luft, als sie sich in den Griff krallte. Kurz darauf fiel ihr Kopf nach hinten und aus ihrer Kehle drang ein grässliches Gurgeln.

Ich schnappte nach Luft und rieb über die blauen Flecke, die an meinem Hals entstanden waren. Meine Heilmagie wirkte sofort und linderte die Schmerzen, die meine fast zerquetschte Luftröhre ausstrahlte.

Mein Herz klopfte wild in meiner Brust, als ein Schwall Wasser die Flammen löschte und den Rest der Überlebenden zum Vorschein brachte.

Zian war nirgendwo zu sehen, aber in einem nahe gelegenen Ring erblickte ich einen Noir, dem das Herz aus der Brust gerissen worden war.

Sorin beobachtete mich keuchend. Seine von Schweiß und Blut verschmierte Brust schimmerte im Sonnenlicht. Die Farbe untermalte seine Wut, die ich durch unser Band wahrnahm.

Dann bemerkte ich, dass ein weiteres Augenpaar auf mich gerichtet war. Ich blickte auf, um die letzte überlebende Walküre zu sehen, die vor Wut schäumte. Jeder Muskel in ihrem Körper war angespannt, während sie sich im Geiste wahrscheinlich all die Möglichkeiten ausmalte, wie sie mich zerstückeln konnte, während meine Gefährten zusahen.

Gut. Wir hatten die jüngste Walküre verärgert. Irgendetwas sagte mir, dass sie die gewalttätigste von allen war, denn ihre Miene spiegelte nichts als Rachedurst wider.

Zwei erledigt, eine ist noch übrig.

Hallo, Bryn.

Du bist die Nächste.

19

SORIN

»Ich habe wirklich genug davon, dass die Leute ständig an meinen Flügeln herumpfuschen«, murmelte ich, als ich mit Raven in die Zelle zurückkehrte.

»Ich dachte, es gefällt dir, wenn ich mit deinen Federn spiele.« Zian lag ausgestreckt auf dem Bett. Sein Haar war zerzaust, doch ansonsten sah er aus wie ein perfekter Krieger.

Bei der sinnlichen Bemerkung verzog ich die Lippen zu einem Lächeln, denn ich genoss es, wenn er meine Flügel streichelte.

»Hast du dir nach dieser Vorführung wenigstens die Hände gewaschen?«, fragte ich und ging hinüber zur Dusche, um Freyas Blut von meiner Haut zu waschen. Raven gesellte sich wortlos zu mir und ließ ihre Hände über meine verbrannten Federn gleiten. Die Berührung entfachte eine wärmende Energie zwischen uns, die direkt auf meinen Schwanz überzugehen schien.

Ich presste eine Faust an die Wand und stöhnte sowohl vor Erregung als auch vor Schmerz auf, als die Federn heilten.

»Das klingt wie eine Einladung«, sagte Zian, der mit anmutigen Bewegungen aufstand und seine Jeans auszog. Meine wurden von den Flammen zerstört und dasselbe galt für Ravens Kleidung. Die Wärter würden uns irgendwann mit einer neuen Garderobe versorgen.

»Und um deine Frage zu beantworten, ich habe mich bereits gewaschen«, fügte Zian hinzu und ließ einen Finger über Ravens Rücken gleiten. »Ich will unser süßes Vögelchen doch nicht mit Blut beschmieren.«

Sie schnaubte und warf einen Blick über die Schulter. »Warum nicht? Ich bin doch schon voller Walkürenblut.«

Oh, da war wohl jemand wütend. Ich hatte nicht viel von ihrem Kampf mitbekommen, denn ich war zu sehr damit beschäftigt gewesen, die Frau abzuwehren, die mich gleichzeitig hatte ficken, verbrennen und töten wollen.

Es fühlte sich falsch an, eine Frau umzubringen, da ich wusste, wie wenige von ihnen existierten.

Aber diese Walkürenschlampe hatte ihren Tod mehr als verdient.

Sobald die Feuerwände um den Ring aufgeschossen waren, hatte sie mich in die Flammen gestoßen, was meine verwundeten Flügel erklärte. Dann hatte sie versucht, mich zu besteigen, und ich hatte rotgesehen.

Nur zwei Engeln in meinem Leben war dieses Privileg vergönnt, und diese standen gerade mit mir unter der Dusche.

Ich drehte mich um und stützte mich mit den Händen an der Wand ab, um Raven den Rücken zuzuwenden, damit sie meine Flügel besser behandeln konnte. Sie widmete sich sofort den wunden Stellen und ihre Berührung brachte meine Nerven auf wunderbare Weise zum Vibrieren.

»Du hast dich gut geschlagen«, murmelte Zian, wobei er

seine Worte an Raven richtete. Er hatte seinen Gegner in der ersten Runde in weniger als einer Minute getötet und dem armen Kerl das Herz herausgerissen, das er dann wie ein Tier mit den Zähnen zermalmt hatte.

Ich hasste es, wenn er das tat, aber die Taktik zeigte Wirkung, denn alle machten einen großen Bogen um ihn, sogar die Neulinge.

»Du konntest mich sehen?«, fragte Raven und kämmte mit ihren Fingern durch mein Gefieder, um nach weiteren Wunden zu suchen. »Ich konnte nichts außer den Flammen erkennen.«

Ich runzelte die Stirn. *Wie bitte?* Ich hatte von beiden Seiten durch das Inferno blicken können.

»Ja, die Flammen waren durchsichtig«, sagte Zian gedehnt. »Konntest du Sorin und mich denn nicht in unseren Ringen sehen?«

Sie schüttelte den Kopf. »Nein, ich habe nur das Feuer gesehen.«

»Interessant«, sagte Zian nachdenklich. »Hat es vielleicht etwas mit dem Infrarot zu tun?«

Die Frage war an mich gerichtet. Ich konnte es an dem drängenden Tonfall in seiner Stimme hören. Er wollte meine Meinung hören und hoffte, ich würde ihm zustimmen.

Leider zog ich eine andere Möglichkeit in Erwägung.

»Oder sie haben einen Weg gefunden, ihrer verbesserten Sehkraft entgegenzuwirken«, antwortete ich und war von dieser Vorstellung ganz und gar nicht angetan. »Wir müssen versuchen, es herauszufinden.«

»Ja«, sagte er mit Nachdruck in der Stimme.

Raven konnte jeden Vorteil gebrauchen und sie konnte es sich nicht leisten, in einem Gefängnis voller hungriger

Männer noch verwundbarer zu sein, als sie es ohnehin schon war. Die Insassen würden sich nicht im Geringsten dafür interessieren, dass wir ihre Gefährten waren. Wenn überhaupt, würde es sie nur noch mehr dazu anspornen, sie zu erwischen, denn nun stellte sie eine Schwachstelle in unserer Rüstung dar. Wenn sie Raven verletzten, würden sie gleichzeitig uns schaden.

»Es geht mir gut, Jungs«, murmelte sie, während sie ihre Hände über meine nun vollständig verheilten Federn gleiten ließ. »Aber ich werde meine Augen offen halten und sehen, ob ich noch weitere Veränderungen bemerke.«

»Habt ihr übrigens bemerkt, dass unsere Zelle aufgebessert wurde?«, fragte Zian und drehte sein Kinn langsam nach links, wobei er auf eine Ecke in der Nähe der offenen Wand aus elektrischer Energie zeigte.

Ich drehte mich zu Raven um und tauchte den Kopf unter den Wasserstrahl, um mein Haar zu befeuchten. Während ich die Seife aufschäumte und in die Strähnen einmassierte, betrachtete ich die »Verbesserungen«, die Zian erwähnt hatte.

Eine neue Kamera.

Großartig.

Nachdem ich das behelfsmäßige Shampoo aus meinen langen Haaren gespült hatte, sah ich mich noch einmal in der Zelle um und bemerkte, dass keine Abhörgeräte installiert waren. Offenbar begnügten sich die Wärter immer noch damit, uns nur zu beobachten. »Ich frage mich, ob alle Zellen überwacht werden oder ob die Nora nur unsere beobachten, weil sie so gern unsere hübsche kleine Raven betrachten.«

»Ich vermute, du willst mir damit sagen, dass uns niemand zuhört.«

Ich grinste. »Damit liegst du richtig, Z.«

Er nickte. »Das dachte ich mir.«

»Warum beobachten sie uns nur?«, wollte Raven wissen. »Ich verstehe, dass sie ein Interesse an unseren, äh, Spielchen haben, aber ich habe das Gefühl, es steckt noch mehr dahinter. Ich meine, warum lassen sie uns einfach ungehindert miteinander vögeln? Ich hätte geglaubt, dass sie unsere Bindung gegen uns verwenden würden.«

»Das werden sie«, sagte ich und stellte das Wasser ab, nachdem ich Raven gründlich abgespült hatte. »Aber noch nicht.«

»Erst wenn du läufig bist«, fügte Zian hinzu, der wie immer meinem Gedankengang gefolgt war. »Dann werden sie uns trennen, und das wird alles andere als angenehm werden.«

Ich nickte. »Vor allem, wenn sie versuchen, deine Triebe von jemand anderem befriedigen zu lassen. Sollte das geschehen, werden viele Noir das Zeitliche segnen.«

»Hoffentlich haben wir bis dahin noch ein paar Jahre oder Jahrzehnte Zeit. Nora werden etwa alle sechs oder sieben Jahre läufig, nicht wahr? Ich weiß nicht, wie es sich mit den Noir verhält, und da du offenbar schon mit schwarzen Flügeln geboren wurdest ...« Er verstummte und ließ den Rest unausgesprochen, denn wir wussten einfach nicht, was geschehen würde.

»Vivian hat mich beschuldigt, jetzt schon läufig zu sein«, bemerkte Raven, als wir sie zu uns auf die Matratze zogen. »Sie sagte, ich würde euch beide ficken wie eine Zuchtschlampe, die darum bettelt äh, nun, ihr wisst schon.«

Ja, ich wusste es. Ich hatte die höhnischen Worte gehört, bevor die andere Walküre versucht hatte, mich bei lebendigem Leib zu verbrennen. »Du bist nicht läufig.«

»Wie kannst du dir da so sicher sein? Wir sind doch unersättlich.«

Zian lachte leise. »Das nennt man Paarungslust, süßes Vögelchen.«

»Wenn du läufig wärst, würden wir in jeder Sekunde, in der wir dich nicht ficken, von starken Schmerzen geplagt werden«, erklärte ich. »Es ist ein animalisches Bedürfnis, eine läufige Gefährtin zu schwängern. Wir wären nicht in der Lage, klar zu denken, und würden nur noch abwechselnd über dich herfallen, um auf dir zu kommen.«

»Und in dir«, murmelte Zian.

»Ja, definitiv in dir«, stimmte ich zu.

»Seid ihr sicher, dass wir das nicht schon die ganze Zeit über tun?«, fragte sie in aufrichtigem Tonfall. »Ich meine, ihr beide fickt mich schon seit Wochen immer wieder.«

»Um unseren Anspruch geltend zu machen.« Zian strich ihr das Haar hinters Ohr und stützte sich neben ihr auf einen Ellbogen. Ich tat es ihm gleich, wobei ich Raven, die auf dem Rücken lag, auf der anderen Seite flankierte.

»Du gehörst uns, Täubchen.« Ich beugte mich vor, um ihren Hals zu liebkosen und an der Stelle über ihrer Halsschlagader zu knabbern. »Wir wollen, dass das gesamte Gefängnis das weiß.«

»Ich werde also nicht schwanger werden.«

»Nicht heute und auch nicht in nächster Zeit«, bestätigte ich und strich mit der Nase an ihrem Kiefer entlang bis zu ihren Lippen. »Glaub mir, du wirst es merken. Du wirst vor lauter Verlangen Krämpfe haben und kaum noch laufen können.«

»Und du wirst verlangen, dass wir dich auf jede erdenkliche Weise ficken.« Zian murmelte die Worte direkt an ihr Ohr und bescherte ihr eine Gänsehaut auf Hals und

Armen. »Es wird herrlich werden, süßes Täubchen. Allein der Gedanke daran macht mich so verdammt hart für dich.«

Ich lachte leise an ihrer Kehle und ließ dann meine Zähne über ihr Schlüsselbein bis hinunter zu ihrer Brust wandern. Sie bäumte sich auf, als ich eine ihrer steifen Brustwarzen mit der Zunge reizte, während Zian eine Hand zwischen ihre Schenkel schob.

»Bist du in der Stimmung für eine Demonstration, süßes Vögelchen?«, fragte er. »Willst du, dass wir dich spüren lassen, wie gründlich wir dich ficken werden?«

»Mm, nachdem sie dieses Duell gewonnen hat, würde ich sagen, dass sie unsere Aufmerksamkeit mehr als verdient hat.« Ich saugte an ihrer Brustwarze und lächelte, als ihr erregender Zitrusduft um uns herum stärker wurde. »Ich denke, das ist ein Ja, Z.«

»Das denke ich auch«, stimmte er zu und schloss sich mir an, um ihre andere Brust zu bearbeiten.

Dann verwöhnten wir sie abwechselnd mit unserem Mund und leckten ihre empfindsame Spalte, bis sie schwor, nicht mehr ertragen zu können.

Erst dann fickten wir sie, wobei ich sie von hinten und Zian sie von vorn nahm. Wir stießen in einem einheitlichen Rhythmus in sie hinein und bescherten ihr einen weiteren Orgasmus.

»Deine süße kleine Spalte bringt mich noch um«, stöhnte Zian und beschleunigte das Tempo, als er sich in ihr ergoss.

Ich folgte ihm nach ein paar harten Stößen über den Abgrund der Ekstase, wobei ihr enger Hintern auch den letzten Tropfen aus meinem Schaft presste. Ich sackte an ihrer Schulter zusammen und keuchte auf ihre schweißgebadete Haut.

»Ich bin ...«, sagte sie und hielt inne, um durchzuatmen, »auf jeden Fall läufig.«

Ich grinste. »Nein, kleines Täubchen. Denn wenn du es wärst, hättest du uns nie angefleht, dich nicht mehr zu lecken.«

»Er hat recht«, murmelte Zian und verwob seine Finger in ihrem Haar, um ihren Kopf abzuwinkeln und sie zu küssen. »Du hättest uns gesagt, dass wir nie wieder damit aufhören sollen«, fügte er hinzu, nachdem er ihren Mund erobert hatte.

Er wich zurück und erlaubte mir, es ihm gleichzutun, indem er ihren Kopf nach hinten zog, damit ich meine Lippen auf ihren Mund pressen konnte.

Sie lächelte, als ich meinen Kopf zurückzog. Ihre Wangen waren gerötet und ihr Körper vibrierte förmlich zwischen uns. »Wird es immer so sein?«

»Nein, süßes Vögelchen«, antwortete Zian und liebkoste ihren Nacken. »Es wird noch besser werden.«

»Und besser«, fügte ich hinzu und stieß mit den Hüften zaghaft gegen ihr Becken.

Als sie aufstöhnte, wusste ich, dass sie noch mehr ertragen konnte.

Also verführten wir sie zu einer weiteren Runde und ihr geschmeidiger Körper nahm alles an, was wir zu geben hatten. Schließlich waren wir alle vollauf befriedigt und brachen als ein Haufen verschwitzter Glieder auf der Matratze zusammen.

Sie schmiegte sich an mich und legte den Kopf an meine Schulter, während Zian sie von hinten umarmte.

Dann drifteten wir in einen glückseligen Schlaf.

Bis uns ein scharrendes Geräusch weckte und die Maus mit einer Warnung auftauchte. Sie sagte etwas davon, dass das Gefängnis umgebaut würde, um den Bedürfnissen der

Noir gerecht zu werden. Was immer das auch bedeuten mochte. Die kleine Maus verschwand wieder, um auf Zians Bitte hin nach Novak zu sehen, und wir drei grübelten über die Zukunft nach.

»Wir müssen von hier verschwinden«, sagte Zian, wobei er schon wieder meine Gedanken zu lesen schien, obwohl das unmöglich war. »Aber nicht ohne Novak.«

Ich kratzte mich am Kinn und dachte über unsere Umgebung nach und über das, was ich über das Gefängnis wusste. »Ja, diese Anstalt ist ein verdammtes Labyrinth.« Ich war mir ziemlich sicher, dass ich das bereits gesagt hatte, doch ich war immer noch derselben Meinung.

»Dann sollten wir versuchen, eine Karte zu erstellen.« Zian setzte sich auf, wobei er die Flügel fest auf den Rücken gelegt hatte. »Wir müssen vorbereitet sein, wenn Novak zurückkehrt. Seine strategische Fähigkeit wird sich als nützlich erweisen. Vielleicht hat er außerdem etwas von den Dämonen gelernt, die es geschafft haben, aus der Einzelhaft zu entkommen. Da die Ratte sagte, dass sie nicht wieder gefasst wurden, kann man davon ausgehen, dass ihre Flucht erfolgreich war.«

»Maus«, korrigierte Raven. »Und nur weil er sie nicht mehr gesehen hat, heißt das nicht, dass sie nicht getötet oder woanders hingebracht wurden.«

»Das ist wahr«, stimmte ich zu. »Aber dein Haustier hat sie nirgendwo entdecken können, und es scheint, als würde es sich im Gefängnis gut auskennen.«

Zian riss die Augen auf. »Wir müssen uns die *Maus* zunutze machen. Sie kann uns helfen, eine Karte von den Zellenblocks anzufertigen.«

»Nur wenn du versprichst, sie nicht zu essen«, erwiderte Raven und zog eine dunkle Augenbraue in die Höhe.

Zian lächelte verschmitzt. »Wenn sie sich weiterhin nützlich macht, werde ich sie sicher nicht essen.«

Ich verzog die Lippen zu einem Lächeln. Dieser kleine Nager war wahrscheinlich das am besten behütete Haustier in diesem Gefängnis, denn Zian würde eher sterben, als etwas zu verletzen, das Raven als wertvoll erachtete. Er stichelte sie zwar, aber ich kannte ihn zu gut. Er würde dieses Nagetier fast so erbittert beschützen wie sie, und sei es nur, um sie glücklich zu machen.

»Falls sie uns morgen wieder eine Runde fliegen lassen, möchte ich das Wasser und die Klippen erkunden, um mir ein Bild vom Meer und der Umgebung zu machen«, fügte Zian hinzu, der schon immer gern Pläne geschmiedet hatte. Ich war mir sicher, dass es ihm im Blut lag, da er mit Novak verwandt war. Die beiden waren sich in vielen Dingen ähnlich, doch in einigen anderen unterschieden sie sich.

Raven nickte. »Ich werde dir helfen.«

»Nein, du wirst morgen mit Sorin trainieren.« Er beugte sich hinunter und legte eine Hand an ihre Wange, als sie etwas erwidern wollte. »Ich habe gesehen, wie Bryn dich während des Kampfes angesehen hat, süßes Vögelchen. Du hast es mit einer ihrer Schwestern aufgenommen, und Sorin hat die andere getötet. Sie mag die Jüngste der drei sein, aber sie scheint auch die Gefährlichste zu sein. Und jetzt will sie sich an dir rächen.«

Er hatte recht. Ich hatte ihren wütenden Gesichtsausdruck bemerkt, mit dem sie Raven angesehen hatte, nicht mich.

Zian beendete seinen Vortrag mit einem Kuss, mit dem er sie zur Einsicht bringen wollte, und sie gab nach. Sie gehörte nicht zu den Frauen, die um des Streites willen stritten. Wenn sie den Sinn unserer Argumente verstanden hatte, akzeptierte sie sie für gewöhnlich. Und wenn nicht mit uns übereinstimmte, dann führte sie Gründe an.

Das gefiel mir an ihr.

Sie erlaubte uns, sie zu beschützen, während sie sich gleichzeitig selbst schützte.

Es schuf eine perfekte Dynamik zwischen uns, die uns hoffentlich lange genug am Leben halten würde, um einen Ausweg aus diesem Albtraum zu finden.

20

RAVEN
EIN MONAT SPÄTER

NACHDEM DIESER TEIL des Gefängnisses besser ausgebaut worden war, verfielen wir in eine Routine. Wir bekamen unser Frühstück in den Zellen, flogen gelegentlich durch einen eingezäunten Teil des Hofes, durften den Fitnessraum benutzen, wenn wir wollten, und bekamen, wenn wir Glück hatten, sogar etwas zum Abendessen. Die Massentötungen waren für den Moment ausgesetzt worden, da bei der letzten die Hälfte der Insassen auf dieser Seite des Gefängnisses ausgelöscht worden war. Mittlerweile tauchten wieder neue Rekruten auf und ich vermutete, dass bald eine weitere Herausforderung stattfinden würde.

Leider hatten wir kaum Aufklärungsarbeit betreiben können. Wir hatten uns einen ganzen Monat lang bedeckt gehalten und es schien, als hätten wir so gut wie nichts herausgefunden. Bei den Flugübungen hatten wir immer nur das Meer im Blick, und in all den anderen Winkeln, die wir sonst noch zu Gesicht bekamen, hatten wir nur noch mehr Klippen und Mauern entdeckt. Ich hatte keine Ahnung, wo sich der Trakt für die Einzelhaft befinden könnte, und Mousey Mouse eilte durch Spalten und

Tunnel, die für uns keinen Nutzen hatten, wenn es darum ging, eine Karte von dem Gefängnis anzufertigen.

Also waren wir nicht viel weiter gekommen.

Ich war jeden Tag damit beschäftigt, entweder Gerüchten nachzugehen, hoch genug zu fliegen, um einen Blick über die schwarzen Felsen zu erhaschen, ohne von den Drähten versengt zu werden, oder im Fitnessraum zu trainieren. Allerdings trugen all meine Bemühungen nicht die Früchte, die ich mir erhofft hatte.

Zumindest schien die Hierarchie nach unserem letzten Duell mit den Walküren wieder gefestigt zu sein und die Insassen machten einen großen Bogen um mich und meine Gefährten. Es kam zwar hin und wieder vor, dass ein Mann versuchte, mich zu begrapschen, doch dann musste er damit rechnen, eine Hand zu verlieren.

Ich machte mir jedoch keine Illusionen. Bryn, die letzte noch lebende Walküre, würde definitiv versuchen, sich an mir zu rächen. Es war nur eine Frage der Zeit.

Ich spürte, wie sie mich beobachtete, als ich im Fitnessraum eine Reihe von Fausthieben auf eine Holzpuppe niederprasseln ließ, die Sorin mir beigebracht hatte. Als ich einen Blick riskierte, grinste sie mich an und begann, gegen einen ihrer unglücklichen Freiwilligen zu kämpfen.

Wie immer beobachtete ich das Geschehen mit einer Mischung aus Abscheu und Faszination. Es galt folgende Regel: Wenn ein Mann sie besiegen konnte, würde sie ihn ficken. Und wenn er es nicht schaffte, nun, dann würde er sich darüber keine Gedanken mehr machen müssen.

Bisher hatte noch niemand ein Duell überlebt, aber an Sparringspartnern mangelte es der wunderschönen Walküre mit den smaragdgrünen Augen und dem glänzenden schwarzen Haar nicht. Sie stürzte sich auf ihren derzeitigen Gegner, wobei sie sich sogar noch schneller bewegte, als ich es vermochte. Sie richtete ihre Flügel geschickt aus, sodass sie in die Luft schnellte, bevor sie sie fest an ihren Rücken anlegte, um den Luftwiderstand zu verringern.

Der Mann machte sich nicht die Mühe, ihr auszuweichen, sondern wappnete sich stattdessen mit seinem Eskrima-Stock gegen den Aufprall. Sie zertrümmerte ihn, sodass die Splitter in alle Richtungen spritzten, und demonstrierte mit ihrem Angriff sowohl Schnelligkeit als auch Stärke – die Talente einer Kriegerin.

»Ich glaube, das ist ein Rekord«, bemerkte Zian, als Bryn zum entscheidenden Schlag ausholte.

»Nein, der Kerl vor drei Tagen hat weniger als zehn Sekunden überdauert«, antwortete Sorin. »Ich glaube, er ist förmlich in ihren Dolch gefallen.«

»Sie ist eine verlogene Schlampe«, fluchte ich und entlockte meinen beiden Noir damit ein Grinsen. Sie liebten es, wenn ich wütend war.

Aber es ärgerte mich einfach. In meiner Vorstellung war ein Krieger wie Sorin, der in einem fairen Kampf immer gewann oder sogar ehrenhaft verlor, wenn er glaubte, dass er damit das Richtige tat. Genauso wie damals, als er mir das Leben gerettet hatte.

Diese Kreatur war nicht ehrenhaft, und das bewies sie, als sie einen Dolch aus ihrem Lederriemen zog, den sie hineingeschmuggelt hatte, und ihrem Gegner damit die Kehle durchschnitt.

Das Blut spritzte über ihr auf und sie drehte sich sofort um und grinste mich an. Sie fuhr sich mit der Klinge in einer spöttischen Geste über den Hals, um anzudeuten, dass ich die Nächste sein würde.

»Ich kann nicht glauben, dass die Wärter sie das Ding haben behalten lassen«, sagte Zian traurig.

Ich warf einen Blick auf die Kameras, die uns wie immer beobachteten, und wusste, dass die Wärter die Show viel zu sehr genossen, um Bryn den Spaß zu nehmen. Auch wenn ihre Macht über das Gefängnis mit dem Tod ihrer beiden Kameradinnen geschwunden war, war sie eine ernst zu nehmende Gegnerin.

Und zwar eine tödliche.

Ich wollte gerade den Vorschlag machen, sie hier und jetzt herauszufordern und zu hoffen, dass die Wärter Gefallen an dem Schauspiel finden würden, doch dann durchströmte eine seltsame Wärme meinen Körper, als wäre meine Heilmagie ohne Vorwarnung erwacht.

Ich betrachtete zuerst meine Finger und Zehen und dann den Rest meines Körpers, doch ich stellte fest, dass ich nicht verletzt war. Ich hatte keine Erklärung für dieses merkwürdige Gefühl.

»Hast du das gespürt?«, fragte Sorin und richtete sich auf.

Hm. Also bin ich nicht die Einzige.

Keiner der anderen Gefangenen reagierte, aber die Walküre wandte den Blick ab und sah sich aufmerksam um.

Irgendetwas stimmt hier nicht.

Der Raum wurde von einem leichten Beben erfasst. Es war so subtil, dass ich es vielleicht gar nicht bemerkt hätte, wenn ich nicht derart hellhörig gewesen wäre. Ich spürte es zuerst an meinen Füßen, da ich es vorzog, barfuß zu gehen, und rief gerade noch rechtzeitig eine Warnung aus.

»Weg vom Boden!«, rief ich, als ich mich in die Luft schwang.

Zian und Sorin folgten mir ohne Widerrede und flogen mit einem kräftigen Flügelschlag auf. Wir taten unser

Bestes, um uns in der unbewegten Luft zu halten, als wir die Decke des Fitnessraums erreichten.

»Rave, was ist ...«, begann Zian, doch im nächsten Moment brach der gesamte Boden im hinteren Bereich, in dem wir trainiert hatten, weg und gab den Blick auf glühende Lava frei. Die Hitze ließ mich augenblicklich am ganzen Körper schwitzen.

Ich starrte hinunter und konnte nicht glauben, was ich vor mir sah.

»Was zum Teufel ist das?«, schrie ich, während ich wild mit den Flügeln schlug. Ich versuchte, mich der Decke zu nähern, um der Hitze zu entkommen. Falls dies eine Massentötung war, dann hielten sie uns wirklich auf Trab.

Leider hatten nicht alle meinen Warnruf gehört. Diejenigen, die nicht schnell genug waren, schrien vor Schmerz auf, als ihre Flügel Feuer fingen. Sie versanken in dem geschmolzenen Strom aus Lava, der den hinteren Teil des Raumes überflutete, während die Überlebenden entweder aufflogen oder sich zu dem einzigen Ausgang durchkämpften.

Und dort lag Bryn bereits in Führung.

Sie grinste mich an und hauchte mir einen Kuss zu, dann schlug sie mit den Flügeln und flog als Erste durch die Tür. Sie schlug sie zu und schob den Riegel vor.

»Miststück!«, kreischte ich.

Die Gefangenen hämmerten gegen die Tür, aber es war zu spät.

Wir saßen in der Falle.

Der Lavastrom breitete sich innerhalb weniger Minuten im gesamten Fitnessraum aus und zwang den Rest der Noir, ebenfalls aufzufliegen.

»Ich kann mich nicht mehr lange in der Luft halten«, keuchte ich, während ich darum kämpfte, nicht abzustürzen. Wir hatten nicht annähernd genügend Flugtraining absolviert, um die Muskeln aufzubauen, die für das Schweben in unbewegter Luft erforderlich waren. Ich versuchte, mithilfe der wenigen Wärmewellen etwas Auftrieb zu gewinnen, doch ich würde nicht lange so schweben können.

»Da drüben«, sagte Sorin und deutete mit dem Finger auf eine Ecke des Fitnessraums, die ich in meiner Panik übersehen hatte. Die Lava umspülte eine Säule des Fundaments und verursachte einen Riss in der Mitte. »Wenn wir sie einreißen, könnten wir die Decke in diesem Teil zum Einsturz bringen.«

»Ein brillanter Plan«, erwiderte Zian höhnisch. »Es reicht dir wohl nicht, von geschmolzener Lava gekocht zu werden. Sollen wir auch noch lebendig begraben werden?«

»Nicht, wenn wir sie im richtigen Winkel durchbrechen«, sagte ich und entdeckte die Schwachstellen in der Säule, die die anderen vielleicht nicht sehen konnten. »Folgt mir.«

Ich war nicht stark genug, um die Säule soweit zu beschädigen, dass sie einstürzte, aber ich rammte sie dennoch mit der Schulter. Ich stöhnte vor Schmerz auf und flatterte zur Seite, um Zian und Sorin Platz zu machen. Sie brauchten drei Anläufe, bevor sich ein weiterer Riss bildete. »Noch einmal!«, rief ich und machte mich darauf gefasst, dass die Decke herunterkommen würde.

Sorin rammte die Säule, woraufhin Felsbrocken von oben in die Lava fielen. »Nach links!«, rief ich. Sorin befolgte meine Anweisung sofort und entging nur knapp den Trümmern.

Sonnenlicht strömte in den Raum und meine Panik wich einem Hochgefühl. Ich stürmte durch die Öffnung und sog die frische Luft ein, hielt jedoch inne, als ich die Umgrenzung erreichte. »Verdammt noch mal!«, fluchte ich.

Zian lachte leise, als er mir gemeinsam mit Sorin folgte. Sie wussten, dass sie nicht weiter fliegen sollten als ich, denn im nächsten Moment beobachteten wir verärgert, wie einer der Noir an uns vorbeiflog und von der Barriere bei lebendigem Leib gebraten wurde.

Wir konnten zwar nicht entkommen, aber wir waren noch am Leben.

Zumindest für den Moment.

21

ZIAN

Auf der anderen Seite des Hofes stolzierte Bryn erhaben umher und ich überlegte, wie schnell ich ihr einen dieser verkohlten Felsbrocken durch ihr schwarzes Herz schleudern könnte.

An ihrem strahlenden Gesicht war zu erkennen, dass sie es nicht im Geringsten bereute, uns gestern alle im Fitnessraum eingesperrt zu haben.

Raven stand neben mir und blickte ebenso wütend drein. »Diese Schlampe muss sterben.«

»Ich bin ganz deiner Meinung«, murmelte ich und verschränkte die Arme vor der Brust.

Sorin stellte sich neben mich, wobei sein Flügel den meinen streifte. »Ich würde vorschlagen, sie jetzt gleich auszuschalten, doch die Nora haben irgendetwas vor.« Er zeigte mit einem Nicken auf die Klippe und weckte mein Interesse. Er war heute an der Reihe, die Umgebung zu überwachen, während ich mit Raven trainierte.

Wir hatten unser Sparring jedoch unterbrochen, als Bryn in ihrer ganzen Walkürenpracht in den Hof geschlendert kam.

Nur weil sie uns hier nicht einsperren konnte, hieß das nicht, dass sie sich nicht etwas anderes einfallen lassen würde, um uns zu töten. Ich wollte nicht in die Nähe dieser hinterhältigen Schlampe geraten.

»Kommt, seht euch das an«, sagte Sorin, dessen Neugier spürbar war.

Ich folgte ihm zu dem elektrisch geladenen Zaun an der Kante, der bedrohlich summte, und folgte seinem Blick zu dem Schwarm weißer Federn in der Ferne. Sorin nahm eine defensive Haltung ein, indem er die Füße in den Boden stemmte und die Arme vor der Brust verschränkte.

Ich verstand sofort warum.

»Sie sind dabei, etwas zu bauen«, sagte ich und kniff die Augen zu dünnen Schlitzen zusammen. »Ein weiteres Gefängnis?«

»Möglicherweise.« Er klang sowohl verblüfft als auch neugierig.

Mir erging es nicht anders, wobei sich das Gefühl noch verstärkte, als ich die berüchtigten schwarzen Spitzen an einem weißen Flügelpaar bemerkte. »Sayir ist hier«, sagte ich schockiert.

»Ja.« Sorins einfache Antwort verriet mir, dass er die auffällig gefärbten Federn bereits entdeckt hatte. Niemand sonst im Reich der Nora hatte weiße Federn mit schwarzer Spitze. Man munkelte, sie hätten sich verfärbt, als er seinen Posten als Reformator eingenommen hatte. Sein Bruder hingegen hatte weiße Flügel mit einem goldenen Rand, was ihn als König der Nora kennzeichnete.

Als ich all das Raven erklärte, stand ihr vor Staunen der Mund offen. »Das ist er also? Der Mann, vor dem mich alle weiblichen Noir gewarnt haben?«

»Wovor haben sie dich gewarnt?«, fragte ich neugierig. Sayir war nicht sonderlich furchterregend. Er war lediglich ein Engel königlicher Herkunft, der leicht reizbar war. Aber das war angesichts seiner Position und Verantwortung für die Noir nicht anders zu erwarten.

»Sie nannten ihn böse und grausam und sagten, wenn er sich eine Frau nimmt, dann behält er sie für ruchlose Zwecke, um sich zum Beispiel mit ihr fortzupflanzen.« Sie erschauderte und ihre Angst war deutlich spürbar.

Ich wechselte einen Blick mit Sorin, der ebenso verwirrt schien wie ich. »Haben die Frauen in deinem früheren Gefängnis aus Erfahrung gesprochen?«, wollte er wissen.

Sie schüttelte den Kopf. »Die Geschichten beruhten wohl eher auf Gerüchten, die nach dem Verschwinden anderer Noir entstanden sind.«

»Noir wie du?«, fragte ich und zog eine Augenbraue in die Höhe. »Werden die anderen annehmen, dass er dich entführt hat?«

Sie zuckte mit der Schulter. »Wahrscheinlich nicht. Sie haben immer erwartet, dass ich in ein Erwachsenengefängnis verlegt werde, sobald ich achtzehn bin. Ich bin in dem Wissen aufgewachsen, dass das mein Schicksal sein würde, und war überhaupt nicht überrascht, als der Wärter an meinem Geburtstag auftauchte, um mich zum Luftschiff zu bringen. Ich war eher schockiert, als ich feststellen musste, dass es voller männlicher Noir war. Zum Glück konnten sie mich wegen der Kapuzen über ihren Köpfen nicht sehen.«

»Haben sie dich in der Luft hinausgeworfen?«, fragte Sorin. »Denn ich habe dich gefunden, als du allein umhergeflogen bist.«

Sie leckte sich über die Lippen und ihre Augen funkelten vor Stolz. »Ich habe den Wärter, der mich begrapschen wollte, niedergestochen und bin aus dem Luftschiff entkommen.«

Meine Augenbrauen schossen in die Höhe. »Und sie haben dich nicht dafür bestraft?«

Sie schüttelte den Kopf. »Nein. Sie dachten wohl, die Arena wäre Strafe genug.«

Ich sah wieder Sorin an. Er warf mir einen vielsagenden Blick zu, der wahrscheinlich dem meinen ähnelte. »Ich bin überrascht, dass sie dich vor der Arena nicht ausgepeitscht oder dir einen Flügel gebrochen haben«, murmelte er. »Wir wären ganz sicher auf diese Weise bestraft worden, wenn wir so etwas gewagt hätten.«

»Vielleicht haben sie es durchgehen lassen, weil sie eine Frau ist?«, räumte ich ein, wobei ich mir nicht sicher war, ob ich es selbst glaubte. Mir fielen jedoch keinerlei andere Gründe ein, warum sie so ein Verhalten dulden würden.

»Der eine Wärter hat zwar gesagt, dass es ihnen nicht erlaubt war, mich zu berühren, doch dann schien er gewillt zu sein, ein Auge zuzudrücken.«

»Dann hatten sie vielleicht Angst, von einem Vorgesetzten gemaßregelt zu werden, wenn sie den Vorfall meldeten.« Das war eine hinreichend plausible Erklärung, auch wenn sie noch nicht ganz überzeugend war.

Sorins Gesichtsausdruck verriet mir, dass er das Gleiche dachte, aber er gab keinen Kommentar ab.

Ein weiteres Rätsel, das wir auf unsere Liste setzen konnten.

Und das Ding da draußen im Ozean stand ganz oben. »Falls das unsere neue Behausung sein soll, ist sie ziemlich klein«, überlegte ich und verglich die burgähnliche Anlage hinter uns mit dem Fleck draußen im Meer. Der Bau war gerade einmal so groß wie unser Hof, der zwar weitläufiger war als der letzte, aber er war sicher nicht groß genug, um die Fläche für Massentötungen, einen Fitnessraum und Dutzende von Zellen darin unterzubringen.

»Was auch immer es ist, ich denke, wir werden es bald herausfinden.« Sorin starrte noch einen Moment darauf, bevor er die Gegend um uns herum noch einmal in Augenschein nahm, während seine blauen Augen stets wachsam funkelten. »Wie sollen wir Bryn töten?«

»Auf grausame Weise«, antwortete Raven sofort. »Am liebsten würde ich sie verbrennen, denn ich will ihre Schreie hören.«

Ich lachte leise. »Aus dir ist ja ein wahrlich ruchloses kleines Wesen geworden, süßes Vögelchen.«

Sie fletschte die Zähne. »Du hast ja keine Ahnung.«

»Oh, ich glaube, ich habe durchaus eine Ahnung«, konterte ich und packte ihren Nacken, um sie an mich zu ziehen. »Und das ist auch mein Verdienst.«

Sorin schnaubte. »Ja genau, du hast die ganze harte Arbeit allein gemacht.«

Ich grinste ihn an. »Es war ein Gemeinschaftsprojekt.«

Raven verdrehte die Augen. »Ihr tut ja gerade so, als wäre ich eine kleine, fügsame Noir gewesen, bevor wir uns kennengelernt haben.«

»Das warst du«, erwiderte ich beharrlich. »Ein süßer, unschuldiger kleiner Engel, der darum bettelte, von zwei großen männlichen Noir genommen zu werden.«

Ihre Pupillen weiteten sich und ihre Flügel raschelten in einer aufkommenden Brise. »Eine temperamentvolle und wilde Frau mit flinken Bewegungen und einem scharfen Verstand«, konterte sie. »Mit einem Anflug von Unschuld.«

Diesmal musste Sorin lachen. »Sicher, Täubchen. So war es.«

Sie knurrte. »Ich war nicht schwach.«

»Das haben wir auch nie behauptet«, erwiderte ich und beugte mich vor, um ihr einen Kuss zu geben und die Zornesfalten um ihren Mund zu glätten. »Du bist außergewöhnlich stark, Raven. Das wissen wir. Und du wirst jeden Tag stärker.«

»Das macht dich zu einer perfekten Gefährtin«, fügte Sorin hinzu, während er mit den Fingern über ihre Flügel strich. »Wir würden niemals eine schwache Frau in unser Bett einladen, Raven. Es sei denn, wir wollten riskieren, sie zu zerbrechen.«

»Und in deinem Fall mussten wir nie Angst haben, dich zu zerbrechen«, flüsterte ich und fuhr mit meiner Zunge über ihre Unterlippe. »Du gehörst nicht ohne Grund zu uns, süßes Vögelchen.«

Ich nahm mir einen Moment Zeit und genoss den Kuss und die Art, wie sie ihren Körper an meinen schmiegte. Als ich spürte, wie alle uns anstarrten, zog ich den Kopf zurück. Alle wussten, dass wir eine Bindung eingegangen waren, denn sie konnten das Gemisch unserer Pheromone riechen. Einige der Männer beobachteten uns mit unverhohlenem Interesse und neidischen Blicken.

Währenddessen bedachte Bryn uns mit einem mörderischen Funkeln in den Augen.

Sie hatte uns gestern im Fitnessraum umbringen wollen. Das zeichnete sie als Feigling aus, denn ein wahrer Krieger tötete seine Gegner in einem gerechten Kampf und nicht mithilfe irgendwelcher Tricks.

Raven würde sich nie auf dieses Niveau herablassen.

Sie würde warten, bis sich die Gelegenheit zu einem Zweikampf ergab.

Genau wie Sorin und ich.

Deshalb waren wir das ideale Dreiergespann. Wir verstanden uns auf eine unvergleichliche Art und Weise, zu der nicht einmal Novak Zugang hatte. Er würde zwar einige Aspekte unserer Bindung nachvollziehen können, doch er würde nie begreifen, was uns auf intimer Ebene verband. Denn er würde nie ein Teil unseres Bands sein.

Aber das tat meiner Verbindung zu meinem Cousin keinen Abbruch.

Ich konnte spüren, wie er auf und ab ging und auf den richtigen Moment wartete. Er hatte die Blockade zwischen uns abgebaut und erlaubte mir wieder einen Zugang zu seinen Emotionen. Dadurch wusste ich, dass die vermeintliche Bedrohung, der er ausgesetzt war, nicht mehr existierte.

Aber der Direktor hatte ihn noch nicht aus der Einzelhaft entlassen.

Bald, gab seine Aura mir zu verstehen und ich spürte einen Anflug von Vorfreude. *Ich werde bald zurück sein.*

»Novak ist bereit, sich uns wieder anzuschließen«, sagte ich und löste mich von Raven, um mich an Sorin zu wenden. »Ich kann fühlen, dass er erwartet, freigelassen zu werden.«

»Weil Sayir hier ist?«, fragte Sorin.

Ich zuckte mit der Schulter. »Möglicherweise. Ich bin mir nicht sicher.« Ich betrachtete wieder die Nora in der Ferne und presste die Lippen zu einer dünnen Linie zusammen. »Aber wir müssen uns auf etwas gefasst machen. Ich kann es im Wind spüren.«

Sorin nickte. »Ich auch.«

»Hast du eine Ahnung, was es sein könnte?«, fragte Raven. Sie stand mir zugewandt mit dem Rücken zum Meer und hatte die Hände an meinen Bauch gelegt.

Ich strich ihr eine dunkle Haarsträhne aus ihrem wunderschönen Gesicht. »Nein. Aber was auch immer es ist, es ist sicher nichts Gutes. Wir müssen vorbereitet sein. Und Bryn muss sterben.«

Darin waren wir uns alle einig.

22

SORIN

EIN LABYRINTH.

Das Gebilde war in den letzten Wochen entstanden, in denen Sayirs berüchtigte Flügel mit den schwarzen Spitzen eine ständige Zierde im Wind gewesen waren.

»Was hat er jetzt vor?«, fragte ich, während wir ihn dabei beobachteten, wie er im Kreis um das neue Bauwerk flog. Wir standen am Rand des Hofes und mehrere Noir beobachteten mit uns das Geschehen, wobei sich auf ihren Mienen ein Ausdruck des Entsetzens abzeichnete. Ein leises Summen in der Luft warnte uns vor der elektrischen Spannung, die nur wenige Meter vor uns verlief, doch niemand schien sich daran zu stören. Wir waren alle viel zu sehr von dem neuen Labyrinth fasziniert, das draußen im Meer aufleuchtete.

Der Reformator war bei uns nicht sonderlich beliebt, denn er war für seine Grausamkeit bekannt. Er hatte zumindest nach außen hin den Auftrag, eine gesamte Spezies von Übeltätern zu rehabilitieren, und hatte bisher versagt. Das machte ihm sicher zu schaffen und weckte in ihm vielleicht sogar ein Gefühl der Verzweiflung. Aber diese Besserungsanstalt war keine Lösung.

Manchmal fragte ich mich, ob ein Noir jemals wieder zu einem Nora werden konnte oder ob wir für immer gefallene Engel bleiben würden.

Dabei hatte ich allerdings nie verstanden, wie ein Noir aufgrund eines einzigen Vergehens zu ewiger Gefangenschaft verdammt werden konnte. Ja, Zian und ich hatten uns zwar entschieden, Novaks Instinkten statt unseren Befehlen zu folgen. Dennoch waren wir zusammen mit Mördern in eine Besserungsanstalt gesteckt worden. Wer hatte entschieden, dass unsere Verbrechen gleichermaßen bestraft werden mussten? Und warum?

»Irgendetwas steht uns bevor«, murmelte Zian und beantwortete damit meine Frage nach Sayirs Beweggründen. »Er steht kurz davor, etwas zu enthüllen.«

»Sein Labyrinth?«, fragte Raven.

Zian nickte. »In meinen Augen sieht es eher wie eine Todesfalle aus.«

»Eine weitere Herausforderung«, fügte ich hinzu. »Ich frage mich, ob wir einfach hineingeworfen werden, um zu sehen, ob wir es überleben.«

»Klingt genau wie dieses Höllenloch.« Zian verschränkte die Arme vor der Brust und kniff die Augen zu dünnen Schlitzen zusammen. »Nein, damit hat es etwas anderes auf sich. Er lässt sich damit viel zu viel Zeit, nur um uns dann alle dort abzusetzen und zu beobachten, wie wir ums Überleben kämpfen. Aber was hat das mit einer Reform zu tun? Auf mich wirkt es eher wie ein Kriegerpfad.«

Ja, das dachte ich auch. »Es erinnert mich an eine Methode, um junge Rekruten zu trainieren.«

»Ganz genau.« Er kratzte sich am Kinn, während sein

dunkles Haar wie immer in alle Richtungen abstand. »Was auch immer er vorhat, wir werden es bald wissen.«

»Wir müssen also vorbereitet sein«, übersetzte Raven.

Wir nickten beide. »Ja. Wir sollten damit beginnen, indem wir ...«

»Zuchtschlampe«, unterbrach mich einer der Wärter. »Deine Anwesenheit wird verlangt.«

»Von wem?«, fragte ich und baute mich vor Raven auf.

Sie ergriff meine Federn und zog an ihnen. »Tu das nicht«, flüsterte sie. »Ich kann auf mich selbst aufpassen.«

Dessen war ich mir bewusst, dennoch war mir irgendetwas an dieser Sache nicht geheuer.

Verdammt, alles an diesem Ort zerrte an meinen Nerven. Doch das Gefühl war heute stärker als gewöhnlich und ich wusste einfach nicht warum.

Es lag an diesem Labyrinth.

Oder vielleicht an der Tatsache, dass Sayir etwas damit zu tun hatte.

Warum zeigte er sich den Häftlingen nicht? Warum trieb er sich auf dem Meer herum? Was faszinierte ihn da draußen so sehr?

Als ich mich nicht sofort in Bewegung setzte, zog Zian mich am Arm, damit ich Raven aus dem Weg ging. »Wir müssen um ihretwillen bei vollen Kräften bleiben«, murmelte er leise. »Mach jetzt keine Szene.«

Zu spät, dachte ich und bemerkte, wie der Nora wütend wurde.

»Der Reformator braucht ein Versuchskaninchen und er hat sie angefordert«, sagte er mit einem grausamen Lächeln. »Ich werde euch einen Moment Zeit lassen, damit ihr euch voneinander verabschieden könnt. Ihr werdet es ohnehin spüren, wenn sie stirbt.«

Raven erstarrte.

Und Zian reagierte, indem er seine Faust in den Kiefer des Noras rammte, wobei er eine Geschwindigkeit an den Tag legte, die ich bewundert hätte, wenn ich mich nicht gerade selbst zum Kampf bereit gemacht hätte.

So viel dazu, keine Szene zu machen, dachte ich, als ich dem Wärter einen Tritt in die Leistengegend versetzte.

Ich wurde von einem brennenden Schmerz durchzuckt, als aus dem Nichts zwei weitere Wärter auftauchten, die mit ihren Waffen wiederholt auf mich einschlugen.

In blinder Wut wirbelte ich herum, schlug sie bewusstlos und riss ihnen buchstäblich die Federn vom Rücken, während Zian neben mir weiterkämpfte.

Dann fiel ein elektrisch geladenes Netz auf meine Flügel und brachte mich zu Boden, während Raven zu schreien begann. Ich erschauderte, als ich sah, wie sie mit den Füßen austrat, während sie von zwei Wachen aus dem Hof geschleift wurde. All die umstehenden Noir beobachteten das Geschehen mit verängstigten Mienen.

Keiner von ihnen sprang ein, um zu helfen.

Ich hatte es auch nicht von ihnen erwartet, doch in diesem Moment wollte ich sie alle abschlachten. Genauso wie die Nora, die immer wieder auf mich eintraten, während die elektrische Spannung durch meine Adern zuckte. Ihre Stiefel schützten sie offenbar davor, denn sie traten mit voller Wucht zu.

Ich hörte Zian irgendwo in der Nähe knurren, während er immer noch gegen die Wärter ankämpfte und wir vergeblich versuchten, unsere Raven zu erreichen.

Bis wir von einer unbändigen Macht fast erdrückt wurden, als der Reformator neben uns landete und wütend mit den Federn schlug. »Lasst sie frei«, forderte er von den Wärtern. »Es sei denn, ihr wollt zwei weitere Noir auf dem Gewissen haben.«

Offenbar ist es verpönt, einen Noir umzubringen, solange ihn der Tod nicht im Rahmen einer Herausforderung ereilt. Wer hätte das gedacht?

Das brennende Gefühl ließ nach, als die Netze von meinen Flügeln abfielen, während ich unter Sayirs Kontrolle jedoch weiter auf dem Boden kniete. Er war von königlichem Geblüt und ein Befehlshaber, der die einzigartige Fähigkeit besaß, anderen seinen Willen aufzuzwingen. In diesem Fall verlangte er unsere Unterwerfung und alle um ihn herum gehorchten.

Einschließlich Zian und mir, denn seine mächtige Überzeugungskraft übermannte unser Bedürfnis, Raven zu beschützen, allerdings nur knapp.

»Ihr werdet vom Podium aus zusehen. Ich erlaube euch sogar, euer Band zu nutzen, um sie zu führen. Aber ich habe sie als Testperson gewählt und werde sie benutzen, wie ich es für richtig halte.« Seine Worte duldeten keine Widerrede und Zian stieß ein Knurren aus.

Ich schwieg jedoch.

Er hatte uns die Erlaubnis gegeben, ihr zu helfen.

Ich zog es vor, sein Angebot anzunehmen, statt in Einzelhaft gesteckt zu werden, weil ich versucht hatte, sie vor einem Schicksal zu bewahren, auf das keiner von uns einen Einfluss hatte. Wir hatten die letzten Wochen damit verbracht, uns jeden Winkel dieses Labyrinths einzuprägen. Wenn wir die Möglichkeit hatten, sie von oben zu beobachten, würden wir sie anleiten können und sie würde überleben.

Wie Zian schon bemerkt hatte, mussten wir um ihretwillen bei vollen Kräften bleiben.

Mit gesenktem Kopf akzeptierte ich Sayirs Bedingungen und schwor insgeheim, mich an ihm zu rächen, sollte ich mich jemals außerhalb dieses grauenvollen Ortes wiederfinden.

Zian musste zu demselben Schluss gekommen sein, denn er verstummte.

»Wo ist Novak?«, wollte Sayir wissen. Ich vermutete, dass er den Blick durch die Menge schweifen ließ, aber ich wagte es nicht, den Kopf zu heben.

»In Einzelhaft, Sir«, antwortete ich und fügte den Titel aus Respekt hinzu, den ich ihm gegenüber jedoch nicht empfand. Dennoch kam mir die Anrede wie selbstverständlich über die Lippen, da ich mein Leben dem Dienst als Krieger gewidmet hatte. Es war seltsam, dass selbst ein Jahrhundert im Gefängnis mich nicht von dieser Angewohnheit hatte befreien können.

»In Einzelhaft?«, wiederholte er. »Warum zum Teufel befindet er sich in Einzelhaft?«

»Er hat den Großteil der Noir in der Arena getötet«, antwortete ein Wärter. »Wir wollten nicht, dass er auch die anderen Insassen umbringt, also haben wir ihn in Einzelhaft gesteckt. Sir.«

Ich schmunzelte. *Nun gut.* Novak hatte eine Art, die Dinge zu handhaben, die sich nicht immer mit den Erwartungen anderer deckte.

»Du meinst all die Insassen, die aufgrund der Schlamperei des Direktors ohnehin getötet worden wären?« Sayir klang belustigt und verärgert zugleich. »Bringt das in Ordnung. Und bringt die beiden auf das Podium, ohne sie zu töten.«

Ich spürte, wie die machtvolle Energie in meinen Federn verebbte, als Sayir den Hof mit einem kräftigen Flügelschlag verließ und direkt durch die elektrisch geladene Barriere flog. Entweder hatte er sich einen

Schutzschild umgelegt oder seine Kräfte bewahrten ihn vor der Spannung.

Ich vermutete, dass erstere Möglichkeit zutraf, doch ich wollte auch letztere Theorie genauer untersuchen.

»Du hast ihn gehört«, blaffte einer der Wärter und packte mich am Arm, um mich mit einem unbarmherzigen Ruck nach oben zu ziehen. Als ich die Blutergüsse sah, die sich langsam um sein linkes Auge abzeichneten, wusste ich warum.

»Du solltest das kühlen«, schlug ich wie beiläufig vor. »Es könnte helfen, doch für den Rest deines Gesichts habe ich leider keinen guten Rat. Das hast du deiner Mutter zu verdanken, fürchte ich.«

Er stieß mich zu Boden und wollte mir gerade seine Faust ins Gesicht rammen, als eine Woge der Macht ihn daran hinderte.

»Sofort!«, ertönte eine Stimme aus dem Himmel, während Sayir uns immer noch beobachtete.

Ich grinste, als der Nora einen Fluch ausstieß. »Warte nur, bis er weg ist«, drohte der Wärter.

»Natürlich«, antwortete ich und sprang wieder auf die Füße, bevor er erneut nach mir schlagen konnte.

Zian warf mir einen vielsagenden Blick zu, mit dem er zu sagen schien: *Hör auf mit dem Mist.*

Als ich die Angst durch unser Band spürte, lenkte ich ein.

Raven war in Schwierigkeiten und sie brauchte unsere Hilfe.

Wir sind hier, versuchte ich, ihr zu sagen, und sandte eine wärmende Energie durch unser Band. *Wir sind bei dir.*

23

RAVEN

MICH DURCHSTRÖMTE EIN PANISCHES GEFÜHL, das meine Fingerspitzen zum Kribbeln brachte. Ich ballte die Hände zu Fäusten, in der Hoffnung, dass der Engel an meiner Seite mir meine Angst nicht anmerken würde. Er war vor wenigen Augenblicken aufgetaucht und ich hatte sofort gewusst, wer er war.

Der Reformator.

Und nun sollte ich sein *Versuchskaninchen* sein.

Ich würde zu gern glauben, dass ich in der Lage war, alles zu überleben, was dieser Ort für mich bereithielt. Aber bei einem verdammten Labyrinth voller Todesfallen stieß selbst ich an meine Grenzen.

Die Wellen brandeten gegen die felsigen Außenwände und die zerklüfteten Klippen. Wir standen oben auf dem Hof, von dem aus wir einen perfekten Blick auf das Labyrinth hatten. Ich versuchte, mir den Weg zum Ausgang einzuprägen, aber selbst von hier aus verirrte sich mein Blick immer wieder in Sackgassen.

Hinter den Wänden lauerten Fallen und einzelne Abschnitte verschoben sich immer wieder, was mir verriet, dass sich das Labyrinth ständig verändern würde. Es würde mir also nichts nützen, einen Ausweg im Gedächtnis abzuspeichern, selbst wenn es mir gelänge. Zu allem Übel hatten sie vor Kurzem einige Kreaturen hineingeworfen, die nun darin herumschlichen und diesem neuen Spiel den letzten Schliff gaben, auf das ich mich wahrlich nicht freute.

»Ist es nicht herrlich?«, fragte Sayir, als er endlich das Wort ergriff. Ich unterdrückte den Drang zu erschaudern, als er eine kalte Hand auf meine zierliche Schulter legte.

Warum ich?, wollte ich ihn fragen. *Warum bist du hier? Was hat das mit der Reform zu tun?*

Ich biss mir jedoch auf die Unterlippe und weigerte mich, seinem düsteren Blick zu begegnen. Ich hatte zuvor einen Blick auf seine schwarzen Iriden erhaschen können und bemerkt, dass in seinem Inneren keine Seele wohnte. Daher nahm ich an, dass sein Herz ebenso dunkel war.

Ein Versuchskaninchen, wiederholte ich in Gedanken. *Du kannst mich mal.*

Eine warnende Energie durchdrang mein Band und ich blickte hinunter auf den Hof, um nach meinen Gefährten zu suchen. Ich entdeckte sie und sah, dass sie jeweils von fünf Wärtern festgehalten wurden, denn es brauchte so viele Männer, um sie von mir fernzuhalten. Ich riss die Augen auf und flehte sie mit einem Blick an, sich nicht einzumischen. Sie hatten es bereits versucht und waren gescheitert.

Ich würde diese Aufgabe nicht bewältigen können, wenn sie verletzt waren.

Ich musste mich konzentrieren.

Ein Rascheln von Flügeln riss mich aus meinen Gedanken und ich erkannte, dass der Engel neben mir auf eine Antwort wartete.

»Warum bin ich hier?«, fragte ich. Es war mir zuwider, wie verletzlich meine Stimme klang.

Ich warf einen Blick auf Bryn, die ihn auf der anderen Seite flankierte, und sah, dass ihre grünen Augen vor Aufregung funkelten. Wahrscheinlich hatte sie sich freiwillig für diesen Wahnsinn gemeldet und vielleicht sogar mich als Gegnerin vorgeschlagen. Für eine Walküre war das alles wie ein feuchter Traum. Tod, Zerstörung und Chaos, alles an einem Ort. Sicher hatte sie sich nicht zweimal bitten lassen, an der Herausforderung teilzunehmen, und würde sich kopfüber hineinstürzen.

Sayir tätschelte mir den Kopf, als wäre ich ein Haustier, und streichelte dann anerkennend einen meiner Flügel. Die Geste wirkte fast väterlich und jagte mir eine Heidenangst ein. »Ich habe euch beide beobachtet und ich muss sagen, ihr habt beide eure Stärken und Schwächen. Ich bin gespannt, wer am Ende die Nase vorn haben wird.«

Das war ganz sicher nicht die Antwort, nach der ich gesucht hatte.

Auf der anderen Seite hatte ich seine Frage auch nicht wirklich beantwortet.

Dieser Ort ist nicht herrlich, dachte ich, als ich mich an seine Frage erinnerte. *Er ist grotesk und falsch.*

Bryn breitete die Flügel aus und ließ den Wind durch die Federn rauschen, als könne sie es nicht erwarten, zu der Insel zu fliegen.

Ich hatte es zuerst für einen Vertrauensbeweis gehalten, uns einfach auf der Klippe stehen zu lassen, doch dann hatte ich die Boote gesehen, die mit Luftabwehrwaffen ausgestattet waren. Sollten wir einen Fluchtversuch unternehmen, würden wir noch in der Luft abgeschossen werden.

Bryn warf mir einen prüfenden Blick zu. »Es ist fast

peinlich, dass ich mich mit dieser Zuchtschlampe messen muss. Aber das Labyrinth gefällt mir außerordentlich gut.« Sie schenkte mir ein Grinsen und ließ ihre spitzen Zähne aufblitzen. »Ich frage mich, wie du sterben wirst. Vielleicht wirst du schon in der ersten Sackgasse von einem Monster gefressen oder du wirst von einem der beweglichen Zacken aufgespießt.« Sie streckte die Zunge heraus und befeuchtete ihre blutroten Lippen, während sie mich mit einem Blick aus ihren grünen Augen durchbohrte. »Falls du lange genug überlebst, dann werde ich dir den Garaus machen. Oh, das wird ein Spaß.«

Der Reformator strich auch Bryn anerkennend über einen Flügel. Der Stolz in seinem Blick verwirrte mich zutiefst. Waren sie miteinander verwandt? Oder behandelte er alle Frauen auf diese Weise?

Im Frauengefängnis hatten Gerüchte darüber kursiert, dass er manchmal Engel entführte und sie nicht zurückbrachte. Niemand wusste, was er mit ihnen anstellte, aber da es sich in der Regel um Frauen handelte, ergaben sich daraus gewisse Vermutungen.

Ich wollte wirklich nicht eines seiner neuen Spielzeuge sein, oder wie auch immer er seine weiblichen Noir nannte.

Sayir sah mir in die Augen, in denen ein fast freundlicher Ausdruck lag. »Ich habe dich ausgewählt, Raven«, begann er mit sanfter Stimme, um meine Frage zu beantworten, »weil ich die Qualität meines neuen Labyrinths testen will. Und wer könnte mir bei dieser Aufgabe besser behilflich sein als meine beiden Töchter?«

Jeder Muskel in meinem Körper verkrampfte sich und mein Mund war plötzlich wie ausgetrocknet.

Töchter?

»Ihr verfügt beide über die nötigen Fähigkeiten, um zu überleben. Die Frage ist nur, wer besser ist und als Siegerin hervorgeht«, sinnierte er. Seine Stimme klang auf eine Weise aufrichtig, die mir den Magen umdrehte. »Ich nehme an, ihr werdet mich beide stolz machen, aber im Noir Reformatorium ist nur Platz für eine von euch. Möge also die beste Nachkommin gewinnen.«

Ich starrte ihn mit offenem Mund an und wandte mich dann an Bryn, deren Grinsen noch breiter wurde. Mir wurde augenblicklich klar, warum sie mich so sehr hasste.

Sie hatte es gewusst.

Sie hatte die ganze verdammte Zeit über gewusst, dass wir nicht nur Schwestern waren, sondern auch von diesem Scheißkerl abstammten.

Wie hatte sie mir das nicht sagen können?

Wie hatte ich es nicht wissen können?

Wusste es eine der Frauen, die mich aufgezogen hatten? War eine von ihnen tatsächlich meine Mutter? Nein. Nein, das war nicht möglich. Jemand hätte es mir gesagt.

Ich bin die Tochter des Reformators?

Das musste ein Traum sein. Ein Albtraum. Ein Trick. Es konnte verdammt noch mal nicht wahr sein.

Doch der Ausdruck in seinem Gesicht war so liebevoll, während er uns wie ein Vater betrachtete, der sich um seine Kinder kümmert. Doch statt eines Geschenks hatte uns dieses Monster ein tödliches Labyrinth zum Spielen gegeben.

Ich wurde einzig und allein für diesen Moment geschaffen, erkannte ich mit blankem Entsetzen. *Und niemand hat es mir gesagt.*

Doch Bryn hatte alles bis ins Detail erfahren. Ich konnte es jetzt in ihren Augen sehen, die vor Aufregung strahlten.

Ich war zum Scheitern verurteilt.

Unvorbereitet und allein. Ohne jegliche elterliche

Führung. Während sie alles gehabt hatte, was sie unverkennbar als Siegerin auszeichnete.

Ich hatte keine Chance.

Und ihr Lächeln verriet mir, dass sie es wusste. »Viel Glück, Schwester«, sagte sie mit einem höhnischen Grinsen.

Uns wurde ein kurzer Flug zum Eingang des Labyrinths gestattet. Ich konnte fühlen, dass hundert Gewehre jeden meiner Flügelschläge verfolgten, also wagte ich nicht einmal daran zu denken, irgendwo anders hinzufliegen.

Aber ich würde Sorin und Zian ohnehin nicht zurücklassen. Das kam nicht infrage.

Bryn grinste mich an, als wir nebeneinander her flogen, dann beschleunigte sie ihr Tempo und stürzte sich auf den Eingang des Labyrinths. Ich hatte es nicht eilig, diesen schrecklichen Ort zu betreten. Sie wollte einige der Fallen für mich aktivieren? Nur zu.

Ich beobachtete von oben, wie sie landete, und sah, dass sie mit Vollgas in einen Tunnel lief, den mittleren Pfad einschlug, dann nach links und nach rechts abbog und sich scheinbar absichtlich einem der Monster stellte.

Was hat sie vor?

Mir blieb keine Zeit, darüber nachzudenken, denn ich landete unweigerlich selbst im Eingangskorridor und blickte auf, als ich ein Kraftfeld über meinem Kopf schimmern sah.

Aus diesem Labyrinth würde ich ganz sicher nicht herausfliegen können.

Ich schluckte den Kloß in meinem Hals hinunter und betrachtete die drei möglichen Pfade vor mir. Ich erinnerte mich an sie, denn ich hatte das Labyrinth von der Klippe aus studiert. Zwei der Wege würden tiefer ins Labyrinth hineinführen, während der dritte in einer tödlichen Falle endete.

Bryn hatte den mittleren Weg gewählt und soweit ich mich erinnerte, führte der rechte in einen Raum voller Zacken, die sich um das Opfer schlossen. Damit blieb mir nur eine Möglichkeit, denn ich wollte der Walküre nicht über den Weg laufen, wenn ich es vermeiden konnte. Sie hatte sicher schreckliche Pläne geschmiedet, um mich zu töten, und ich hatte nicht die Absicht, ihr bei deren Ausführung zu helfen.

Meine Schwester.

Ich versuchte, den Gedanken zu verarbeiten, aber er hatte sich wie ein Stachel in meinen Kopf gebohrt. Diese verrückte Schlampe konnte auf keinen Fall meine Schwester sein. Und doch spürte ich tief im Inneren, dass es die Wahrheit war.

Der Reformator ist mein Vater.

Diese Tatsache beängstigte mich noch mehr als meine Verwandtschaft mit der verrückten Schlampe. Ich sah auf und sehnte mich nach Sorins und Zians Bekräftigung, dass ich nicht böse war. Ich wollte von ihnen hören, dass ich nichts mit diesem Verrückten gemein hatte, der diesen Ort leitete und uns das Leben täglich zur Hölle machte.

Als hätten sie meine Bitte erhört, erschien plötzlich eine goldblau schimmernde Wolke vor meinen Augen und bahnte sich einen Weg durch den mittleren Korridor, den Bryn gewählt hatte.

Ich hielt inne, schnupperte die Luft und atmete den salzigen Karamellduft ein, der mich unmissverständlich an meine Gefährten erinnerte. Aber warum wollten sie, dass ich Bryn folgte?

Es muss eine Falle sein. Sie können mir hier nicht helfen.

Ich beschloss, der Sache nicht zu trauen, und entschied mich für den linken Korridor.

Mein Vater hatte meine Beziehung zu den beiden wahrscheinlich gefördert, um sie zu studieren oder Schlimmeres damit anzustellen. Vielleicht war er in der Lage, die Pheromone nachzubilden, die sich miteinander vermengten, wenn wir alle zusammen waren. In diesem Moment wurde mir klar, warum er mir erlaubt hatte, mich mit ihnen zu paaren. Für ihn war ich nur ein weiteres Experiment. Ich war mit schwarzen Flügeln geboren worden, was bedeutete, dass meine Nachkommen das gleiche Merkmal aufweisen könnten.

Wenn ich überlebte, würde er dann erwarten, dass ich Nachkommen zeugte?

Ich breitete unwillkürlich meine Flügel aus, als mein Beschützerinstinkt sich zu Wort meldete. Eines Tages würde ich mit Sorin und Zian Junge haben, und wenn jemand versuchte, Hand an sie zu legen, würde ich demjenigen mit meinen Zähnen die Kehle herausreißen.

Ein surrendes Geräusch erregte meine Aufmerksamkeit und ich legte meine Flügel eng an meinen Rücken an. Mir kamen die Federschermaschinen in den Sinn, die ich vor einigen Tagen gesehen hatte. Ich konnte mich noch erinnern, wie die Engel sich mit dem Einbau abgemüht hatten. Die Falle war dazu gedacht, die unerlässlichen Schwungfedern abzuhacken.

Nicht gerade ein angenehmes Zubehör, vor allem wenn das Wesen, das für dessen Montage verantwortlich ist, Flügel hat.

Ich entdeckte eine der Maschinen an der Wand, von der aus sich eine dünne Schiene horizontal über den Boden zog und den Weg markierte, den das Gerät durchlaufen würde. Wenn ich nicht gewusst hätte, dass ich danach suchen müsste, hätte ich die Spur vielleicht übersehen. Dennoch schien es eine eher armselige Falle zu sein, die ich sicher vermeiden ...

Das Aufblitzen von Metall ließ mich aufschreien, als ich mich gerade noch rechtzeitig duckte, um einem der Geräte auszuweichen, das mit einer irrsinnigen Geschwindigkeit an mir vorbeisauste. Ein langer, fast unsichtbarer Arm schwang aus, schnitt durch die Luft und streifte die Spitzen meines Haares, sodass einige schwarze Strähnen zu Boden fielen.

Das war knapp.

Okay, vielleicht hatte ich das Labyrinth von der Klippe aus doch nicht so gründlich erkunden können. Immerhin war es ein gutes Stück entfernt.

Das Gackern einer wahnsinnigen Walküre hallte durch den Korridor und kurz darauf folgte ein monströses Kreischen. Ich konnte nicht sagen, wer den Kampf gewonnen hatte, aber ich war froh, dass ich mich nicht in der Nähe von Bryn und dem albtraumhaften Wesen befand, das ihren Teil des Labyrinths durchstreifte.

Ich atmete tief durch und ging den immer schmaler werdenden Pfad weiter, bis mir keine andere Wahl blieb, als zu kriechen. Ich dachte daran umzukehren, aber wenn ich das Ende des Labyrinths erreichen könnte, ohne meiner Schwester über den Weg zu laufen, müsste ich sie nicht töten. Ich hoffte, dass irgendeine Falle oder Kreatur sie zuvor verstümmeln würde, denn Schwesternmord war eine Sünde, die ich wirklich nicht begehen wollte.

Meine Heilmagie erwachte zum Leben, als ich mit den Knien über den Boden schrammte, während ich weiter über die zerklüfteten Felsen kroch. Das gesamte Labyrinth schien aus denselben schwarzen Felsplatten wie die Klippen zu bestehen – sie waren allesamt rau und unbarmherzig.

Ich hinterließ eine Blutspur, der meine Schwester folgen

konnte, falls sie beschließen sollte, den Weg zurückzugehen. Doch ich konnte nichts dagegen tun.

Der Schweiß lief mir den Nacken hinunter, als ich einen Lichtschimmer am Ende des Tunnels sah. Ich zwängte mich durch die Öffnung und gelangte in einen weiteren Raum, von dem mehrere Pfade abzweigten. Ich wischte mir die Hände ab, als ich die verschiedenen Möglichkeiten betrachtete. Ich blinzelte und versuchte, mich zu erinnern, wobei ich meine Hände hob, um die Pfade mithilfe meiner Finger zu visualisieren.

»Okay, also, ich bin nach links gegangen, dann habe ich einen Tunnel durchquert, und jetzt befinde ich mich in einem großen Raum. Von der Klippe aus habe ich, äh, einen Klecks gesehen, der mit anderen Klecksen verbunden ist.«

Ich seufzte. Ja, das würde kein gutes Ende nehmen.

Die goldblaue Wolke erschien wieder und verschwand wie in Panik in einem Korridor zu meiner Rechten.

Was will das Ding mir jetzt damit sagen?

Ein knackendes Geräusch ließ mich aufhorchen, und ich flatterte mit den Flügeln und sprang gerade noch rechtzeitig aus dem Weg, als ein riesiger Feuerball an der Stelle vorbeiraste, an der ich eben noch gestanden hatte. Ich schnappte nach Luft, als mein Adrenalinspiegel anstieg und eine Reihe weiterer knackender Geräusche ertönte.

Ich hatte keine Zeit mehr, mir zu überlegen, welche Richtung ich einschlagen sollte, oder ob der magische Dunst, der nach meinen Gefährten roch, vertrauenswürdig war. Ich musste mich für einen Weg entscheiden, und zwar sofort.

Ich betete zu allen Göttern, an die ich nicht glaubte, und entschied mich, meinem Bauchgefühl zu folgen. Ich eilte mit Vollgas den mittleren Weg entlang, gerade als eine Unmenge an Feuerbällen den ganzen Raum in Flammen aufgehen ließ. Ich hielt Ausschau nach weiteren Fallen oder Gefahren und sog die Luft ein, als der Raum sich zum Meer hin öffnete.

Ich kam abrupt zum Stehen.

Das ist einer der Kleckse, die ich von der Klippe aus gesehen habe, erkannte ich.

Ich betrachtete den Abgrund unter mir und überlegte, wie ich auf die andere Seite gelangen sollte. Winzige Drähte durchzogen den Raum dazwischen und verrieten mir, dass ich in winzige Stücke zerschnitten werden würde, wenn ich versuchte, über die aufgewühlten Wellen zu fliegen.

Ich blickte zurück und sah, wie die goldblaue Wolke mich umgab und meinen Körper mit Küssen und Wärme liebkoste, bevor sie von der Klippe stürzte und im Meer verschwand.

Jetzt will sie, dass ich schwimme?

Ich musterte das dunkle Wasser und fröstelte. Ich hatte noch nie versucht zu schwimmen, denn ich hatte nie die Gelegenheit dazu gehabt.

Ich raschelte mit den Federn, während ich darüber nachdachte, ob ich es überhaupt bewältigen könnte, durch das Wasser zu tauchen, dann blickte ich zum Himmel hinauf. Sayir – ich weigerte mich, ihn als meinen Vater zu bezeichnen – genoss wahrscheinlich gerade die Show auf meine Kosten. Allein der Gedanke daran schürte meine Wut und brachte mich dazu, ihn noch mehr zu hassen.

»Findest du das lustig, du Arschloch?«, murmelte ich und ballte die Hände zu Fäusten, als ich von einer neuen Welle des Zorns gepackt wurde.

Ein Kreischen hinter mir riss mich aus meinen Gedanken und ich spähte über einen Flügel, um eines der albtraumhaften Tintenmonster zu erblicken, das mit einem Dolch im Auge auf mich zulief.

Die verdammte Walküre hatte es irgendwie geschafft, es zu verärgern und dann auf mich zu hetzen!

Meine Gebete wichen einem Fluch, als ich meine Flügel eng an meinen Rücken anlegte, die Hände ausstreckte und, ohne nachzudenken, ins Wasser sprang.

Die Kälte lähmte mich und raubte mir den Atem, während das Wasser meine Flügel durchdrang und mich augenblicklich sinken ließ. Eine Gänsehaut breitete sich auf meinen Gliedern aus und mein Magen krampfte sich zusammen.

Instinktiv breitete ich die Flügel aus und betete, dass meine Reaktion die richtige war.

Das war sie.

Ich bekam Auftrieb und durchbrach die Oberfläche lange genug, um kurz Luft zu holen, bevor ich wieder in die Tiefe sank.

Ich breitete die Flügel aus, trat mit den Füßen und atmete ein. Dann wiederholte ich das Ganze immer und immer wieder.

Es kam mir wie eine Ewigkeit vor und mein Körper drohte vor Erschöpfung aufzugeben, doch ich spürte, dass Sorin und Zian am anderen Ende des Bands auf mich warteten. Ich konnte sie jetzt nicht im Stich lassen. Sie verließen sich darauf, dass ich überleben würde.

Wenn du stirbst, werden wir ebenfalls sterben, schienen sie mir zu sagen. *Und wir werden heute nicht sterben. Also beweg deinen Hintern!*

Ich schaffte es auf die andere Seite und klammerte mich an den zerklüfteten Felsen fest. Meine Heilmagie lief auf Hochtouren, um mit dem Sauerstoffmangel und den Schnitten Schritt zu halten, die sich über meinen Körper zogen, während ich die unebene Wand hinaufkletterte.

Ich nahm mir einen Moment Zeit, um durchzuatmen,

als ich durchnässt, frierend und erschöpft auf der anderen Seite zusammenbrach.

»Du siehst aus wie eine kleine ertrunkene Ratte«, höhnte eine weibliche Stimme und ich erstarrte.

Bryn.

»Ich will nicht gegen dich kämpfen«, sagte ich mit klappernden Zähnen, als ich versuchte aufzustehen. Es gelang mir jedoch nicht, weil ich das schwere Gewicht auf meinem Rücken nicht gewohnt war.

Sie trat auf einen meiner mit Wasser vollgesogenen Flügel und ich schrie auf, als sie den Fuß verdrehte.

»Das ist schade, denn ich habe seit meiner Ankunft an nichts anderes gedacht.« Sie beugte sich vor und tippte sich an ihre vollen Lippen. »Also, wie soll ich dich töten? Langsam natürlich. Vielleicht sollte ich dir zuerst die Flügel ausreißen?« Sie strich ihr Ledergewand glatt und schnalzte mit der Zunge, während sie meinen Flügel immer noch mit ihrem Fuß festhielt. »Richtig, ich habe den Dolch, den Dad mir gegeben hat, ins Auge meines neuen Haustiers gesteckt.« Sie richtete sich auf, löste den Fuß von meinem Flügel und pfiff durch die Zähne. Ich warf einen Blick über meine Schulter, als das Tintenmonster einen Schrei ausstieß und dann im Tunnel verschwand. »Es wird bald hier sein. Ich habe den Weg eingeschlagen, der um diese Ozeanfalle herumführt. Sieht aus, als wärst du gar nicht so schlau, wie du denkst.«

Hm, vielleicht hätte ich der goldblauen Wolke von Anfang an folgen sollen.

»Ehrlich gesagt dachte ich, deine umwerfenden Freunde hätten dich besser trainiert.« Sie beugte sich wieder vor und verhöhnte mich mit ihrer Nähe und ihrer Selbstüberschätzung. »Wenn du weg bist, werden sie mich anflehen, sie zu ficken, und ich werde ihnen den Gefallen tun. Verdammt, vielleicht werde ich sie nicht einmal auf der Stelle töten. Wahre Krieger sind schwer zu finden, weißt du.«

Ich stieß einen Schrei aus. Ich wusste zwar, dass sie versuchte, mich aufzustacheln, doch das war mir egal. Im Gegensatz zu mir war sie innerlich so verdorben, wie es ihre schwarzen Flügel vermuten ließen.

Ihre grünen Augen leuchteten vor Vergnügen auf, als ich unsicher auf die Füße sprang. Ich holte zum Schlag aus, den sie mit Leichtigkeit abwehrte, denn dank meiner Erschöpfung war er unbeholfen und langsam. Trotz allem versuchte ich es noch einmal, denn die Schlampe hatte mich in Rage gebracht.

Sie wich aus und nutzte meinen Schwung gegen mich, um mich zum Stolpern zu bringen. Ich kam hart auf einer zerklüfteten Felsplatte auf, die sich sofort in meine Haut schnitt. Ein stechender Schmerz durchzuckte meine Wirbelsäule und mir verschwamm die Sicht, bis ich winzige schwarze Punkte vor Augen sah.

Sie schnalzte wieder mit der Zunge – es war eine furchtbare Angewohnheit, die ich zu hassen begann.

»Ich habe Vivian getötet«, erinnerte ich sie. »Sie hat versucht, mir meine Gefährten wegzunehmen, und sieh nur, wie das für sie geendet hat.«

Bryn hatte die Frechheit, den Kopf in den Nacken zu werfen und zu lachen. »Du bist wirklich so dumm, wie du aussiehst, *Zuchtschlampe*«, sagte sie, wobei sie das letzte Wort mit einem höhnischen Grinsen unterstrich. »Ich wusste, dass du einen Kampf gewinnen würdest, solange du deine Freunde dabeihast. Der sexy Kerl mit den dunklen Haaren – Zian, nicht wahr? – hat dir eine Waffe zugeworfen. Du hast also nur seinetwegen gewonnen. Aber weißt du was? Du bist jetzt ganz allein. Diesmal ist niemand da, um dich zu retten.«

Ein Kreischen ertönte durch die Gänge und verriet mir, dass das Tintenmonster ganz in der Nähe war. Bryn packte mich an den Haaren und zog mit einem Ruck daran. Ich schrie auf, als der Schmerz meine Kopfhaut durchzuckte.

»Ich hatte gehofft, dass sich mir eine größere Herausforderung bieten würde«, jammerte sie, »aber ich bin hier, um Vater zufriedenzustellen. Dich zu quälen wird mir zusätzliches Vergnügen bereiten.«

Ich wurde von einem Gefühl der Hoffnungslosigkeit übermannt, das mich zu lähmen drohte.

Ich bin am Ende.

Während meines Trainings hatte ich immer auf meine Schnelligkeit gesetzt, die größtenteils durch den Gebrauch meiner Flügel beeinflusst wurde. Doch diese waren durchnässt, wodurch ich langsam und unbeholfen war. Bryn hatte recht. Ohne meine Beweglichkeit war ich keine Herausforderung für sie.

Tränen traten mir in die Augen und ich verspürte einen Stich im Herzen, als ich daran dachte, was mit Zian und Sorin geschehen würde, wenn sie meinen Tod spürten. Ich konnte mir nicht vorstellen, sie auf diese Weise zu verletzen, und musste ein Schluchzen unterdrücken.

Ich spürte sie in meinem Inneren. Sie wollten, dass ich mich konzentrierte und mich nicht von ihren Worten beeinträchtigen ließ. Sie glaubten immer noch an mich, aber ich hatte keine Ahnung, wie oder warum. Konnten sie nicht sehen, dass ich ...

Moment mal ...

Ich neigte den Kopf zur Seite und sah die dünne schwarze Linie, die die Wand durchzog, während ein verräterisches Summen in der Ferne zu hören war. Bryn hatte es nicht bemerkt, denn sie war zu sehr auf ihr neues Haustier konzentriert.

Das ist es, dachte ich. *Das ist meine Chance.*

Aber ich hatte nur einen Versuch.

Ich muss ihn nutzen.

Ich wartete bis zum letztmöglichen Moment und holte zu einem weiteren jämmerlichen Schlag aus, woraufhin sie lachte und auswich ...

Und genau in den Pfad trat, auf dem die entgegenkommende Maschine verlief.

Das Messer schnitt mit Leichtigkeit durch sie hindurch und hinterließ eine rote Spur entlang ihrer Taille. Ihr Lachen verstummte und sie starrte mich mit ihren großen, grünen Augen schockiert an.

Dann kippte ihre obere Hälfte nach vorn und ihre Knie sackten zu Boden.

Mir wurde übel, als ich das Gewicht der unverzeihlichen Sünde spürte, das auf meiner Seele lastete. Ich nahm an, dass meine Flügel sich in diesem Moment sicher schwarz verfärbt hätten, wenn ich als Nora mit weißen Federn geboren worden wäre. Allerdings hatte ich nie eine Wahl gehabt. Ich war schon immer eine Noir und mein Schicksal war bereits vor meiner Geburt besiegelt gewesen.

Ich stand schwankend auf und rieb mir den Kopf, weil mir schwindelig war, doch das Kreischen des Monsters verriet mir, dass ich keine Zeit hatte, um mich zu sammeln.

Ich betrachtete die verschiedenen Wege und spürte, wie mich eine weitere Welle der Hoffnungslosigkeit niederdrückte. Es spielte keine Rolle, dass ich Bryn überlebt hatte, denn es gab keine Möglichkeit, dass ich diesen verdammten Ort lebend verlassen konnte.

Dann erwachte ein nagendes Gefühl in meinem Band

zum Leben, bis meine Brust sich anfühlte, als würde sie anschwellen und explodieren.

Sorin.

Zian.

Sie beobachteten mich immer noch von den Klippen aus. Ich konnte ihren Stolz und ihre Entschlossenheit spüren. Sie drängten mich weiterzukämpfen.

Gib nicht auf.

Kämpfe.

Lauf.

Die glitzernde goldblaue Wolke erschien wieder und umwehte meine Nase mit dem Duft von salzigem Karamell. Sie blitzte auf, als wollte sie mir zu verstehen geben, dass ich mich nicht länger wie ein starrköpfiges Kind benehmen sollte, dann schlug sie den Weg ganz links von mir ein.

»Danke«, flüsterte ich, als mir Tränen in die Augen stiegen, denn ich glaubte endlich, dass meine Gefährten mir helfen wollten. Ich hielt kurz inne, um zu den Wolken hinaufzublicken, wo meine Gefährten standen und mich beobachteten und mir auf eine völlig unerwartete Weise halfen.

Genau das würde den Walküren immer fehlen und ich würde immer stärker sein, als sie es je sein könnten. Ganz gleich, was Bryn gesagt hatte, ich würde nie allein sein.

Ich lief durch das Labyrinth und folgte meinem Herzen, um zu Sorin und Zian zurückzukehren, während ich ihnen im Stillen versprach, dass ich sie nie wieder aus den Augen lassen würde.

24

RAVEN

Ich folgte der glühenden Spur der Liebe in die Freiheit, doch statt meiner Gefährten stieß ich direkt auf Sayir.

Das hatte ich mir zwar nicht erhofft, doch immerhin war er nicht das Tintenmonster.

Sayir flatterte mit seinen schwarz geränderten weißen Flügeln und klatschte langsam und rhythmisch in die Hände. »Bravo, Tochter. Bravo.«

Ich trat aus dem Labyrinth und die Wand schloss sich hinter mir. Drei Nora und drei flügellose Wärter umringten uns und hielten die Fesseln bereit, während zwei von ihnen ein Portal aktivierten. Ich warf einen Blick darauf und überlegte, wohin ich wohl gebracht werden würde, bevor ich die Aufmerksamkeit wieder dem grinsenden Engel zuwandte.

»Die werden nicht nötig sein«, sagte er zu den Wärtern. »Sie wird nicht fliehen.«

Noch nicht, hätte ich beinahe laut hinzugefügt. Denn ich hatte auf gar keinen Fall die Absicht hierzubleiben. Vor allem nicht, da ich jetzt die Wahrheit kannte.

»Ehrlich gesagt habe ich erwartet, dass die Walküre

gewinnt«, gestand er. »Aber du hast mich bisher immer wieder überrascht, meine Liebe.« Er legte seine Flügel auf dem Rücken an und schien zufrieden mit dem Ergebnis zu sein. Dann wandte er sich um und ging einen Hügel hinauf, von dem aus man das Labyrinth überblickte.

Meine Liebe, wiederholte ich und brodelte innerlich vor Wut. *Für dich bin ich gar nichts, du verdammtes Arschloch.*

Es wäre jedoch nicht klug, das laut auszusprechen.

Stattdessen folgte ich ihm mit gespielter Neugierde. Mir war nun klar geworden, warum Bryn in der Gunst der Wärter gestanden hatte. Sie alle wussten, dass sie die Tochter des Reformators war. Sie hatte dieses Schicksal mit einem Lächeln akzeptiert. Wenn ich diese Karte ebenfalls ausspielte, würde man mir vielleicht einige Gefallen erweisen und mir möglicherweise einen Zugang zu Waffen und mehr Ausgang im Hof gewähren. Dann könnte ich diese Gefälligkeiten gegen diese Arschlöcher verwenden und irgendwann fliehen.

Manchmal zahlte es sich aus, das Spielchen mitzuspielen.

Auf der Kuppe des Hügels blieb ich neben Sayir stehen und überblickte das unvorstellbar große Labyrinth, das heute meine Grabstätte hätte sein können. Ich suchte absichtlich nicht nach Bryns Leiche, doch Sayir wies mich darauf hin.

»Da ist sie ja, eine der bösartigsten Walküren aller Zeiten, und du hast sie mit nichts als deinem Verstand getötet. Absolut brillant, Tochter. Ich hätte dich niemals unterschätzen dürfen.« Er seufzte mit einem Grinsen, während er den Blick über das Labyrinth schweifen ließ.

Ich ertrug das lange Schweigen und war mir nicht sicher, ob er eine Antwort von mir erwartete. Der Kerl war eindeutig ein Wahnsinniger und ein arrogantes Arschloch.

Arschlöcher liebten es, ihre eigene Stimme zu hören. Es war nur eine Frage der Zeit, bis er wieder das Wort ergriff und etwas sagte, was mir nützlich sein könnte.

»Ich habe dieses Gefängnis aus einem bestimmten Grund gebaut, Raven. Und dafür werde ich deine Hilfe brauchen.«

Als würde ich diesem Arschloch jemals helfen. Ich antwortete nicht, doch ich ballte die Hände zu Fäusten, während ich am ganzen Körper zitterte und einen unbändigen Drang verspürte, so weit wie möglich vor diesem wahnsinnigen Engel davonzulaufen.

Er grinste und schien sich sichtlich über meine Wut zu freuen. »Keine Sorge, meine Liebe. Im Moment erwarte ich von dir nur, dass du überlebst.« Er lachte leise. »Oh, und natürlich will ich, dass du deine Gefährten weiter beglückst.«

Da war er.

Der unumstößliche Beweis dafür, dass der Reformator wollte, dass ich mich paare. Er wollte sehen, welche Art von Engel ich zu seinem Nutzen zur Welt bringen würde.

Völlig ausgeschlossen.

Ich würde mit Sorin und Zian darüber reden müssen. Sie hatten erwähnt, dass ich es wissen würde, wenn ich bereit wäre, mich fortzupflanzen, und dass es erst in ein paar Jahren dazu kommen sollte. Doch ich war eine Noir. Vielleicht funktionierte ich nach den gewohnten Regeln, und falls wir uns immer noch in diesem gottverlassenen Höllenloch befanden, wenn es so weit war, mussten wir darauf vorbereitet sein.

»Ich habe mich wirklich geirrt«, fuhr er fort, ohne auf meine wachsende Wut zu achten. »Brynhilds Mutter war eine Walküre, und ich glaubte, sie wäre deshalb stärker. Körperlich war sie das auch. Sie war ziemlich beeindruckend, aber nicht so wie du. Ihr fehlten der Verstand, das Herz und der unaufhörliche Überlebenswille, der dich so sehr von den anderen unterscheidet.« Er gab ein Brummen von sich und verschränkte die Arme vor der Brust. »Ja, ich werde mich auf jeden Fall darum bemühen, mich mit mehr weiblichen Nora wie deiner Mutter fortzupflanzen. Das Ergebnis scheint vielversprechender zu sein.«

»Darum geht es hier also? Um Fortpflanzung?«, fragte ich.

Er sah mich an und zog eine Augenbraue in die Höhe. »Nein. Hier geht es ums Überleben, Raven. Das hast du doch inzwischen sicher verstanden.«

»Aber warum?«, fragte ich. »Warum die ganzen Prüfungen? Warum wurde ich mit schwarzen Flügeln geboren? Warum wurde ich durch diese Hölle geschickt?«

»Um dich stärker zu machen, mein Kind. Ich wollte sicherstellen, dass du in der Lage sein wirst, das, was auf dich zukommt, zu überleben. Du wirst die anderen führen müssen.« Er klang prophetisch, und mit jedem Wort merkte man ihm sein Alter an. Diesem Mann fehlte es an Moral. Er sah seine eigenen Nachkommen nicht als Engel, sondern als Testobjekte. Er hatte ein Labyrinth geschaffen, um die Noir zu testen und dafür zu sorgen, dass nur die Stärksten überlebten.

Aber ich verstand immer noch nicht warum.

»Was wird dir all das bringen?«, fragte ich und breitete die Arme aus, um sein Labyrinth in die Frage miteinzubeziehen. »Welchen Sinn hat das Überleben, wenn die Hölle die Belohnung ist?«

»Vielleicht ist die Hölle nur ein vorübergehendes Opfer. Vielleicht ist ein anderes Königreich die eigentliche Belohnung«, antwortete er kryptisch und strich mit einem

Finger über meinen Nasenrücken. Die zärtliche Berührung strafte unsere Unterhaltung Lügen. »Ich habe tausend Jahre im Fegefeuer gelebt, Raven. Ich bin es leid. Gemeinsam werden wir einen Wandel herbeiführen.«

Mein Herz setzte einen Schlag aus. »Welche Art von Wandel?«

»Einen, der notwendig ist«, antwortete er und wandte sich um, um den Hügel wieder hinabzusteigen. »Bryn hat von der perfekten Herausforderung geträumt und die habe ich ihr geboten. Doch du träumst von der Freiheit. Ich kann sie dir geben, Raven. Aber ich brauche dafür deine Zustimmung. Ich brauche dich als Anführerin.«

Das ergab keinen Sinn.

»Was soll ich anführen?«

Er lächelte. »Das wirst du noch sehen, meine Liebe. Und zwar bald.« Er blieb kurz vor dem Portal stehen und verschränkte die Hände. »Der Schlüssel zu allem ist gerade eingetroffen, Raven. Ich glaube, sie wird dir gefallen. Aber sie wird deine Hilfe brauchen, um hier zu gedeihen. Kannst du das für mich tun? Kannst du ihr helfen und sie führen?«

Ich starrte ihn an. »Ich habe keine Ahnung, wovon oder von wem du sprichst.«

»Ah, du wirst es bald wissen. Und ich denke, du wirst genau das tun, worum ich dich gebeten habe, trotz deiner Abneigung gegen mich.« Er verzog die Lippen zu einem Lächeln. »Du hast das Herz einer Nora, aber die Seele einer Noir. Höre auf Letztere, sie wird dir gute Dienste erweisen.«

Die Wachen schoben mich durch das Portal, bevor ich etwas erwidern konnte.

Und ich landete in meiner Zelle.

Ich atmete erleichtert aus. Unser Nest roch nach meinen Gefährten und nach meinem Zuhause.

Doch dann bemerkte ich, dass weder Sorin noch Zian

auf mich warteten. Stattdessen sah ich mich einem tödlichen Engel gegenüber, dessen Haare so dunkel wie ein mitternächtlicher Himmel waren. Das böse Funkeln in seinen Augen ließ auf seine Intelligenz schließen, die durch die zusammengepressten Lippen noch unterstrichen wurde.

»Oh, du musst Novak sein«, flüsterte ich.

Er antwortete nicht.

Sondern packte mich an der Kehle und hob mich hoch, um meinen Rücken gegen die Wand zu pressen.

Scheiße.

25

ZIAN

FÜNF MINUTEN ZUVOR …

MEINE FEDERN STRÄUBTEN sich in der Nachtluft und ich hatte den Blick auf das Labyrinth in der Ferne gerichtet, als ich Ravens Panik durch unser Band spürte. Es brachte mich fast um, dass ich nicht bei ihr sein konnte, um sie zu beruhigen. Sie war zu weit entfernt und ihre Seele war immer noch verstrickt in diese verdammte Todesfalle mitten im Ozean.

»Sie hat gewonnen«, sagte Sorin mit einem verwirrten Gesichtsausdruck. »Ich habe ihren Sieg gespürt.«

»Ich weiß.« *Nachdem sie uns mehrere Male ignoriert hat*, dachte ich leicht verärgert. Offenbar hatte sie nicht verstanden, was wir vorhatten, denn es war nicht ihre Art, uns nicht zu vertrauen.

»Warum hat sie dann so viel Angst?«, wollte Sorin wissen.

Ich schüttelte den Kopf, denn ich war nicht imstande, ihm die Frage zu beantworten. Ich hatte keine Ahnung, was vor sich ging. Glücklicherweise konnte ich die Fülle ihres Geistes spüren. Sie hatte zwar Angst, aber sie war nicht verletzt. Und ein Teil von ihr wurde von einer Welle der Wut durchströmt.

Diese Erkenntnis war entscheidend.

Denn ohne sie wäre ich versucht gewesen, durch das Energiekraftfeld zu fliegen. Und Sorin hätte sich mir angeschlossen.

Die Wärter hatten uns allein zurückgelassen, nachdem sie aus dem Labyrinth entkommen war. Wir hatten geglaubt, sie würden sie zu uns zurückbringen, doch offenbar hatten sie andere Pläne.

Wo bist du, Raven? Warum hast du Angst?

Sorin und ich gingen weiter, bis eine neue Woge der Angst durch unsere Verbindung sickerte, wobei sie diesmal viel näher zu sein schien.

Ich wechselte einen Blick mit Sorin und wir liefen im Eilschritt zurück zu unserer Zelle, wobei wir förmlich von Ravens Energiesignatur angezogen wurden.

Ich erreichte die Tür als Erster und sah, wie Novak sie gegen die Wand presste. Er hatte seine Hände um ihre Kehle gelegt und die Augen zu dünnen Schlitzen zusammengekniffen, während er sie beschnüffelte.

Sorin stieß ein warnendes Knurren aus, was meinen Cousin dazu veranlasste, den Blick langsam der Tür zuzuwenden. Er ließ Raven nicht los, aber ich sah, dass er seinen Griff um ihren Hals lockerte. Er neigte den Kopf auf eine unheimliche Art und Weise und ich wusste, dass sein Verstand versuchte, die Situation mit rasender Geschwindigkeit zu erfassen.

Dann tat Novak etwas, was typisch für ihn war, und zuckte lediglich mit den Schultern, um sie einen Augenblick später loszulassen. Er sträubte die Flügel, ließ sich in unser behelfsmäßiges Nest fallen und schloss die Augen.

Das war alles.

Keine Begrüßung.

Keine Bekundung, dass er uns vermisst hätte.

Er hatte nur unsere Entscheidung abgewogen und beschlossen, sie ohne ein weiteres verdammtes Wort zu akzeptieren.

Sorin packte Raven und zog sie in seine Arme, während ich mit meinen Fingern über ihre Kehle fuhr, um sicherzustellen, dass Novak sie nicht verletzt hatte. Sie zitterte und hatte die Flügel eng an ihren Rücken angelegt. Ich streichelte ihr weiches Gefieder, um sie zu trösten, während Sorin sie küsste, als würde es kein Morgen geben.

Ich hatte das Gefühl, beobachtet zu werden, und blickte auf den Boden, von dem aus Novak unsere Umarmung mit Neugierde beäugte. »Willst du allen Ernstes einfach hier herumliegen und kein verdammtes Wort darüber verlieren, dass du in Einzelhaft warst?«, fragte ich. »Willst du gar nicht wissen, was wir getrieben haben?«

»Es ist doch ganz offensichtlich, was ihr beide in meiner Abwesenheit getrieben habt«, antwortete er leise und klang, als hätte er seine Stimme schon lange nicht mehr benutzt. Wie ich ihn kannte, hatte er das wahrscheinlich auch nicht. »Glückwunsch.«

Und das war sie.

Seine große Rede.

Ich hätte ihn am liebsten gleichzeitig in die Arme gezogen und erdrosselt.

Stattdessen konzentrierte ich mich auf Raven und küsste sie auf die gleiche Weise, wie Sorin es getan hatte, während er seine Hände über ihren Körper gleiten ließ, um sie auf Verletzungen zu untersuchen. Aber ich wusste durch unser Band, dass es ihr gut ging. Jetzt, da wir wieder vereint waren, hatte ihre Angst nachgelassen und sie strahlte eine Ruhe aus, die meinen Herzschlag zum ersten Mal seit einer gefühlten Ewigkeit wieder verlangsamte.

»Das hast du gut gemacht«, lobte Sorin sie und umfasste ihr Gesicht mit beiden Händen, um sie von meinem Mund wegzuziehen. »Das hast du sehr gut gemacht, Täubchen«, wiederholte er und küsste sie erneut. »Abgesehen von der ersten Linkskurve durch das Feuer.«

In seinem Tonfall schwang ein tadelnder Unterton mit, der meinen Gedanken entsprach. Sie hatte sich über unseren Vorschlag hinweggesetzt und den denkbar schlechtesten Weg gewählt.

»Feuer?«, wiederholte sie ungläubig und legte die Stirn in Falten. »Da war kein Feuer.«

Sorin und ich wechselten einen Blick, bevor ich gedehnt antwortete: »Auf dem linken Weg war zweifellos Feuer. Wir konnten durch das Band spüren, wie es dich erhitzt hat. Wir haben nicht verstanden, warum du diesen Weg gewählt hast.«

»Da war kein Feuer.« Sie klang sicher, aber wir hatten die Flammen von oben gesehen.

»Ähnlich wie bei dem Duell?«, fragte Sorin. »Wir hatten sie durch die flammende Barriere sehen können, doch sie war nicht in der Lage gewesen hindurchzublicken.«

»Das ist nicht gut«, murmelte ich. »Das bedeutet, dass sie entweder ihre oder unsere Sehkraft manipulieren.« Ich vermutete, dass es ihre war, weil sowohl Sorin als auch ich sie während ihres Kampfes gegen Vivian hatten sehen können, während sie für unsere Duelle blind gewesen war.

»Ja, da hast du recht«, stimmte er zu und runzelte die Stirn.

Raven schüttelte den Kopf. »Das können wir später noch herausfinden. Ich ... ich muss euch etwas sagen.«

Novak schloss die Augen. Offenbar war er bereits gelangweilt.

Ich ignorierte ihn und wandte mich wieder Raven zu. »Wir wissen, was in dem Labyrinth passiert ist, Rave. Wir haben jede Sekunde davon gespürt. Auch als du unseren Rat ignoriert hast.«

Sie schüttelte den Kopf. »Das meine ich nicht. Aber ich danke ...«

»Wenn du dich bei uns bedanken willst, weil wir dir geholfen haben zu überleben, werde ich dich gegen die Wand ficken, während Novak zusieht«, drohte Sorin, dessen Wut deutlich spürbar war. »Du bist *unsere Gefährtin*, Raven. Wir erweisen dir keinen Gefallen, wenn wir dafür sorgen, dass du überlebst. Du bist mit uns verbunden. Wenn du stirbst, sterben auch wir.«

Ich wusste, dass er das im übertragenen Sinne meinte. Ein Teil von uns würde ohne sie zwar auf ewig Qualen erleiden und wir würden uns wahrscheinlich nach dem Tod sehnen, aber wir würden im Falle ihres Todes nicht wirklich sterben. Nicht physisch. Unsere Seelen würden jedoch leiden.

»Was willst du uns erzählen, süßes Vögelchen?«, warf ich ein und zog sie aus Sorins Armen, um meine Hand an ihren Nacken zu legen und sie an mich zu drücken. »Was ist passiert, nachdem du das Labyrinth überstanden hattest?«

»Ich habe den Reformator getroffen«, flüsterte sie mit einem Schaudern.

Das schien Novak zu interessieren, denn er setzte sich auf und zog die Knie an seine Brust, während er uns mit ernster Miene betrachtete.

Sorins Federn berührten die meinen, als wir mit unseren Flügeln einen Schutzwall um unsere Raven bildeten. »Was hat er gesagt?« fragte ich sie.

»Ich ...« Sie schluckte. »Er hat mir gesagt ... bevor ich das Labyrinth betreten habe ... Er hat mich seine *Tochter* genannt.«

Die nächsten Minuten, in denen sie uns von ihren beiden Gesprächen mit dem Reformator erzählte, gehörten zu den angespanntesten Momenten meines Lebens.

Als sie fertig war, waren wir dank der neuesten Informationen völlig verblüfft. Es war so still im Raum, dass man eine Stecknadel hätte fallen hören können.

»Ja, der Reformator ist also mein Vater«, murmelte Raven und brach das Schweigen. »Und die verrückte Schlampe ist meine Schwester. Zumindest war sie es. Aber jetzt ist sie tot. Und ich ... ich habe sie getötet.«

Raven schien nicht traurig darüber zu sein, aber die neuesten Enthüllungen hatten sie entsetzt. Ich konnte sie verstehen, denn die Neuigkeiten schockierten auch mich. »Hat er gesagt, wer deine Mutter ist?«

Sie schüttelte den Kopf. »Er hat nur gesagt, dass sie eine Nora ist. Die Mutter von Bryn war eine Walküre. Er ist zufrieden mit dem Ergebnis, welches ich ihm bereitet habe, also wird er noch mehr von meiner Art zeugen.« Sie zitterte und schlang die Arme um ihren Körper. »Und ich glaube, er wird vielleicht ...« Sie schluckte und verstummte.

»Was wird er vielleicht?«, fragte ich leise, als ich ihre aufgewühlten Gefühle wahrnahm. Das Ganze nahm sie sicher sehr mit. Aber mein tapferes, süßes Vögelchen begegnete meinem Blick, und in ihren dunklen Iriden flammte ein Feuer auf.

»Er wird unsere Nachkommen wollen.«

»Auf keinen Fall«, erwiderte Sorin sofort.

»Ich bin ganz deiner Meinung.« Ich würde den Scheißkerl töten, bevor er sich unseren Küken nähern könnte. Aber das bedeutete, dass wir vorsichtig sein mussten, wenn Raven läufig wurde. Glücklicherweise würde es erst in einigen Jahren, wenn nicht sogar in zehn Jahren so weit sein. Und ich rechnete nicht damit, dass wir dann noch hier sein würden.

»Ein Schlüssel«, warf Novak vom Boden aus ein, wobei er sich offensichtlich auf etwas anderes konzentrierte. »Das macht Sinn.«

Er legte sich wieder auf den Rücken und schien sich nicht weiter für uns zu interessieren.

Wir starrten ihn an und warteten darauf, dass er noch etwas sagte.

Wie üblich schwieg er.

»Könntest du das näher erläutern, Cousin?«, fragte ich.

»Nein.«

Natürlich nicht. »Wie wäre es, wenn du es trotzdem tust?«, fragte ich mit forderndem Tonfall. »Die Maus hat uns von deinen entlaufenen Dämonenfreunden erzählt.«

Novak schnaubte, als ein protestierendes Fiepen erklang.

Raven wirbelte herum. »Mousey Mouse!« Sie hatte den Nager seit dem Vorfall im Fitnessraum nicht mehr gesehen und befürchtet, dass ihm etwas zugestoßen war. »Wo bist du?«

Das kleine Nagetier lugte aus den Decken hervor und kletterte auf Novaks Schulter. Ich trat einen Schritt nach vorn, um meinen Cousin davor zu warnen, dem Nager etwas anzutun. Andernfalls würde er es mit einem verdammt wütenden Sorin zu tun bekommen. Doch im nächsten Moment pulsierte das Tier voller Energie und begann, sich in etwas zu verwandeln, das eher einem Drachen als einer Maus ähnelte, wobei Raven unwillkürlich einen Satz zurücksprang.

»Mousey Mouse?«, hauchte sie, als das Ding seine Verwandlung mit einer kleinen Feuerwolke beendete.

Novak wischte sich den Ruß von der Brust, wobei er die Augen noch immer geschlossen hatte.

»Was zum Teufel geht hier vor?«, wollte Sorin wissen.

»Ich kann ihn nicht mehr hören«, sagte Raven und runzelte die Stirn.

Novak seufzte und war augenscheinlich verärgert. »Weil er zu mir gehört. Und er bevorzugt den Namen Clyde.«

Ich verzog die Lippen zu einem Lächeln. »Du hast aus ihm einen Mini-Wandler gemacht.«

Er grunzte nur und bestätigte weder, noch dementierte er meine Bemerkung. Ich schüttelte verwirrt den Kopf. »Nun, ich hätte nie gedacht, dass du der Typ für ein Haustier bist, Cousin.«

Er zuckte nur wieder mit den Schultern. Auf seinem Gesicht spiegelten sich so viele Emotionen wider, dass er genauso gut ein Nickerchen hätte machen können. Vielleicht hatte er das nach all der Zeit in Einzelhaft auch nötig.

»Sag uns, was du über den Schlüssel denkst«, sagte Sorin und trat Novak gegen den Fuß. »Wir sind keine Meisterstrategen wie du. Und willkommen zurück. Wir haben dich vermisst. Danke, dass du dich bei deiner Rückkehr so sehr gefreut hast, uns zu sehen. Und falls du Raven noch einmal anrührst, reiße ich dir die Eier ab.«

Bis auf ein leichtes Zucken seiner Lippen war ihm seine Belustigung nicht anzumerken. »Sayir führt etwas im Schilde. Ich brauche eine Runde Schlaf. Dann erzählt ihr mir alles, was ihr wisst, und wir arbeiten einen Plan aus.«

Wow, für Novaks Verhältnisse war das schon eine ganze Rede gewesen.

Wahrscheinlich würde er jetzt tagelang schweigen, um sich zu erholen.

Vielleicht hatten all die Monate in Einzelhaft ihm die Worte entlockt.

»Das war's?«, fragte Sorin und legte die Stirn in Falten. »Du willst ein Nickerchen machen, und dann unterhalten wir uns darüber, wie wir von hier verschwinden?«

Novak blieb stumm, was für uns Antwort genug war.

»Wie haben die Dämonen es geschafft?«, fragte ich mich. »Dieser Ort ist ein verdammtes Labyrinth.«

»Ein anderes Reich, ein anderes Spiel«, antwortete Novak kryptisch.

Mit anderen Worten, die Dämonen waren eine andere Spezies, denen völlig andere Möglichkeiten offenstanden. »Aber irgendetwas von dem, was sie getan haben, kann uns doch sicher von Nutzen sein, oder?«

Novak schnaubte. »Sayirs Tochter wird sich als wertvoller erweisen.«

Raven sträubte sich sichtlich. »Nenn mich nicht so. Ich habe mit diesem Monster nichts gemein.«

Novak zuckte mit den Schultern, als wollte er sagen: *Sicher*. Dann widmete er sich wieder seinem Nickerchen.

Verrückter Kerl.

Wenigstens hatte er überhaupt etwas gesagt und uns einige Fragen beantwortet. Das allein war schon ein Wunder.

»Also werden wir einen Weg finden, um von hier zu verschwinden«, sagte ich und dachte über seine Worte und Ravens Unterhaltung mit Sayir nach.

Tochter. Meiner Meinung nach verschaffte uns dieser Umstand einen Vorteil, doch angesichts dessen, was er seiner anderen Tochter Bryn angetan hatte, war davon auszugehen, dass er Raven genauso leichtfertig opfern würde. Was bedeutete, dass wir eine entsprechende Strategie entwickeln mussten.

»Und dann werden wir herausfinden, wie wir dieses Arschloch töten können«, fügte Raven mit Nachdruck in der Stimme hinzu, der zuvor nicht hörbar gewesen war. Es schien, als wäre ihr Bedürfnis nach Rache in den Vordergrund gerückt, nachdem sie den anfänglichen Schock erst einmal verarbeitet hatte. »Mein gesamtes Leben war ein einziges Experiment. Er hat mich durch die Hölle geschickt, nur um zu sehen, wie viel ich ertragen kann. Er hat mich sogar gegen meine eigene Schwester antreten lassen, nur um zu sehen, wer am Ende die Stärkere ist.«

Ja, ihr Zorn wurde von Sekunde zu Sekunde stärker.

Und sie bot dabei einen so wunderschönen Anblick.

»Damit wird er nicht durchkommen. Unmöglich. Ich weigere mich, ihn ungestraft davonkommen zu lassen. Er wird sterben.«

»Ausgezeichnet«, fügte Novak zustimmend hinzu.

Sie ignorierte ihn. »Er hat diese ganze Besserungsanstalt als ein riesiges Experiment aufgebaut, und ich will wissen warum, denn hier geht es nicht darum, uns von unseren Sünden zu erlösen.«

So viel war sicher. »Es geht nur um den Tod.« Und das hatte nichts mit dem Pfad der Nora zu tun, den man beschritt, um für seine Sünden zu büßen und sich seine weißen Flügel wieder zu verdienen. Im Gegensatz dazu schien es unsere Seelen zu verdunkeln, andere Noir bis auf den Tod bekämpfen zu müssen.

»Ich glaube, es geht um mehr als das«, erwiderte Raven mit ernster Miene. »Seine Augen haben beifällig geglänzt, als ich es durch das Labyrinth geschafft hatte. Es schien, als hätte er sich gefreut, dass sein Testobjekt seine grausame Prüfung bestanden hatte. Es hatte nichts damit zu tun, meine Seele zu stärken, sondern vielmehr mit meiner Fähigkeit, erfolgreich um mein Leben zu kämpfen. Er hat außerdem behauptet, dass es an diesem Ort ums Überleben ginge, was darauf hindeutet, dass wir auf die Zukunft vorbereitet sein müssen. Und er sagte, dass ich seinem Schlüssel helfen müsse und uns alle führen soll. Aber was soll ich führen?«

»Krieger«, flüsterte Sorin und ließ seine Flügel voller Unbehagen rascheln. »Er bildet uns zu Kriegern aus.«

Er hatte recht.

Deshalb hatte uns das Labyrinth an die Zeit unserer Ausbildung als junge Rekruten erinnert. Denn es war den Trainingsmethoden nachempfunden.

»Aber warum?«, fragte ich mich. »Wozu braucht er überhaupt eine Armee?«

»Für eine Revolution.« Ravens Nasenflügel bebten. »Er will sich gegen die Nora stellen.« Sie begegnete meinem Blick mit einem wilden Ausdruck in den Augen. »Das ist die einzige Erklärung, die einen Sinn ergibt.«

»Aber das ist völlig unlogisch, weil er selbst ein Nora ist.« Warum sollte er sich gegen seinesgleichen wenden?

»Ist er das wirklich?«, drängte sie. »Denn seine Augen sind wie meine eigenen völlig schwarz. Und ich könnte schwören, dass seine Aura ebenso düster ist. Außerdem verstehe ich nicht, wie ein Mann, der mit der Rehabilitierung der Noir beauftragt wurde, damit durchkommen kann, seine Schützlinge auf diese Weise zu behandeln. Das ergibt doch keinen Sinn.«

»Das sage ich schon seit Jahrzehnten«, fügte Sorin mit einem Stirnrunzeln hinzu. »Das ganze System ist verkorkst. Und sie hat recht. Seine Seele muss schwarz sein, wenn er diesen Ort geschaffen hat.«

Raven nickte. »Er ist bösartiger als alle Kreaturen hier zusammen.«

Es ergab alles einen Sinn, dennoch verstand ich nicht, *wie* er sein Ziel erreichen wollte.

»Wenn unsere Vermutungen zutreffen, dann ist es sogar noch zwingender, dass wir von hier verschwinden«, murmelte Sorin. »Denn ich weigere mich, ein Spielball in einer Revolution zu sein, auch wenn ich mich dafür rächen will, dass die Nora uns hier verrotten lassen.«

Novak stieß am Boden ein beifälliges Grunzen aus. Er war längst zu diesem Schluss gekommen, denn er hatte all die Möglichkeiten schon viel früher in Betracht gezogen. Allerdings hatte er uns nicht einfach die Antworten gegeben, sondern gewartet, bis wir zu demselben Schluss gekommen waren.

»Arschloch«, murmelte ich. Er hatte Glück, dass wir in einer verwandtschaftlichen Beziehung zueinander standen, andernfalls hätte ich ihn erwürgt.

Diesmal verzog er die Lippen zu einem Lächeln. Er wollte gerade etwas sagen, als eine Erschütterung auf dem Flur ihn dazu veranlasste, sich aufzusetzen und die Augen wachsam aufzureißen.

»Lass mich los!«, forderte eine Frau. »Ich schwöre, ich habe nichts verbrochen. Ich sollte gar nicht hier sein.«

»Deine Flügel sagen etwas anderes, Prinzessin«, blaffte ein Mann. »Geh verdammt noch mal in den Käfig oder ich werde dich hineinwerfen.«

»Das wird nicht nötig sein«, antwortete eine Stimme, die mir vertraut war.

Novak und ich wechselten einen Blick, als Sorin fragte: »Auric?«

Wir drei stürzten gerade noch rechtzeitig in den Flur, um zu sehen, wie der Engel mit den weißen Flügeln eine

Noir mit leuchtend pinkfarbenem Haar an ihrem Ellbogen in eine Zelle eskortierte. Sie bebte vor Aufregung, während ihr königliches Blut den Flur mit einem üppigen Jasmin- und Rosenduft durchdrang.

Auric wandte sich an den Wärter, wobei sein Blick auf uns fiel. Er sah uns mit seinen hellblauen Augen mit einem Anflug von Überraschung an, der sofort einem verächtlichen Ausdruck wich. »Ich werde mich jetzt um sie kümmern«, sagte er mit einem leisen Knurren. »Wenn du sie noch einmal anfasst, werde ich dich persönlich umbringen.«

»Ja, Sir«, erwiderte der Wärter mit zusammengebissenen Zähnen und marschierte den Flur hinunter.

»Diese Frau ist das Ebenbild von Sefids Gefährtin«, flüsterte Sorin, als Auric in der Zelle verschwand und die Tür hinter sich zuschlug.

Ja, und sie war eindeutig königlichen Geblüts.

»Was zum Teufel ist hier los?«, fragte ich und warf einen Blick auf eine erschrockene Raven, bevor ich mich meinem Cousin zuwandte.

»Ich glaube, der Schlüssel, den Raven erwähnt hat, ist gerade angekommen«, sagte Novak. »Und zwar in Form einer königlichen Prinzessin mit schwarzen Flügeln.« Er starrte einen Moment auf die Tür. »Na, das kann ja heiter werden. Es sieht so aus, als würden wir doch noch ein bisschen länger hierbleiben.«

EPILOG

RAVEN

Der Schlüssel zu allem, von dem der Reformator gesprochen hatte, war die wunderschöne Prinzessin der Nora.

Sie wird deine Hilfe brauchen, um hier zu gedeihen.

Kannst du das für mich tun?

Kannst du ihr helfen und sie führen?

Seine Worte spukten mir im Kopf herum. Wenn dieses Mädchen wirklich der Schlüssel zu seinen Plänen war, dann war ich eher daran interessiert, sie zu töten, als ihr beim Überleben zu helfen.

Sie hatte sich eine Woche lang in ihrer Zelle verschanzt und so getan, als wäre sie schwach und verängstigt. Die Tatsache, dass Sayir ihr einen königlichen Krieger zugeteilt hatte, verriet mir, dass sie besonders gefährlich sein musste. Ich wollte nicht unvorsichtig werden.

»Ich habe gehört, dass Layla Auric überzeugt hat, sie heute nach draußen zu lassen«, sagte Zian belustigt. Er stupste Novak an, der die Insassen mit dauerhaft gelangweilter Miene beobachtete. »Was sagst du, Novak? Bist du neugierig darauf, die Prinzessin kennenzulernen?«

Der tödliche Engel gähnte nur.

»Armer Auric«, sagte Sorin lachend. »Ich habe gehört,

sie macht ihm das Leben schwer. Man sollte meinen, er wäre einem so zierlichen Wesen gewachsen.«

Ich verdrehte die Augen. »Du neigst dazu, Frauen zu unterschätzen«, bemerkte ich. »Die letzte Schlampe, die Sayir hierhergeschickt hat, wollte mich umbringen. Ich habe meine Lektion gleich beim ersten Mal gelernt.«

»Da scheint jemand eifersüchtig zu sein«, murmelte Sorin und verschränkte die Arme vor der Brust.

Ich verzog angewidert die Lippen. »Eifersüchtig? Ich bitte dich.«

»Ich dachte, wir hätten dir gesagt, dass du unersetzlich bist?« Zian strich mit einer sinnlichen Berührung über meine Wirbelsäule zwischen meinen Federn. Er wusste, dass ich diese Liebkosung liebte.

»Ich bin nicht eifersüchtig auf sie«, sagte ich. »Ich ärgere mich darüber, dass Say...« Ich räusperte mich und warf einen Blick auf die anderen Häftlinge um uns herum. Sie hielten einen angemessenen Abstand zu unserem berüchtigten Dreiergespann, und seit ich das Labyrinth überlebt hatte, hatte ich ein gewisses Maß an Respekt gewonnen, aber ich senkte dennoch die Stimme. »Ich bin wütend darüber, dass der Reformator glaubt, er kann tun und lassen, was er will. Er hat seine eigene Nichte in dieses Höllenloch gesteckt, und sie hat die letzte Woche damit verbracht, so zu tun, als gehöre sie nicht hierher.«

»Und du glaubst, das ist alles nur Show?«, fragte Sorin und zog eine Augenbraue in die Höhe. »Sie ist die Prinzessin der Nora. Ich wüsste nicht, was sie davon hätte, absichtlich zu fallen und sich einsperren zu lassen.«

»Möglicherweise hast du recht«, gab ich zähneknirschend zu. »Aber sie muss trotzdem etwas Schlimmes angestellt haben, um ihren Fall herbeizuführen. Wenn du sie unterschätzen willst, ist das deine Sache. Aber ich werde mich nicht von einem hübschen Gesicht täuschen lassen.«

Die Männer verfielen in Schweigen, als sie über meine Worte nachdachten. Der Reformator war uns die ganze Zeit über einen Schritt voraus gewesen und ich hatte das Gefühl, dass alles noch viel schlimmer werden würde.

Ein Raunen ging durch den Hof, als besagte Frau zu den Felsen hinausschritt. Sie trug elegante Sandalen, die ihre langen Beine betonten und den Blick auf ihren Körper lenkten, der so perfekt war, dass es fast schmerzte.

Einer der Insassen war so dumm, sich ihr zu nähern und ihr auf das üppige Dekolleté zu starren. »Endlich bist du zum Spielen aus deiner Zelle gekommen, Prinzessin.«

»Wartet es nur ab«, murmelte ich meinen Gefährten zu. »Ihr werdet schon sehen. Gleich wird sie ihr wahres Gesicht zeigen.«

Ich erwartete, dass die Prinzessin sich in eine Walküre verwandeln und dem Insassen gehörig in den Hintern treten würde, während ihre königliche Kriegsgarde sich bemühen würde, sie zurückzuhalten. Der Häftling bedachte ihren Leibwächter Auric mit einem höhnischen Grinsen. »Warum trennst du dich nicht von deinem glänzenden Spielzeug und legst dir ein paar echte Beschützer zu? Ich könnte dir zeigen ...« Der Noir streckte eine Hand nach ihr aus, aber er kam nicht dazu, seinen Satz zu beenden, denn Auric zog eine Klinge und schlug dem Insassen die Hand ab.

Der Noir schrie vor Schmerz auf und fiel auf ein Knie, während er das amputierte Handgelenk umfasste, aus dem Blut auf die Felsen strömte.

»Will sonst noch jemand eine Hand oder Schlimmeres verlieren?«, rief Auric mit bedrohlichem Blick, während

Layla erbleichte. Der Rest der Insassen wich zurück, um den beiden mehr Raum zu geben.

»Ja, ich verstehe, was du meinst«, sagte Zian mit sarkastischem Unterton und erntete dafür einen bösen Blick von mir. »Die Prinzessin ist absolut furchterregend.«

Sie zitterte verängstigt. Ihr königlich anmutender Duft durchdrang den Hof mit unausstehlich angenehmen Jasmin- und Rosenaromen. Sie trat um den blutenden Engel herum, wandte sich ab und betrachtete stattdessen mit sehnsüchtigem Blick das Meer, während sie die Arme um ihren Körper schlang. Auric gesellte sich zu ihr und legte eine Hand an seine Waffe, während er eine wachsame Haltung einnahm, die jeden davor warnte, sich ihr zu nähern.

Der Wind trug ihre Stimme an meine Ohren. »Ich gehöre nicht hierher«, flüsterte sie, während sie ihre Flügel schützend um sich legte.

Gegenüber von mir rieb Novak sich die Nase. Seine gelangweilte Miene war einem düsteren Ausdruck gewichen und er beobachtete die Prinzessin mit eindringlichem Blick. Er ballte abwechselnd die Hände zu Fäusten und öffnete sie wieder, während seine Flügel vibrierten.

Ich warf Zian einen vielsagenden Blick zu und zog eine Augenbraue in die Höhe. Ich wollte wissen, was den wilden Engel so aus der Fassung brachte.

Er drehte sich zu seinem Cousin um und stieß ihn mit der Schulter an. Die beiden blickten sich einen Moment lang verständig an, bevor Novak den Blick wieder auf die Frau mit den leuchtend rosa Haaren richtete.

Oh ... Ich hatte diesen Ausdruck schon einmal auf Sorins und Zians Gesichtern gesehen.

Kurz nachdem sie mich kennengelernt hatten.

Novak und die Prinzessin waren kompatible Partner.

Sie flatterte mit den Flügeln, bevor sie sich umdrehte und Novaks Blick erwiderte, woraufhin in ihren Augen sowohl Angst als auch Interesse aufflackerte.

Auric schien die beiden endlich zu bemerken und legte mit einer langsamen Bewegung eine Hand auf ihren Rücken. Die Berührung schien unangebracht für einen Leibwächter und entlockte Novak ein Knurren, das, wie ich vermutete, nicht ganz beabsichtigt war.

Großartig. Der Schlüssel zu Sayirs Plänen lag in den Händen einer schönen Prinzessin, und sie war nicht nur mit dem tödlichsten Noir der Welt kompatibel, sondern auch mit einem königlichen Leibwächter der Nora.

»Es wäre so viel einfacher, wenn ich sie einfach töten könnte«, flüsterte ich wehmütig.

Endlich löste Novak den Blick von der Prinzessin und fixierte mich, wobei seine eisblauen Augen wütend funkelten. »Das würde ich dir nicht raten.«

In den Worten schwang eine tödliche Warnung mit.

Ja. Sie waren eindeutig kompatibel.

Irritiert sträubte ich meine Flügel, verschränkte die Arme vor der Brust und warf der Prinzessin, die sich wieder dem Meer zugewandt hatte, einen unverhohlenen Blick zu. Sie betrachtete das Labyrinth in der Ferne. Obwohl momentan keine tödlichen Spiele mehr stattfanden, machte es Sayir immer noch Spaß, eine Handvoll Insassen, die aus der Reihe tanzten, in das Labyrinth zu werfen, nur um uns daran zu erinnern, wo unser Platz war.

Die Prinzessin schnappte kaum hörbar nach Luft, als einer der Noir der Stachelfalle zum Opfer fiel. Dieses Gefängnis war ein unbarmherziges Höllenloch, in dem der Tod ein ständiger Begleiter war.

Willkommen im Noir Reformatorium, Prinzessin.

Das Noir Reformatorium: Erster Verstoß
Das Noir Reformatorium, Buch 2

Gefangen in einer Welt aus Sünde und sexy Alpha-Engeln.
Für immer definiert von meinen schwarzen Flügeln.

Mein Vater, der König der Nora, hat mich ins Noir
Reformatorium geschickt, um für Verbrechen zu büßen, die
ich nicht begangen habe.

Also, was soll ein Mädchen nun tun? Fliehen natürlich.

Allerdings benötige ich Verbündete, um dieses Ziel zu
erreichen, doch niemand will etwas mit der Tochter von
König Sefid zu tun haben. Wenn überhaupt macht meine
Position als Thronerbin es mir nur schwerer zu entkommen.
Und am schlimmsten ist, dass ich hier mit zwei heißen
Engeln festsitze, die mir im Weg stehen.

Auric sollte eigentlich mein Wächter sein, seine weißen Flügel kennzeichnen ihn auf diesem tödlichen Spielfeld als meinen Vorgesetzten. Allerdings bin ich auch seine Prinzessin und ich weigere mich, mich vor einem Krieger wie ihm zu verneigen.

Und Novak, der berühmt-berüchtigte König dieses Gefängnisses, ist wie versessen, mir beizubringen, wo ich hingehöre. Wobei er denkt, dass mein Platz unter ihm ist. In seinem Bett.

Dieses Gefängnis ähnelt eher einem Trainingslager für Soldaten als einem Reformatorium für die Gefallenen. Ich vermute, irgendetwas Ruchloses ist hier am Werk, doch natürlich glaubt mir niemand. Ich bin die schuldige Prinzessin mit den schwarzen Flügeln. Nun, ich werde ihnen allen das Gegenteil beweisen. Ich hoffe nur, dass es noch nicht zu spät ist.

Mein Name ist Prinzessin Layla.
Ich bin unschuldig.
Und ich ergebe mich nicht diesem Schicksal.

Anmerkung: *Das Noir Reformatorium* ist eine dunkle Fantasy-Dreiecks-Liebesgeschichte in sieben Teilen. Es wird Cliffhanger geben, nicht jugendfreie Szenen, Gewalt und MM/MF/MMF-Inhalte.

DANKSAGUNG

Diese Welt wurde durch unsere gemeinsame Liebe für Einbände inspiriert. Daher gilt unser besonderer Dank Alexis Frost, die das Noir Reformatorium mit ihren wunderschönen Darstellungen von Engeln beflügelt hat. Wir freuen uns schon darauf, Laylas Geschichte zu schreiben!

Das Noir Reformatorium: Die Ankunft würde ebenfalls nicht existieren, wenn C.R. Jane und Mila Young nicht die brillante Idee gehabt hätten, über ein übersinnliches Gefängnis auf einer Insel mitten im Nirgendwo zu schreiben. Vielen Dank an euch beide, dass ihr dieses Projekt ins Leben gerufen und uns zu Größe inspiriert habt! Wir haben jede Minute genossen und werden euch den verbitterten Gefängniswärter gern für eine Weile abnehmen. Zehn Jahre sollten reichen.

Danke, Bethany, dass du die Zeit gefunden hast, diesen Roman für uns zu bearbeiten. Wir haben versprochen, eine bestimmte Wortzahl nicht zu überschreiten, und haben es geschafft! Darüber hinaus haben wir den Abgabetermin eingehalten. Ich beginne schon, mich zu fragen, ob wir vielleicht durch eines der Gefängnisportale in ein anderes Universum gefallen sind, denn das sieht uns eigentlich gar nicht ähnlich, oder? ;)

Danke, Katie, dass du das Korrekturlesen übernommen und uns auf all die orthographischen und inhaltlichen

Fehler hingewiesen hast. Wir lieben dein Feedback und schätzen dich sehr!

Danke, Baby Thornie, dass du Mama hast schreiben lassen, während du ein Nickerchen gemacht hast. Daddy Thornie wird die Sache mit der Vaterschaft sicher noch meistern und Mommy mehr Zeit zum Schreiben geben.

Danke, Ehemann Foss, dass du Lexi im Urlaub hast schreiben lassen.

Und danke, liebe Leserinnen und Leser, dass Sie *Das Noir Reformatorium: Die Ankunft* gelesen haben. Wir hoffen, dass Ihnen Raven, Zian und Sorin gefallen haben. Sie werden sie auf jeden Fall im zweiten Teil *Das Noir Reformatorium: Erstes Vergehen* wiedersehen.

Schöne Grüße

Jennifer & Lexi xx

USA Today Bestsellerautorin Lexi C. Foss ist eine Schriftstellerin, verloren in der Welt der Computer. Sie lebt in Chapel Hill, North Carolina mit ihrem Mann und ihren haarigen Gesellen. Wenn sie nicht gerade schreibt, ist sie mit Sicherheit auf Reisen. Viele der Orte, die sie schon besucht hat, lassen sich in ihren Büchern wiederfinden, einschließlich der mystischen Welt von Hydria, die auf der griechischen Insel Hydra basiert.

Lexi ist ein bisschen verschroben, trinkt viel zu viel Kaffee und schwimmt gern.

Würden Sie gern über Neuerscheinungen informiert werden? Dann tragen Sie sich für ihren Newsletter ein:
https://www.lexicfoss.com/deutschen-newsletter

Besuchen Sie Lexi im Netz!
https://www.lexicfoss.com/aktuell
www.facebook.com/LexiCFoss
twitter.com/LexiCFoss
www.instagram.com/LexiCFoss
E-Mail: lexicfoss@gmail.com

Die USA Today Bestsellerautorin J.R. Thorn ist eine Autorin
von Reverse-Harem-Liebesromanen. All ihre Bücher
handeln in derselben Welt – ausgenommen Bücher, die
zusammen mit einer Co-Autorin geschrieben wurden. Also
lass dir die empfohlene Lesereihenfolge oben oder auf der
Website nicht entgehen! (Sie ist außerdem besessen von
magischen Tätowierungen und Alphamännchen.)

Lies mehr von J.R. Thorn, erhältlich auf Amazon.de!